I met the devil

she exists

I met the devil

she exists

Bibliografische Information der Deutschen Nationalbibliothek: Die Deutsche Nationalbibliothek verzeichnet diese Publikation in der Deutschen Nationalbibliografie; detaillierte bibliografische Daten sind im Internet über dnb.dnb.de abrufbar.

Herstellung und Verlag: BoD – Books on Demand, Norderstedt
ISBN: 9783752672787

Inhalt

Prolog

Vor dem Vorfall

<<Die Luft ist neu. Nein, nicht bloß diese Luft. Das komplette Gefühl. Blumenduft statt Benzinodeur, Wolken statt Wolkenkratzer und Frieden statt Fremdseligkeit. Wenn das Leben unbeschwerlich ist, dann bist du wohl gerade in Lilia, einem Ort, geschaffen von Gott persönlich.>>

Nach dem Vorfall

In irgendeiner Großstadtzeitung: Nur zwei Überlebende bei dem Untergang eines gesamten Dorfes
(…) Einer der beiden Überlebenden berichtet: „Ich weiß nicht was passiert ist. Ich weiß nicht von wo ich komme und warum. Es muss etwas schlimmes passiert sein. Ich kann mir nicht ausmalen was es ist, dass ich alle meine Erinnerungen an jegliche Geschehnisse verloren habe. Ich weiß nicht, ob es ein Segen oder eine Bestrafung Gottes ist.“

Kapitel 1

Bury the body

Früher habe ich nicht einmal einen Gedanken darüber verloren, alleine auf's Land zu ziehen. Aber jetzt mal ehrlich, jeder Großstadtmensch, der meint das Land noch nie mit Schafen, alten Bauern und Kuhmist in Verbindung gebracht zu haben, der lügt. So dachte ich auch noch lange, als wäre es das Normalste, was es gab. Es ist aber ganz anders: Idyllische Natur, Felder und Vögel, das ist für mich Natur, das Wesentliche.

Ich wohne hier zwar erst seit etwa zwei Wochen, aber der erste Eindruck zählt bekanntlich.

Ich hole tief Luft. Anhalten. In der Hoffnung der Geruch setze sich in meiner Nasenschleimhaut ab. Ausatmen.

Nicht weit von hier ist die Hauptstraße. Also, wenn man sie denn so nennen kann. Die 'Hauptstraße' ist ein kleiner schmutziger Weg, etwa breit genug für einen halben Elefanten. Er ist -abgesehen von dem Wald- der einzige Weg aus Lilia.

Einigen Menschen mag der Wald, der wahrscheinlich beinahe die Weite des Regenwaldes hat, angsteinflößend vorkommen. Und auch wenn mir dieser Wald abends oft eiskalt den Rücken runterläuft, finde ich es doch ziemlich idyllisch und bewundernswert, wenn ich aus meinem Fenster schaue. Tagsüber zumindest.

Ich sehe das Dorf nur noch durch den kleinen hellen Schlitz zwischen der Vielzahl an Nadelbäumen hinter mir, als ich meinen Kopf umdrehe, um nicht paranoid nach hinten zu schauen. Vielmehr schaue ich mich um, um den Weg, den ich zurücklege in Gedanken zu behalten.
Die Vögel zwitschern ein süßes Lied während ich mich ironischerweise durch das Zweiggewitter boxe.
Ich gehe einige Schritte. Die Äste unter meinen Füßen knacken so laut und schwer, dass die Vögel in meiner Nähe aufkreischen und davonfliegen. Mit der einfachen Amateurausrüstung, Kamera plus Tasche, beschließe ich etwas weiter rauszugehen. Man sagt sich nämlich etwas weiter in dieser Richtung befinde sich eine kleine Stelle, frei von Bäumen und höher auf dem Berg gelegen. Von dort aus soll man eine Aussicht auf das Dorf haben wie bei einer Aussichtsplattform. Nein, sogar noch schöner. Als sähe man vom Himmel herab. Und was wäre ich für ein Mensch, würde ich solch einen Ausblick nicht aufzeichnen?
Also soll es mein Ziel sein, ein einfaches Foto zu knipsen. Ich weiß das widerspricht sich, aber es soll perfekt sein. Ein Foto nur für mich. Und wer weiß, vielleicht zeige ich es eines Tages meiner wunderschönen Frau. Nicht, dass ich eine hätte oder so, nur würde ich es mir schon wünschen irgendwann zu heiraten. Wieso eigentlich nicht? Vielleicht eine Frau, so schön wie dieses Dorf. Dabei bin ich mir nicht einmal sicher, ob die Außenwelt von unserem Plätzchen an der Sonne Bescheid weiß. Ich persönlich bin froh darüber, einen Freund gehabt zu haben, der hier wohnte. Als Kind war ich auch das ein oder andere Mal hier zu Besuch. Unsere

Eltern waren befreundet, bis diese Freunde eines Tages nach Australien auswanderten.
Ich kann mich nur sehr verschwommen an all das erinnern, was hier passiert ist. Irgendwas scheint passiert zu sein. Es war das Tabuthema meine Familie auf dieses Dorf anzusprechen. Irgendwann gab es nichts mehr, was mich aufhielt herauszufinden, was es war. Was passierte in diesem September damals? In diesem Herbst, von dem man erzählte, es habe nur rote Blätter geregnet.
Ich kann den Horizont wieder durch die Bäume erkennen, als ich luftschnappend den verdreckten Hügel mit meinen veralteten Schuhen hinaufsteige. Ich stapfe Schritt für Schritt auf den Ästen und trampele wie ein Elefant die letzten paar Schritte hinauf zur sogenannten Aussichtsplattform.
Wenn der Körper tatsächlich zu 70 % aus Wasser besteht, dann bin ich 50% auf diesem Weg losgeworden, aber das hat sich gelohnt.
Ich packe meine Kamera aus und schaue durch die Linse. Wunderschön, wie die Krähen auf der einen Seite durch die weißen Wolken tauchen und sich auf der anderen Seite des Dorfes wieder auf den Baumkronen niederlassen, so majestätisch.
Und wie so oft, ist es ist nicht übertrieben zu behaupten, dass nach der Ruhe der Sturm kommt. Ich erkenne, wie sich oben eine graue aggressive Wolke über das Dorf legt, als ziehe sie in den Krieg. Ich mache mich besser auf den Weg. Es sei denn, ich möchte mit schmutzigen Klamotten nach Hause kommen. Natürlich nicht.
Ohne groß nachzudenken marschiere ich zurück in Richtung Dorf, mit meinen monoton gleichbleibenden Schritten, wie ein Ninja durch meine eigenen Fußspuren.

Ein kalter Wind zieht seitlich an meinem Körper vorbei und streichelt ihn leicht. Mit ihm ein Pfeifen quer durch den Wald. Ein Eichhörnchen springt von Ast zu Ast und ein hübscher Vogel zwitschert auf der Baumkrone, als wolle er mit mir ein Liedchen trällern. Ich könnte schwören, der Vogel zwitschert eine Melodie. Ich kenne sie zwar nicht, aber sie ist wie Musik in meinen Ohren. Wie eine Melodie aus einer Aufziehbox eines Kindes. Im Vier-Viertel-Takt und im Staccato.

Wie eingetaucht in den Wald, als müsse ich gleich wieder an die Oberfläche, um nach Luft zu schnappen, frage ich mich, wo ich bin. Habe ich mich tatsächlich zu sehr in meinen Gedanken verloren? Bin ich den Schritten denn nicht richtig gefolgt? Ich blicke nach rechts und links. Neben mir sind keine kahlen Nadelbäume mehr, sondern nur ein schmaler Weg - die Dorfstraße. Ich taumele auf die Straße, stolpere beinahe aufgrund des Höhenunterschieds von Straße zu Wald. Ich blicke hinauf in den schon fast grauen Himmel. Dann auf meine dreckigen Schuhe, welche schon in der gleichen Intensität der Farbe des Himmels, jedoch braun anstatt grau, aufleuchten.

<<Shit!>>, gebe ich reflexartig von mir. In welche Richtung soll ich denn jetzt gehen? Soll ich auf mein Gefühl vertrauen? Verzweifelt schaue ich in den Himmel.

<<Wenn es dich gibt, hilf mir!>>

Ich höre Donner, mit ihm kommen die ersten einzelnen Regentropfen. Immer stärker. Plötzlich schüttet es wie aus Eimern. Innerhalb von Sekunden hat sich der Weg in einen dreckigen Sumpf verwandelt. Mit ihm auch meine positive Stimmung. Solange

jemand meine Kamera samt Foto finden würde, könnte ich jetzt sterben und es wäre mir egal.
<<Es gibt dich nicht>>, spreche ich vor mich hin, ohne jegliche Form von Hintergedanken.
Von allen Seiten höre ich Platzgeräusche auf dem Boden, als sich die Regentropfen auf der matschigen Erde herablassen. Mein Kopf wird schwer, sodass ich mich am Straßenrand hinsetze und mein Knie anwinkele. Das Plätschern scheint überwiegend rechts von mir. Ein Licht der Hoffnung erscheint, ein erlösendes Licht, welches sich eindeutig in meinen Augen spiegeln würde, würde ich diese selbst sehen. Vielleicht ein Auto oder ein Fahrrad oder ein Engel?
Ich stelle mich wieder hin und strecke meine linke Hand mit ausgestrecktem Daumen aus. Filmreif wird der rote 5-Sitzer langsamer. Der spritzende Matsch lässt nach als er hält. Die Rettung.
Ich öffne die Beifahrertür.
<<Was treiben Sie denn bei dem Wetter mitten im Wald?>>, fragt mich die scheinbar weibliche Person aus dem Auto in einem verwirrten Ton, unterstützt von der Geräuschkulisse des abartig lauten Scheibenwischers.
<<Es-Es tut mir leid, dass ich Ihre Sitze dreckig mache.>>
<<Ach, das macht doch nichts, ich wollte das Auto sowieso die nächsten Tage waschen.>>
Dabei ist das Auto eigentlich ziemlich sauber und abgesehen davon duftet es auch noch wundervoll.
<<Haben Sie die Leiche gut vergraben?>>, fragt sie und hat dabei eine ungewöhnlich rationale Stimme für eine Dame.

<<Wie bitte?!>>, frage ich empört, im Anschein nicht zu glauben, was ich verstanden habe.
<<Na die Leiche. Sie haben mir nicht auf meine Frage geantwortet. Die Leiche muss tief vergraben sein, sonst wird sie bei solch einem Unwetter wieder an die Oberfläche gespült. Wegen der nassen Erde. Können Sie mir folgen?>>
Die Frau ist mir nicht geheuer. Ich würde jetzt zu gerne aussteigen, aber der Regen stellt sich mir als Gefahr in den Weg.
Sie löst eine Hand vom Lenkrad und haut mir leicht an die Schulter, während sie ein einfaches Lachen von sich gibt. Ihr Blick fokussiert dabei die Straße. Was ist so lustig? Ich finde das alles andere als lustig.
<<Ich mache Spaß, seien Sie nicht so verspannt>>, lacht sie wiederholt vor sich hin. Ob das lustig ist? Da muss man schon einen teuflischen Humor haben. Ich drücke meine Tasche an meine Brust und gebe ein verzweifeltes Lachen von mir, und auch wenn sie die Ironie erkannt hat, bleibt sie still. Wieso bin ich hier eigentlich eingestiegen? Ich schaue durch das verregnete Fenster in den grauen Himmel und da weiß ich wieder wieso. Dabei weiß ich nicht mal wohin die Fahrt geht.
<<Sie kommen auch aus dem Dorf, habe ich Recht?>>, frage ich die junge Frau auf dem Fahrersitz neben mir, in der Unsicherheit, sie würde erneut einen unangenehmen Spruch loswerden.
<<Ja, tue ich>>, antwortet sie kurz und knapp.
Ich verfalle in den Gedanken, ob ich sie bereits jemals gesehen habe. Ich denke nicht.

<<Ich habe Sie dort noch nie gesehen. Wo wohnen Sie denn, wenn ich fragen darf?>>, entgegne ich.

<<Man kennt mich nicht, ich lebe eher zurückgezogen. Bin nicht so der Gesellschaftsmensch, verstehen Sie?>>

Stille. In meinem Kopf schlagen Gedanken Loopings. Bei einem Dorf mit knapp 200 Einwohnern ist es doch eher unwahrscheinlich, eine Person nach mehreren Wochen noch nicht gesehen zu haben.

<<Sie fragen sich bestimmt, was für eine selbstlose junge Frau ich bin, die einen Wildfremden in ihr Auto lässt. Im Wald. Komplett verdreckt und nass. Der Kulisse nach könnten Sie wirklich ein Killer sein. Meine Frage war berechtigt, nicht?>>

Ihr Blick schweift ab, direkt in meine Augen, als sie bei der langen, geraden Straße die Chance ergreift. Ganz kurz, aber ihr Blick sticht ganz tief, als wolle sie eine ebenso tiefe Antwort.

<<Nein, ich denke gerade nicht an viel und erst recht nicht an solch einen irrelevanten Kram. Ich bin Ihnen einfach total dankbar, dass Sie überhaupt angehalten haben. Wer weiß, womöglich läge ich dann morgen mit irgendeiner ekligen Krankheit im Bett.>>

Das Mondlicht scheint auf die feuchte Straße.

<<Kann ich Sie etwas fragen?>>, im Einklang mit der Ironie des Satzes fragt sie mich still.

<<Aber klar.>>

<<Wieso sind Sie hierher gezogen?>>, fragt sie nüchtern, kühl, empfindungslos.

<<Ich weiß es nicht genau, wenn ich ehrlich bin. Es war schon immer so. Ich bin halt neugierig und sehr spontan. Das war auch das, was viele an mir nicht mochten.>>

Ich kann einer Fremden nicht mein vergangenes Familienleben offenbaren. Nach kurzer Stille fahre ich fort: <<Ich weiß nur noch, dass ich hier als Kind das eine oder andere Mal war. Damals hatte ich hier einen Freund und es hat mich gewundert, dass er immer von diesem Dorf hier schwärmte. Ein Dorf... Ich meine, andere Kinder in unserem Alter schwärmten von der großen Liebe und, und, und... Ich konnte nie mit meiner Stadt prahlen.>>

<<Oh>>, sagt sie ganz unvoreingenommen <<Wissen Sie, warum die Rehe in diesem Wald hier zu Lande nicht weniger werden?>>, fragt sie <<Weil der Wald hier ihnen perfekte Umstände bietet. Er ist groß und gibt ihnen alles, was sie brauchen.>>

Was will sie mir damit sagen?

<<Wie in einer Stadt. Da hat man alles was man braucht. Ich meine, hier haben wir nicht einmal einen richtigen Laden zum Einkaufen. Nur das Nötigste kriegt man hier. Das, was man gerade so zum Überleben braucht.>>

Ich will nicht antworten. Das ist mir zu viel Kratzen im Hals. Das Gefühl vor den ersten Tränen.

<<Sie müssen weit im Wald gewesen sein oder fühlt sich die Fahrt nur für mich so lange an?>> Tatsächlich tut sie das, denn ich will hier so schnell wie möglich raus. Es ist mir bodenlos unangenehm.

<<Nein, mir geht es genauso>>, sage ich.

Darauf folgt eine geschätzte Minute peinlichster Stille. Das unangenehmste und gleichzeitig auch das entspannenste Schweigen überhaupt.

<<Da vorne ist es endlich>>, sagt sie dämpfend <<Wo soll ich Sie denn rauslassen?>>

<<Drüben am Brunnen bitte.>>

Und mit den letzten 100 Metern vergehen 1000, aus Zehn Sekunden werden 100.

<<Na gut, man sieht sich. Hoffentlich.>> Aus ihrer Stimme höre ich den leichten Hauch des Wunsches nach einer Bestätigung.

<<Ja, hoffentlich. Und danke für's Mitnehmen!>>

Ich wollte mich gerade umdrehen und für immer aus ihrem Blickwinkel verschwinden, bis…

<<Dina. War nett Sie kennenzulernen, Jack. Schönen Abend noch.>>

Unbewegt und regungslos bleibe ich stehen, sehe das Auto durch die Kiesstraße in der Nacht verschwinden. Mit den Reifen, welche in einer perfekt angepassten Spur beinahe in dem nassen Kiesboden versinken.

Wer ist diese Frau? Woher kennt sie meinen Namen? Bin ich das Thema im Dorf, oder wie ist das? Trotz nachvollziehbaren Ideen läuft es mir beim Grübeln eiskalt den Rücken hinunter.

Die Tür meines halb zerfallen Hauses quietscht furchtbar. Ich taumele durch den Flur, mit meiner Tasche auf dem Rücken. Alle Klamotten samt Tasche werfe ich in den Wäschekorb.

<<Wer ist diese Frau?>>, frage ich mich ein zweites, oder ein zweitausendstes Mal. In meinem Schlafzimmer schauen die dunklen Wolken am Mondhimmel nachts traurig durch mein offenes Fenster. Ich begebe mich in eine ungewöhnliche Schlafposition, den gemütlichen Schlaf finde ich jedoch nie, wenn ich mich in meine

Decke einkuschele, in der Hoffnung warm zu werden. Denn ich bin kalt.

Kapitel 2

A few steps too far

Ich war das, was die Leute einen Neuen nannten. Ich war also der, der Tag für Tag auf die Hilfe anderer angewiesen war. Aber um ehrlich zu sein, wollte ich nicht so einer sein. Eigentlich wollte das keiner. Also tat ich das, was man tun musste um einer solchen Lage auszuweichen. Ich stellte mich auf mich selbst. Und nicht, dass ich es nicht fürchtete, aber es war leichter als gedacht, in manchen Aspekten zumindest. Leicht für den Anfang. Ich war also doch ein Mensch, den man 'einer dieser Menschen, die...' nennen konnte. Einer, den man in eine Schublade mit vielen anderen Menschen stecken konnte. Ich wollte nicht wahrhaben, dass ich einer dieser Menschen war, die nur so scheinen, als könnten sie was erreichen.

Tag für Tag fiel es mir schwerer. Ich jagte nicht dem Wissen hinterher. Nein, mein Gewissen rannte mir hinterher, ohne Ausdauer. An jenem Tag, an dem ich eine Pause machte, da holte es mich ein und schlug mich zu Boden, trampelte wie verrückt auf mir herum.

Beginnen wir an jenem Tag, an jenem Ort, an dem mich das Schicksal zum Spielen einlud, und ich ihm meine Hand ausstreckte.

Nichts geht mir mehr aus dem Kopf, denn es ist geschehen. Abgesehen von dem Scheißwetter, welches ich mir gestern ausgewählt habe, fühle ich mich gut, denn heute ist das Wetter umso besser. Die Sonne strahlt durch das verstaubte Fenster. Zu meinem Unglück scheint ein breiter Strahl direkt in meine müden Augen.

Selbst das Frühstück schmeckt hier anders. Besser.

Als man aufgestanden ist hat sein Hotelgesicht sich in unsauberen Fensterscheiben gespiegelt. Und dann zwingt man sich das Elend des letzten Tages aus dem Gesicht zu waschen. Mit dem grauen Becher Kaffee in der Hand, damit der immer gleiche Alltag nicht so langweilig erscheint wie er eigentlich ist. Mit dem ungepflegten Bart, den deine Kollegen komplimentieren, den du aber verabscheust.

Wo ich mich in der Stadt darüber beklagte, wie schnell man alt wird, vergesse ich hier komplett die Zeit. Selbst die Sonntagszeitung gewinnt an Farbe und doch sind es immer wieder dieselben Neuigkeiten von Außen, Uninteressantes gedruckt auf zehn Seiten feinstem Papier. Ich zerknülle sie und lehne mich zurück, atme ein paar Mal tief ein und wieder aus, während mir der Wind der offenen Terrassentür eine kühle Brise entgegenweht.

Es geht mir nicht aus dem Kopf, dass ich mehr über diese Frau wissen will, was mich ziemlich unter Druck setzt. Jetzt bloß nicht auffällig zu schnüffeln. Vielleicht reagiere ich einfach ein wenig über. Ich sollte abwarten, was sich ergibt. Immerhin bin ich neu hier. Ich sollte mich nicht direkt unbeliebt machen.

<<Guten Morgen!>>, spricht eine weibliche Stimme seitlich von meiner Terrasse, während ich mich im Bademantel und Sturmfrisur ungewaschen strecke.

<<Ein Morgenmuffel also.>>

Und ohne jegliche Entzugserscheinung der Stadt, sehe ich die Frau von gestern auf mich zukommen, über meine Terrassenfliesen. Es tut sich in mir die Frage auf, was sie von mir wollen würde.

<<Ihnen auch einen guten Morgen!>>, spricht sie mit ironischer Intention, doch mit einem einfachen Lächeln.

In ihrer Hand trägt sie einen kleinen Plastikbeutel mit nicht erkennbarem Inhalt.

<<Setzen Sie sich doch. Ich mache Kaffee. Wollen Sie auch einen?>>, frage ich gastfreundlich.

<<Gerne>>, antwortet sie selbstsicher <<Ich habe geklopft, aber es hat keiner geöffnet. Ich hatte Angst, dass es Ihnen schlecht geht, deswegen schaue ich vorbei.>>

Ich gehe in die Küche und schalte die veraltete Billigkaffeemaschine an. Dabei hatte ich eben einen Kaffee getrunken, aber egal, ich muss mich erstmal um den Gast kümmern, wenn ich etwas über sie herausfinden will.

<<Sehr aufmerksam von Ihnen>>, rufe ich aus der Küche auf die Terrasse.

Die Terrassentür ist verbunden mit der Küche, sodass sie problemlos mit mir sprechen kann.

<<Wie ist denn Ihr Foto geworden?>>, ruft sie zurück.

Ich zucke kurz zusammen und kurz vor dem Maschinenknopf bleibt mein Finger stehen. Es rührt sich nichts.

<<W-woher wissen Sie das?>>, frage ich misstrauisch. Ist es wieder einer ihrer komischen Scherze? Nein, das ist zu unwahrscheinlich, dass sie ins Schwarze trifft.

<<Erinnern Sie sich denn nicht an gestern? Ich habe Sie gefragt, was Sie wohl von mir denken würden, dass ich einfach jemanden mitnehme>>

In der Tat. Ich hatte vergessen, dass ich mich damit zufrieden gab, keine Antwort zu bekommen.

Sie fährt fort: <<Na, hier im Dorf war schon so ziemlich jeder dort oben. Ein Grund war immer dieses 'perfekte' Foto. Ich konnte das nie verstehen. Naja, wie dem auch sei, man erzählt sich untereinander, dass fast jeder, der dort oben war, sich im Endeffekt an dem gleichen Ort wie Sie verirrt hat. Egal wie lange sie hier schon gelebt haben.>>

Ich bringe ihr den Kaffee und setze mich zu ihr an den Terrassentisch. Sie bedankt sich leise.

<<Wow und mich hat es mit dem Regen erwischt, ich Pechvogel.>>

<<Nicht so ganz. Das alles kann man sich wie einen Fluch auf dem Ort vorstellen, eine Art Aufnahmeritual des Dorfes.>>

<<Sie machen Witze>>, entgegne ich.

<<Wie man's nimmt>>, lacht sie. Kurze Stille. <<Ok, ok! Ich gebe zu, es gibt keinen Fluch oder Ähnliches. Der Rest stimmt jedoch. Es hat sich der Großteil genau dorthin verirrt. Wahrscheinlich alles unbedeutende Zufälle.>>

Sie legt das geheimnisvolle Plastiktütchen auf den Tisch.

<<Und Sie? Was ist mit ihnen? Sie haben sich nicht dorthin verirrt?>>, frage ich neugierig, aber die einfache Antwort lässt zu wünschen übrig.

<<Doch, doch, leider. Immerhin kannte ich den Weg zurück, ich wohne ja schon seit meiner Geburt hier in Lilia. Das Schwierige ist nur zu wissen in welche Richtung man gehen muss, wenn man einmal bei der Straße angekommen ist.>>

Nach und nach steigt meine Neugier für die Tüte, die sie die ganze Zeit mit sich trägt. Schweigsam bewegt sie ihre Hand in Richtung der geheimnisvollen Tüte.

<<Wissen Sie, ich habe eine Zeit lang auch gerne fotografiert. Mit 16 Jahren war ich förmlich verrückt nach der Idylle auf den Fotos.>>

Sie holt einige Bilder und eine Kamera raus. Die Bilder sind staubig, sodass das Sonnenlicht die Strahlen kaum reflektiert.

<<Darf ich mal sehen?>>, frage ich schroff.

<<Natürlich!>>

Die Bilder sind kalt. Sie fühlen sich an wie alter, eiskalter Leim. Die glatte Oberfläche ist verstaubt wie ein Großstadtkeller. Das erste Bild sieht meinem ähnlich, es scheint jedoch etwas älter. Ich vergleiche. Einige Häuser haben einen neuen Anstrich und andere Häuser stehen auf meinem Bild leer, die auf ihrem noch schön aussehen. Wie alt kann das Bild denn sein, so jung wie sie ist?

Der Himmel ist klar, anders als auf meinem Bild.

<<Das war im Herbst vorletzten Jahres.>>

Ich muss zugeben, ihr Bild ist um einiges schöner geworden als meines. In der Ecke ziehen Zugvögel durch den klaren Herbsthimmel. Sie zieht ein weiteres Bild von der Dorfmühle hervor. Es macht einen depressiven Eindruck und es wirkt zerfallener auf mich als es eigentlich ist. Ich war dort zwar nur einmal, aber es war schön. Wie macht sie das bloß? Wie schafft sie es, die Stimmung eines Bildes so drastisch zu verändern? Ist es der Regen, der sich auf das leuchtende Dach der Mühle legt? <<Hat

sich mit der Zeit hier im Dorf viel verändert?>>, frage ich wissensdurstig.
<<Nein, langsam sterben alte Nachbarn. Das Wetter verschlechtert sich und die Wirtschaft ließ schon immer zu wünschen übrig. Und der See wird leider von Tag zu Tag grüner und grässlicher, er ist jetzt nur noch schön für Kröten. Umwachsen vom hohen Gras und schönen Blumen. Wenn ich ehrlich bin, mag ich den See auch. Ist ja nicht so, als könnte ich meine Kindheit nicht mehr mögen.>>
<<Ich weiß gar nichts von einem See.>>
Ein perplexer Blick. Sie legt ihre Hand auf das Foto von der Mühle.
<<Echt? Worauf warten wir? Auf, Auf! Ziehen Sie sich etwas Wetterfestes an.>>
Ich folge der Aufforderung.
<<Ich bin sofort wieder da>>, und verschwinde in meinem Schlafzimmer in der oberen Etage. Die Treppe hinauf im Zweierschritt. Aus meinem Zimmerfenster habe ich einen Ausblick auf meine Terrasse und nicht viel weiter hinten sieht man den Wald, wie er sich streckt und den Farb- und Emotionswandel von Dorf zu Wald unterstreicht. Unten packt Dina ihre Fotos zusammen, während ich mich in meine Hose quäle. Ich stecke mit meinem Kopf zur Hälfte im Kragen, als ich ein Knacksen im Wohnzimmer höre. Ich schiebe meinen Kopf schnell hindurch, sodass ich meine Hose am Gürtel packen kann, um zu verhindern, dass sie runterfällt. Ich lausche. Kein Knartschen mehr.
<<Was dauert denn da so lange?>>
Es amüsiert mich wie hemmungslos diese Frau ist, es hat Charakter.

<<Einen Moment! Bin gleich so weit!>>, rufe ich die Treppe hinunter. Es zieht. Ein kalter Wind zieht mir eiskalt den Buckel hinunter, mit ihm ein Parfümaroma von mir.

Fertig angezogen laufe ich die Treppe hinunter, während ich meine Falten im Pullover zurecht zupfe. Auf der letzten Stufe hebe ich meinen Kopf. Dina steht im Flur, ihre beiden Hände locker lasch. In der rechten Hand die blanke Rückseite eines Bildes. Dort steht sie wie angewurzelt. Ihre Haare verdecken ihr Gesicht. Ihr Kopf ist geneigt.

<<Ist etwas?>>, frage ich skeptisch, als sie ihre Haare zur Seite schiebt und aufsieht.

<<Nein hier ist alles gut, ich warte nur auf Sie.>>

<<Was haben Sie denn da in der Hand?>>, frage ich erwartungsvoll.

<<Ach ein einfaches Bild>>, antwortet sie träge.

<<Noch eins vom Dorf? Darf ich mal ...>>

<<Das zeige ich Ihnen wann anders.>> Sie unterbricht mich mitten im Satz und schaut ablenkend in die Gegend.

<<Tut mir leid. Ich wollte nicht aufdringlich wirken.>>

<<Wenn ich Ihnen eines beibringen kann, dann ist es, sich nicht zu entschuldigen.>>

Tonlos, erstarrt. Ihre Hände zittern und nach und nach auch ihr ganzer Körper. Ich kann ihre Augen sehen, die die Leere suchen, während meine Augen die ihre suchen. Ich kann nicht mehr machen als vom Thema abzulenken, als ihr eine Träne die Wange hinunterläuft. Ich muss das nicht verstehen, ich werde mehr über sie erfahren.

<<Lassen Sie uns gehen. Sie wollten mir noch den See zeigen, richtig? Auf andere Gedanken kommen, an die frische Luft gehen>>, schlage ich vor.

Sie hebt ihren rechten Arm leicht, reibt sich die Träne von der Wange. In diesem Moment fühle ich mich furchtbar. Ich weiß nicht weshalb. Ich verstehe nichts, aber ist es das, was mich neugierig macht? Denn das Problem ist, dass ich es wissen muss, nicht nur will. Es ist die Neugier, die mich tiefer einsinken lässt und ich konnte sie noch nie unter Kontrolle halten.

<<Sie haben Recht, wir gehen lieber.>>

<<Nein, das war eine dumme Idee. Sie sollten lieber erstmal nach Hause und sich ausruhen>>, sage ich.

<<Nein, ich weiß nicht, was Sie haben. Mir geht's gut, auf geht's.>>

<<Sie brauchen sich doch nichts vormachen>>

<<War das eine Frage? Nein! Also, auf geht's!>>, sagt sie aufgeregt.

Sie kennt mich nicht und hat eine Form von Offenheit mir gegenüber, völlig vertraut. Es ist, als kenne ich sie schon länger.

Die Tür gibt einen schrecklich lauten, quietschenden Ton von sich, als ich sie mit Schuldgefühlen umhüllt von einem Hauch Neugier öffne. Ich möchte nicht loslassen. Ich möchte einfach nicht losgehen und dem peinlichen Schweigen lieber entfliehen. Aber sie steht dort, so wunderschön mystisch, den Kopf geneigt zur Sonne. Ihre Haare wehen wie ihr Kleid im warmen Spätsommerwind, betont von den pinken Kirschbaumblüten und dem Farbkontrast des warm-gelben Himmels an sich. Und würde ich ihr Gesicht sehen, dann würde es mich bestimmt blenden wie die Abendsonne es tut, wenn sie von

oben auf mein Haus strahlt. Sie und ihre Umgebung, sie würden ein perfektes Gemälde abgeben. Meine Augen schauen ihr nach und lassen sie nicht los. Ich schließe die Tür hinter mir und schiebe den Schlüssel unter die verdreckte Fußmatte auf dem Altgestein vor meiner Haustür. Es liegt eine peinliche Stille in der Luft und unsere beiden Gesichter spiegeln die Stimmung in allen Facetten.
Aufgeholte Euphorie definiert von Blumenduft.
<<Wegen vorhin ...>>, beginnt Dina.
<<Ist schon ok, ich habe versucht, es mir auszumalen. Wenn Sie darüber nicht reden wollen, dann müssen Sie es auch nicht tun, gar keine Frage. Wir vergessen das einfach und gehen zu diesem See>>
Ihr Blick fokussiert den Boden, jeden einzelnen Stein und es scheint, als würde sie die Steine zählen. Jeden Einzelnen.
<<Ist es nicht komisch, dass ich denke, dass ich Ihnen vertrauen kann?>>, fragt sie.
<<Ich verstehe nicht ganz...>>, sage ich in der Hoffnung Genaueres herausfinden zu können.
<<Ich hatte noch nie wirklich dieses Gefühl. Selbst für mich ist es einfach unerklärlich. Sie erinnern mich ein wenig an eine Person, die mir sehr am Herzen lag. Dabei habe ich vielleicht 3 Sätze mit Ihnen ausgetauscht.>> Sie kichert kurz und fährt fort: <<Kitschig, nicht? Ich hoffe Sie fühlen sich jetzt nicht unwohl oder so.>> Dann kichert sie wieder zierlich.
<<Ach, so ist das.>>
<<Es ist einfach schön, mal wieder etwas Zeit mit Jemanden zu verbringen. Dazu hatte ich schon ewig keine Chance mehr>>, lächelt sie verlegen und legt ihre Hand lässig auf ihren Hinterkopf.

Und mit ihren Worten verfalle ich in Gedanken über mich und realisiere, mir ging es ähnlich.

<<Man hat wohl gewollt, dass wir uns treffen>>, sage ich unbedacht.

<<Huch?>>, hickst sie auf.

<<Wenn ich ehrlich bin, ging es mir ähnlich. Ich hatte auch nur einige Freunde. Naja, zwei um genau zu sein. Einer lebte sogar hier in Lilia, ein Anderer war ein einfacher Schulkamerad. Ich weiß nicht, vielleicht war es nicht einmal ein Freund. Sagen wir's so: Er konnte mich ausstehen.>>

<<Ich wünschte, ich hätte damals eine Schwester oder meinetwegen einen Bruder gehabt. Dann wäre alles anders gekommen>>, sagt sie.

<<Was meinen Sie?>>

<<Wie es halt ist. Hmmm ... es wäre bestimmt vieles anders. Vielleicht wäre ich jetzt sogar auf einer Hochschule oder auf einer Universität in London. Man weiß nie, wie es gekommen wäre.>>

Ihre Stimme steckt voller Hoffnung.

Die Luft ist frisch. Es ist was neues für mich, jemanden Dinge zu erzählen, die sonst nur in mir schreien und gegen meinen aus härtestem Ton erbauten Schädel klopfen. Es tut einfach gut, alles loszuwerden. Ein kleines Stück loszulassen und es fallen zu lassen. Ganz tief. In die tiefste Schlucht oder auf den tiefsten Meeresgrund. Ich wollte ihre Hürde überspringen und übersprang eine meiner, wie grotesk.

Ich kann in ihren Augen sehen, dass sie nicht darüber reden will.

Verständlich, wenn es ein schwieriges Thema ist.

<<Wer weiß das schon. Nur Gott.>>

Ihre weinroten Lippen reflektieren etwas Sonnenlicht, als sie spricht:

<<Gott … An den glaube ich schon lange nicht mehr.>>

Das Glänzen in ihren Augen versteckt selbst den Spätsommerhimmel hinter einen wunderschönen, dunkelroten Schleier. Nichts desto trotz verliert langsam aber sicher auch dieser an Glanz und die ersten Windstreifen streicheln meine Haut.

Es ist merkwürdig, dass sie so offen ist, obwohl sie mich nicht einmal kennt und mir ihre Denkweisen ohne Hintergedanken offenbart, sodass sie vor meinen Augen die ein oder andere Träne verliert.

Aber das ist vielleicht eines der Dinge, die ich so an Lilia liebe. Die Offenheit der Menschen. Sie sind alle in keiner Weise verschlossen, ja, genau so wenig wie ihre Haustüren bei Nacht.

<<Wenn ich zu merkwürdig werde, sagen Sie es ruhig.>>

<<Wie Sie meinen. Ich kann Sie jedoch verstehen>>

Trotz meiner Worte weiß ich nicht, wie ich meine Neugier erklären soll. Am besten gar nicht. Sie ist etwas Besonderes, auch wenn ich mir nicht erklären kann, wieso. Die Frage tut sich des Öfteren auf, warum sie mir alles anvertraut, nach den maximal drei Stunden, die ich sie kenne. Es ist total ungewöhnlich, aber ich will es herausfinden. Wer sie ist, die keiner kennt.

Über uns ziehen allmählich graue Wolken, tunken die Sonne in ein helles Schwarz, sodass ein Schatten die Sonnenstrahlen ersetzt, in denen wir den Kiesweg begehen. Mit ihnen kommt ein eiskalter Wind von der Seite. Es zieht. Das hohe Gras am Wegrand neigt sich von allen Seiten. Die Frau geht unbedenklich weiter, während sie mich beobachtet, wie ich meine Knöpfe an meinem Mantel zuknöpfe.

<<Es ist etwas kühl, finden Sie nicht?>>, spricht sie.

<<Worauf wollen Sie hinaus?>>

<<Wenn Sie wollen, können wir zurück und morgen weiter. Ich sehe, dass Ihnen kalt ist.>>

<<Ach Quatsch! Es ist nicht mehr weit. Und wer weiß, ob das Wetter morgen besser sein wird? Wofür heute du kannst sorgen, das verschiebe nicht auf morgen! Sagt man sich doch so, oder nicht?>>

<<Wie Sie wollen.>>

Sie summt eine Melodie. Eine trübe Melodie. Melancholisch aber entspannend zugleich. Wie das Rauschen des Meeres an einem späten, weinroten, leicht orangenen Sommerhimmel. Doch der Himmel über unseren Köpfen würde für's Erste trüb bleiben, anders als wir zwei Menschen der Natur.

<<Was summen Sie da?>>

<<Die Hymne des Bösen. Der Name mag abschreckend wirken, aber die Melodie ist wunderschön. Meiner Meinung nach.>>

<<Ja, das ist sie. Ich finde sie echt schön. Woher kennen Sie sie?>>

Sie summt weiter.

<<Es basiert auf einer Sage über dieses Dorf>>

Meine Neugier blüht auf, wie eine jede Lilie am Wegrand der von blassen Schatten verdreckten Straße.

<<Erzählen Sie schon.>>

<<Sie wollen sie nicht hören>>, streitet sie ab.

<<Und wie ich es will!>>, lächele ich.

<<Sie werden es nicht gehört haben wollen.>>

Sie beißt sich an dieser Meinung fest, sodass es mir so oder so unmöglich ist und zu auffällig noch dazu, sie weiter nach dieser Sage auszufragen.
Im Blumenmeer tanzen die Blumen zu ihrem Lied, sie neigen sich sanft. Bunte Farben übermalen das Grau, welches über dem Dorf liegt, wie eine Decke. Es scheint als gäbe es eine Aura in diesem Dorf, welche Blumen schneller und schöner wachsen lässt, in allen Farben des Regenbogens, wobei doch Rot dominiert.
Sie tut so vertraut. Wenn sie so weiter macht, dann tue ich das auch. Ihre Haare wehen sanft im Wind, zur Melodie ihres eigenen Gesangs. Es ist, als würde sie alles steuern, den Wind, die Wolken. Und ich verliere mich jedes Mal in Gedanken, wenn ich sie anschaue. Dabei will ich das nicht, ich will nicht über sie nachdenken. Ich will nur wissen, wer sie ist.
Der Wind schlängelt sich an meinem Körper runter, wie ein kaltes Reptil, strebend nach Wärme.
<<Und du findest es wirklich schön hier?>>, fragt sie nachdenklich und dreht ihren Kopf um 90 Grad zur Seite und circa zwei bis drei Grad nach oben. Sie schaut mir direkt in die Augen und ihr Blick durchbohrt mich. Es ist schon komisch, wie ähnlich ihre Augen den meinen sehen, bemerke ich, als sich mein ganzes Gesicht samt Farbe und Kontrasten in ihren leuchtenden Augen spiegelt.
<<Wunderschön.>>
<<Ja, sehr sogar>>, sagt sie hingebend sanft und schaut mir noch in die Augen.
<<Ich meine grauenvoll, ekelig>>, fährt sie fort als sie ihren Kopf wieder ruckartig wegdreht. Wenn sie mir eben meine Augen

komplimentiert hat, dann war es nicht zu überhören.
Ihr makelloses Erscheinen mag nur ein Schein sein. Und ich würde ihr weiter trauen.
Am Ende des Kiesweges beugt sich das hohe Gras nach rechts. In der Melodie des Windes tanzen sie. Das Wiesenmeer spült die eine oder andere Welle auf den Kiesweg. Mit einmal verschafft mir der Wind Sicht hinter das Gras des Straßenendes. Die Gräser beugen sich kurz so tief, dass ich nur ganz leicht erkennen kann, was dort sein mag. Ich sah etwas Reflektierendes, es war wohl Wasser. Das muss der See sein von dem sie sprach. Einige Vögel setzen Dinas Melodie fort, sie singen im Rhythmus, in dem die Kieselsteine unter meinen Füßen knirschen. Es ist, als ob die Natur ihr Freund wäre.
<<Er ist nicht groß, außerdem etwas dreckig, aber ich finde er hat was. Irgendetwas Besonderes. Ich weiß auch nicht. Vielleicht bilde ich es mir ja auch nur ein>>, sagt die Frau. Vor uns befindet sich eine Art etwas größere Pfütze. Ein beinahe zugewachsener Teich. Baden würde ich darin nicht, schon alleine aus der Angst, die Pflanzen würden meine Beine umschlingen und mich in die endlose Tiefe dieses doch so kleinen Teiches zerren. Sie löst sich von der Stille, streckt ihre Arme aus und überwältigt mit einer eleganten und doch verspielten Umdrehung.
<<Wunderschön, oder?>>, kichert Dina.
<<Ja>>, bist du.

Kapitel 3

Adagio in the rain

Das Mädchen tanzte gerne. Ihr Leben war kalt wie jede einzelne Fassade dieser Hütte.

Die Bretter sind kalt, nass und mit Moos bedeckt. Die Hütte riecht nach faulem Fisch, der Teich nach Verwesung. Am intensivsten jedoch sticht der Blütenduft in die Nase, unerklärlich, wie dieser sich durch die anderen Schichten der Gerüche kämpft.

Sie hopst am Teichrand entlang als sie sich im Moorwasser spiegelt. Ihre Hand fährt durch ihr Haar als sie bis auf den Grund hinab in das Wasser schaut, in der Hocke, nur einige Millimeter vom Wasser weg. Die andere Hand in ihrem Schoß, auf ihrem mit dunkelroten, wunderschönen Blumen auf hellrotem Hintergrund verziertem Kleid. Sie hält Balance zwischen dem Fall und dem Stand.

<<In der Tat, wundervoll>>, flüstere ich leise vor mir her, sodass meine Worte sich mit dem Wind verabschieden. Ein eingeschlagenes Fenster auf der rechten Seite dieser halbzerfallen Hütte lässt ahnen, dass hier jemand randaliert hat. Man hat versucht, ein Brett quer darüber festzunageln. Die Eingangstür, total filmreif. Ein Westernfilm schlechthin mit dem Zaun und dem kleinem Fundament. Der alte Mann mit der Pfeife im Mund und einem goldenen Stern auf der Weste würde das Bild komplettieren.

Das Mädchen rennt und im Lauf spielt der Wind eine helle

Klangmelodie. Sie hält etwas in ihrer Hand, eine Art Glockenspiel.
<<Guck mal, ich hätte nicht gedacht dass das noch hier liegen würde!>>
<<Wie alt ist das denn?>>
<<Ich weiß nicht genau, wann ich es bekommen habe. Keine Ahnung, aber es ist ewig her! Eine ganze Ewigkeit!>>
Das Windspiel klimpert die Melodie, während das Mädchen sie aufhängt, so hoch wie möglich.
<<Uralt>>, spreche ich leise.
<<Schon, aber wunderschön, finden Sie nicht? Die Hütte spiegelt sich am nahen Wasser, und sehen Sie, wie elegant sich die orangefarbigen Blätter der Reihe nach auf dem Wasser niederlassen, und wie die Vögel auf dem Dach der Hütte ihr Lied zum Glockenspiel anpassen. Eigentlich hat dieser Platz doch was, man muss die Schönheit nur finden, anstatt ihr nachzutrauern.>>
<<Alt bedeutet nicht gleich schlecht, das haben Sie gut gesagt. Sie haben total Recht.>>
Das Mädchen lächelt mich an, und ich zurück. Sie öffnet mir die Augen, ich kann wahrscheinlich noch viel von ihr lernen, erstaunlich wie sich alles gewendet hat.
<<Jack? Darf ich Sie etwas fragen?>>
<<Sicher.>>
<<Es ist eher persönlich.>>
<<Keine Bange, ich bin ein offenes Buch.>>
<<Ich wollte gerne wissen, wie alt Sie sind.>>
<<Lassen Sie mich überlegen, wissen Sie, mein Gedächtnis ist nicht mehr so auf Trapp>>, lache ich. <<Scherz! ich bin 25 Jahre

jung.>>

<<25 also. Dann leben Sie zum ersten Mal alleine?>>

<<Nein nicht wirklich, ich habe schon vorher in der Stadt alleine gewohnt. In so einem komischen Hochhaus. Die Miete dort war beinahe doppelt so hoch als würde man hier ein komplettes Haus kaufen.>>

<<Ach so?>>, schaut sie mich fragend an, etwas verwundert <<Dort ist also wirklich alles so teuer, wie man hier meint?>>

<<Hmm? Was sagt man hier?>>

<<Nun ja, alles soll angeblich teurer sein als hier, aber das kann ich nicht beurteilen, verstehen Sie? Man sagt auch, dass das Zusammenleben nicht so schön ist wie auf dem Land.>>

<<Ach, ist das so?>>, frage ich wiederholt, als auch mir auffällt wie viel Wahrheit hinter der Behauptung eigentlich steckt <<Irgendwie, haben Sie ja Recht.>>

<<Erzählen Sie mir doch etwas über die Stadt! Wie ist es dort? Es muss wundervoll sein.>>

Sie strahlt eine Form von Ruhe aus, während sie vor dem See hockt und lächelt. Sie schaltet die Welt um sich aus mit dem verrosteten Lichtschalter, der vorher nie benutzt wurde. Das Mädchen ist sich einer negativen Antwort nicht bewusst. Das Mädchen weiß nicht, wie frei sie ist.

<<Nun ja...>> Um ehrlich zu sein, ist die Stadt nicht schön und das weiß eigentlich jeder, aber verschweigen tun sie es auch. Viel eher verdrängen sie es, dass die Städte stinken, nach Benzin, dass sie laut sind, wie ein Flugzeug und kaputt, wie verwüstet durch eine Atombombe, es scheint alles besser als es ist und das wissen alle.

<<Ja, es ist schön dort>>, spreche ich.

<<Ich will dort auch unbedingt mal hin, einmal in meinem Leben will ich in einem Restaurant sitzen, das überteuerten Kaffee anbietet, und wo man von neuen Leuten umzingelt ist. Wo die Autos vor der Tür nicht parken, sondern fahren. Ich möchte einmal in ein Museum, aber in ein großes! Und da ist eine Sache, die ich unbedingt machen will...>>

Museen, Kaffees...

<<... Ich will einmal unbedingt... Ein einziges Mal ein Theaterstück ansehen.>>

<<Ein Theaterstück?>>, frage ich.

<<Ziemlich kitschig, was?>>

<<Nein, ganz und gar nicht. Nur, ich habe selbst noch nie eins gesehen.>>

<<Tut man sowas nicht wenn man in der Stadt lebt? Ich dachte das gehört dazu.>>

<<Schon... aber...>>, aber?

<<Aber?>>

<<Nun ja, viel Zeit hatte ich nicht, ich musste mich um die Arbeit kümmern und hatte einfach zu viel um die Ohren.>>

Mich um die Arbeit kümmern, dass ich nicht lache.

<<Vielleicht will ich auch mal eins aufführen. Vielleicht werde ich mal Schauspielerin.>>

<<Scheint mir gut möglich. Ich sehe schon die Straßenschilder aufleuchten mit Ihrem Namen... New York, Paris, Berlin. Welches Genre gefällt Ihnen denn am besten?>>

<<Weiß nicht, was gibt es?>>

<<Huch? Sie scheinen sich noch nicht so auszukennen.>>
<<Richtig.>>
<<Hmm mal überlegen... Es gibt unzählige … Das Drama, die Komödie, die Tragödie, und sogar Zauberstücke werden vorgeführt in einem Theater.>>
<<Zauberstücke?>>,
Das Mädchen steht auf und schaut mir gespannt in die Augen.
<<Ja, sogar Zauberstücke.>>
<<Wow, die Stadt ist ja wirklich ein wunderbarer Ort.>>
<<Wenn ich dort mal vorbeischauen sollte, nehme ich Sie mit>>, verspreche ich ihr.
<<Das würden Sie tun? Vielen Dank.>>
Es ist kurz still und wir lehnen uns auf der Treppenstufe zurück. Der Wind pustet uns eine kleine Brise in den Nacken und auf das Gesicht. Ein warmer Sommerwind, während sich die Herbstblätter bereits von den Ästen verabschieden. Ob wir wie Blätter sind? Ob wir gehen, wenn es uns zu kalt wird und wir nur bleiben, wenn es für uns angenehm ist? Ich denke, das beschreibt uns Menschen ziemlich genau.
<<Jack?>>
<<Ja?>>
<<Duzen Sie mich doch bitte ab jetzt.>>
<<Na- natürlich, we- wenn Sie so wollen, eh, du so willst, meine ich. Dann duz du mich doch bitte auch.>>
<<Ja mache ich, das ist viel persönlicher, stimmt's?>>
<<Ja haben S... oh Mann, oh Mann ist das schwer>>, lache ich und das Mädchen lacht mit mir. Ich kann ein echtes Mädchen

hören, das ihr Lachen schont. Ihr Lachen ist nicht so, wie ein Lachen ist. Ihr Lachen ist vergleichbar mit Helligkeiten, nicht mit Tönen. Ihr Lachen ist schön wie die Sommersonne und geschmeidig wie ein bunter Schmetterling, der sich tragen lässt von dem Sommerwind. Ihr Lachen ist warm wie der Sommer selbst.

<< 25 Jahre scheint mir so weit entfernt.>>

<<Glaub mir, das kommt schneller als du denkst!>>

<<Noch ganze vier Jahre vor mir. Vier Jahre... Was da alles so passieren kann?>>

<<Also mir ist nichts Außergewöhnliches passiert.>>

<<Sag sowas nicht. Das Schönste was mir passiert ist, passierte in zwei Tagen, es kann also alles passieren. Es ist noch längst alles offen. Ein Autor setzt sich nicht fest, wie viele Seiten er schreibt, also das denke ich zumindest. Ein Autor denkt über das Ende nach. Bei meinem Ende denkt er sich bestimmt was ganz besonderes aus. Etwas Außergewöhnliches.>>

Ich stütze mich auf, schaue mich etwas um.

<<Du, Dina, was ist das überhaupt für eine Hütte? Die gehört bestimmt irgendjemanden.>>

<<Nicht, dass ich wüsste. Ich war hier schon immer als Kind. Daran habe ich nie gedacht, es ist auch nie jemand gekommen. Ich gehe deshalb davon aus, dass die wohl keinem gehört. Der ganze Krempel in der Hütte lässt auch darauf schließen, dass hier schon ewig keiner mehr war. Ein umgeworfener alter Holzstuhl gekettet an einen Holztisch. Eine kleine zugeschlossene Truhe in der Ecke, wahrscheinlich mit Werkzeug oder so... Ach was, ich denke zu viel, ich habe mir darüber nie Gedanken gemacht.>>

<<Du hast Recht, ich denke auch viel zu viel.>>

Wir reden wie Kinder, verhalten uns wie Kinder. Wir sind wie Kinder, nur halt erwachsen.

Einige Sekunden starre ich auf den Teich bis der erste Regentropfen auf den Teich trifft. Ich höre einen Schall, ganz laut. Dabei ist eigentlich gar nichts zu hören. Einige Tropfen ziehen Wellen bis an den Rand des Teiches. Der Dritte folgt direkt nach dem Zweiten. Es wird dunkler als die eben noch scheinende Sonne von einer übereinandergeschichteten Wolke verdeckt wird, als würde diese sie für immer verschlingen. Das Glockenspiel wird lauter und schneller mit einem Regenduft tragenden Spätsommerwind, der frontal auf mich zukommt und an meinen verspannten Schultern hinunterzieht, gefühlt wie ein eiserner Gletscherwind. Die Stimmung Mutternaturs ging von Hundert auf Null, von fröhlich auf depressiv. In meinen Gedanken vertieft stehe ich bereits unter Wasser, als der Regen plötzlich eskaliert.

<<Wow…>>, spricht das Mädchen grob. Ihre Trübheit verarbeitet sie in Optimismus als sie sagt: <<Das wird schon nicht lange dauern.>>

<<Ich denke auch.>>

<<Apropos, ich bin ein Regenmensch.>>

<<Ein Regenmensch? Das hat sich eben aber anders angehört>>, lache ich sie an, trotz der Enttäuschung des Wetters, welches mich ein zweites Mal überlistet hat, und sie lacht zurück.

<<Soll ich es dir beweisen?>> Ich glotze wie erstarrt auf den Teich, der einen Tanz absolviert mit den Tausenden von Regentropfen, die

dessen gesamte Oberfläche zum Vibrieren bringen, bis ich erwidere:
<<Bloß nicht.>>
Wir lachen beide total verspielt und im Hinterkopf wollen wir beide, dass sie es tut.
<<Ich tu's.>>
Ohne, dass ich ein Wort sagen kann schnappt sie nach Luft, kneift ihre Schultern zusammen und vereint ihren Mut. Dann springt sie auf und führt einen Tanz mit dem Teich, während ihre immer nasseren Haare wild im Wind tanzen.
<<Du bist verrückt!!>>, rufe ich ihr lachend zu und klopfe mir auf die Schenkel.
<<Es ist gar nicht so übel! Komm rüber!>>, ruft sie sich wie ein Blatt im Wind bewegend.
Ich weiß gar nicht, was ich mir dabei denke, aber es scheint, tatsächlich spaßig zu sein. Ich stolpere förmlich in den Regen und das Letzte woran ich denke sind saubere Schuhe oder Kleidung. Unsere Haare, pitschnass, tanzen zu der Melodie in unseren Köpfen. Hand in Hand drehen wir uns im Kreis, im Schlamm und schöner könnte ich meine Kindheit in diesem Moment nicht ausleben. Nicht schöner als mit diesem Mädchen Hand in Hand. Das Mädchen, das mir erlaubt mich wie ein Junge zu fühlen. Das Mädchen, das mich dazu motiviert. Das Mädchen, das ich so lange gesucht habe. Wir lachen wie zwei Geschwister beim Packenspiel, wenn der eine ganz knapp hinter dem anderen ist. Unsere Klamotten kleben an unserer warmen Haut, total durchnässt. Aber ich verspüre keinen Drang, wie normalerweise, mich sauber zu machen. Ich verspüre den Drang meine nassen Klamotten von

meinem Körper zu reißen und mich abzutrocknen nicht. Ich verspüre weder Kälte noch Nässe. Eigentlich spüre ich nur Wärme. Nur Nähe, keine Sorgen. Sie verfliegen alle als ich mich drehe und sie wegschleudere.

<<Sowas habe ich schon ewig nicht mehr gemacht!!!>>, ertönt es aus unseren Mündern und verlässt unsere nassen Lippen im selben Augenblick. Der Regen wird lauter und unsere Haare sind nur noch ein Wasserfall aus Brauntönen. Der Regen wird lauter und unsere Schritte werden langsamer. Das Mädchen bewegt ihre Hand auf meine Schulter und mit der linken Hand greift sie nach meiner nassen Rechten, Finger neben Finger.

<<Ich habe das noch nie gemacht>>, flüstert sie.

<<Ich auch nicht>>, gebe ich stotternd von mir.

Ich lege meine Hand an ihre Hüfte und schaukele in eine taktvolle Bewegung hinein.

<<Ist das so richtig?>>, kichere ich.

<<Ich habe keine Ahnung>>, erwidert sie ebenfalls lachend.

<<Ich kann den Walzer wirklich nicht.>>>

<<Dann machen wir es anders. Ich weiß, wie das leichter geht>>, spricht sie leise <<Ich führe, also beweg dich nicht selbstständig.>>

<<Na gut...>>, verlässt es meine Lippen während ich leise nach Luft schnappe. Geschmeidig lehnt sie ihren Kopf an meine Schulter und ihre nassen Haare kleben an meinem Shirt. Sie will nicht loslassen, aber ich will ebenfalls nicht. Es ist komisch. Dabei kennen wir uns kaum.

<<Und du weißt anscheinend wirklich nichts mehr, habe ich recht?>>

Sie schien eine Antwort auf diese bizarre Frage zu erwarten, wobei ich mir nicht im geringsten vorstellen kann, was sie meint.

<<Hm?>>

<<Na diese Hütte, dieser Teich … Ich …>>

<<Was meinst du?.>>

<<Schon gut. Es ist alles gut. Im Moment ist es perfekt.>>

Das Mädchen schließt ihre Augen langsam, wird langsamer in der Bewegung. War der Regen langsam vorbei? Und überhaupt, wurde es heller? Wir hatten eine Idee. Unausgesprochen.

Kapitel 4

Part one, a short story: The day after yesterday

Das Mädchen schreit, schreit ganz laut und das Bild in meinem Kopf wechselt. Sie fällt auf ihre nackten Knie und das Bild in meinem Kopf wechselt. <<Vater...>>, und das Bild in meinem Kopf wechselt. Es spielt sich in meinen Gedanken ein Szenario ab. Unbedenklich. Ein kleines Mädchen erkenne ich in der verzerrten Silhouette meiner verschwommenen Gedanken, die ein Spiel mit mir spielen. Wiederholt dasselbe Szenario. Ein Schrei und ein <<Vater...>>. Ein Mädchen mit kläglicher Stimme. Die Bilder wechseln immer schneller bis ich völlig verschwitzt aufwache.

Die Decke liegt schon nicht mehr auf mir und das Fenster ist schon seit gestern Abend leicht geöffnet. Ein eiserner Wind haucht über meinen nassen Oberkörper, der selbst mich durch mein kindliches Schlafshirt erschaudern lässt. Reflexartig reiße ich die Decke wieder an mich, die schon halb auf dem Boden liegt. Ein Blick auf die Uhr lässt mich wissen, dass es nicht einmal morgen ist, wobei ich auch nicht damit gerechnet habe, dass es erst kurz nach 3 Uhr nachts ist. Auch wenn ich den Blick durch das Fenster wage, scheint es mir heller als in einer gewöhnlichen Nacht. Es war diese Helligkeit.

Diese Helligkeit, die es gibt, wenn Vollmond ist und die Sterne freien Schein auf diesen kleinen Planeten haben.

<<Wenn wieder Vollmond ist, dann will ich das nochmal anschauen. Ok?>>
<<Versprochen.>>
<<Indianer-Ehrenwort?>>
<<Indianer-Ehrenwort.>>

Der Dialog, der sich jeden Tag erneut abspielt, wenn der Sternenhimmel klar ist. Ist es nicht eigentlich so, dass die traurigen Erinnerungen immer mit den Schönen verbunden sind? Sodass, wenn wir uns selbst mit einer Melodie, einem Szenario, einer Person, einem Bild, woran diese Erinnerungen gehaftet sind, selbst in Verbindung bringen, so eine komplexe Vermischung aus Gefühlen in uns aufkommt. Ist es nicht so, dass wir uns nach so etwas sehnen, aber sobald wir es dann haben, es einfach loswerden wollen. Diese Erinnerungen, vor denen ich eigentlich fliehen wollte? Aber doch nicht immer. War mein Versuch, etwas Trauriges mit etwas Fröhlichem zu übermalen, mit dem Umzug hierher etwa gescheitert?
Nein.
Noch bin ich gut dabei. Die Dinge laufen und seitdem ich diese mysteriöse Frau kennengelernt habe, scheint es mir als werden die Dinge leichter. Ich hab es zwar noch nicht erfahren, aber ich bin mir sicher. Ich bin mir nicht oft sicher, sodass das von noch höherem Wert ist.

Das Wetter draußen scheint nicht gerade kalt für eine Nacht wie diese. Wir nähern uns Tag für Tag dem Winter und doch scheint es mir als entfernen wir uns von aller Kälte. Ich stehe am Fenster. Die Decke über den Schultern, sodass der kühle Windzug mir nicht zu schaffen macht. Aber der Himmel ist zu schön. Ich richte nicht einmal meinen Blick auf den Wald und auch wenn, dann würde es mir nichts ausmachen, denn dieser Anblick überdeckt weiß mit schwarz.

Der Griff der Balkontür ist kalt, leblos kalt. Langsam schiebe ich sie zur Seite, während der Windzug stärker und stärker wird. Mein Balkon ist zugeregnet. Bedeckt mit Blättern einer Farbansammlung von Brauntönen. Sie bewegen sich nicht, sie liegen, sie schlafen. Eigentlich sollte ich dies auch tun. Genau in diesem Moment.

<<Du hast es doch versprochen! Erinnerst du dich? Du hast es mir versprochen! Komm zurück! Lass mich nicht alleine... Komm doch endlich zurück>>, schrie ich damals wie ein verrücktes kleines Kind. Auch wenn ich jung war in jenem Moment. Ich hatte lange geglaubt, dass mit dem Tod meiner Schwester ihr Versprechen zu Grunde gegangen war, sich mit mir den Sternenhimmel anzuschauen. Aber eigentlich ist das nicht so. Sie schaut ihn sich mit mir an. Jedes Mal, wenn ich es tue, tut sie es auch. Nicht neben mir. Vielleicht ist es auch nicht so schön wie früher, aber es ist toll! Ich hocke mich auf den Balkonboden und lehne mich an die Hauswand. Ich wickele mich in meine Bettdecke ein, in der Hoffnung mir würde etwas wärmer werden, aber es bringt nichts, denn ich bin kalt. Aber mit der Zeit vergeht die Kälte und ich spüre nichts.

<<Ich schlafe heute bei dir, wie in alten Zeiten>>, flüstere ich leise.

Vielleicht ist es nicht dasselbe, wenn wir nicht mehr dieselben sind. Aber irgendwie sind wir das doch. Das Szenario mag etwas anders sein, aber eigentlich ist es doch gleich, oder nicht? Sie ist doch hier, direkt bei mir.

Meine Augenlieder werden schwerer, immer schwerer. Es ist keine Kälte mehr zu spüren und es scheint mir fast so, als würde ich sie riechen können, dabei hat sie doch keinen speziellen Duft.

Tatsächlich schaffe ich es hier einzuschlafen. Ich habe es mir vorgenommen. Heute schlafe ich bei ihr, und wenn ich nicht mehr aufwachen sollte.

Kapitel 4

Part two, a short story: the day after yesterday

<<Wir kennen uns nicht lange, ich weiß, aber versprich mir eins, vergiss mich nicht.>>
<<Ich sehe dich ja morgen wieder. Keine Angst.>>
<<Das ist ein Versprechen.>>
Und so verschwand das Mädchen aus einem ihrer tausenden Träume.

Den Kaffee morgenmuffelgetreu in der Hand. Der Regenduft liegt in der Luft, dabei regnet es gar nicht mehr. Es ist angenehm warm im Zimmer. Große Pfützen von gestern Mittag liegen noch auf den Terrassenfliesen, als ich einen Blick durch die nasse Glasscheibe meiner Terrassentür werfe. Es scheint schöner als es ist. Im Einklang mit dem idyllischen Wald, der hinter meinem Garten hervorragt, ergibt sich eine Symphonie aus den schönsten Spiegelungen. Die eine Pfütze spiegelt Vögel wieder, die sich auf der Dachrinne niederlassen. Die andere die prachtvolle Natur des Waldes. Die Glastür spiegelt mich wieder, mich in einem kindlichen Schlafhemd, mit einem Hotelgesicht wie aus Horrorfilmen und einen dafür umso besseren Kaffee, dessen Dampf sich hin zur Zimmerdecke streckt

und sich in einzelnen Millionen Teilen auf dem Fußboden herabsetzt. Meine Hand reibt sich schon fast refelxartig unter meinem Augen als ich meinen Mund zum Gähnen aufreiße, jedoch huste ich unweigerlich drauf los, anstatt den Gähner mit Erfolg und einem riesigen Glücksgefühl vollenden zu können. Habe ich mir eine Erkältung eingefangen? Was wundere ich mich bloß, ich bin auf dem Balkon eingeschlafen. Am Ende aller Wolken schafft der Kreis, den wir Sonne zu nennen pflegen, es irgendwie eine Delle in die hellen jedoch dicken Wolken zu schlagen. Ein Regenbogen wurde geboren, aus der schon fast feuchten Luft, um dem Morgen in zarten Worten ein schönes Leben zu wünschen, nicht mir. Eine solche Kraft jedoch, ja, schon fast Magie, muss sich selbst im Klaren darüber sein, wem sie sich zeigt.
Durch das Küchenfenster reicht ein Geruchsschub bis zu mir. Ein Gemisch aus Blütenduft und Regenduft, mit ihm ein angenehm kühler Windstoß, der durch meine Haare streicht, als wäre es eine Hand. Dörfer sind wunderschön. Aber ich will es nicht verallgemeinern. Lilia ist wunderschön. Manchmal riecht es nach Blütenduft, was ohne Frage hervorragend zu der Herbst-Kulisse passt. Manchmal aber riecht es auch nach Regen. Nein, nicht der Großstadtregen, nicht dieser abscheuliche Regenduft den jeder verabscheut. Nicht der Benzin- und Abgasregen. Nein, sondern ein klarer Regen. Ein vielleicht etwas kühler, aber dafür klarer Regen. Ein Regen, in dem man vielleicht, unter Umständen sogar tanzen könnte.
Was war das bloß für ein eigenartiger Traum den ich hatte?

Das Licht strahlt mir plötzlich ins Gesicht, als würde es mich angreifen wollen. Als würde es mich zum Ausweichen zwingen wollen, was ich auch tue. Beinahe regungslos drehe ich mich langsam in Richtung Flur und steige Treppenstufe für Treppenstufe hinauf in die obere Etage meines viel zu großen Hauses. Zu viele Fenster, zu viele Räume, zu viele Tapeten, zu wenig Farben. Ein nasser Boden. Er reflektiert das Sonnenlicht, das sich mittlerweile durch die Wolken geboxt hat. Meine Socken saugen sich mit kaltem Wasser voll. Fokussierend folge ich der Spur zu meinem Wäschekorb, der zu tropfen scheint. Mein gestriger Pullover, Jeans, Unterhose, Socken, und mein Unterhemd. Pitschnass tropft es schon fast die Stufen hinunter, bis ich dem Wasser mit dem langen roten Handtuch ein Schlussstrich ziehe und den Boden von der Überschwemmung befreie. Mein Traum. Wieso sind meine Sachen so nass und dreckig? Es ist, als sei mein Traum letzte Nacht tatsächlich wahr geworden, als habe ich getanzt im Regen mit einem unbekannten Mädchen auf irgendeiner Wiese. Das Mädchen, dieses verrückte Mädchen, das mich im strömenden Regen zum Tanz aufforderte. War sie wirklich dort? Wie sonst soll ich mir meine nasse Kleidung erklären, wenn ich mir selbst so unvertraut bin, dass ich mir nicht selbst vertraue. Sie war definitiv mit mir. Wie war ihr Name?

Langsam erinnere ich mich an das, was zuvor geschah. Das Szenario spielt sich in meinem Kopf ab, wie wir tanzten. Ich habe es tatsächlich vergessen? Wie kann ich bloß? Wie kann ich denn einen der besten Momente in meinem Leben so einfach aus dem

Gedächtnis löschen? Ich fühle mich schlecht. Schlecht, wegen dem, was ich vergessen habe.

<<*Das ist ein Versprechen.*>> , schallt es tausende Male in mir. Es scheint, als wolle mir eine Stimme irgendetwas sagen. Wer oder was oder worum es eigentlich geht, bleibt mir aber vorenthalten. Als würde mir mein Gedächtnis einen Streich spielen, wie man es von Kartenspielern kennt. Was habe ich wem versprochen? Ich fühle mich so falsch. Die Stimmen, die sich seit heute Nacht immer wieder mit den anderen in meinem Kopf den Platz teilen, werden lauter.

Kapitel 5
Another dimension's happiness

Sie streckt sich zu ihm aus.

<<Du, Freund, den ich mir aus Erde baute, bleibst du auf ewig?>>, woraufhin der aus Einsamkeit erbaute Klumpen aus trockener Erde und Steinen wie aufgefordert zerfällt, stumpf, kurz nach ihren Worten.

Aus ihren Tränen formte sie einen Freund, anders als die Anderen. Die Erde, die sie bewässerte, war fester als die, die sie sonst für gewöhnlich fand. So beschloss sie zu weinen, jeden Tag, sodass sie ihn hatte. Sie weinte jeden Tag und schmierte nasse Erde an nasse Erde, nur für diesen einen Freund, den sie sich erbaut hatte.

<<Weine nicht um mich>>, sprach der Klumpen an jenem Tag.

<<Ich bin nur ein Klumpen Erde.>>

<<Bleib mein Freund, ja?>>, sprach das Mädchen mit verweinten Augen. Sie hatte eine Emotion erschaffen. Eine Emotion, die es nicht einmal in der Welt über ihrem Himmel gab. Eine Emotion, die es eigentlich gar nicht gab. Denn sie weinte um ihn, weil sie es musste. Sie zwang sich die Trauer auf, sodass aus der Scheintrauer eine Emotion wurde, die man in der Welt über ihrem Himmel in Bezug auf den Wert mit Freude oder Trauer vergleichen konnte, denn etwas

anderes kannte sie nicht.

<<Ihr Paket ist bei mir im Briefkasten gelandet.>>
<<Komisch>>, lacht der alte Mann <<Ungewöhnlich.>>
Für einige Sekunden schaut er sich die kleine, mit einem Karton verpackte Lieferung an, verengt seine Augenlider und schaut durch seine Brille nach der Bestellung.
<<Hmm. Bestimmt ein Brief und eine Schokolade, wie jedes Mal.>>
Er dreht es noch einige Male, um scheinbar sicherzugehen, dass es tatsächlich für ihn ist, wobei ich ihm diese Verpackung persönlich vorbeigebrachte habe. Misstrauisch schaut mir der alte Mann in die Augen mit dem Blick eines Adlers, so stur und fokussiert. Seine grauen, für ältere Menschen ungewöhnlich langen Haare baumeln ihm vor den verengten Augenlidern.
<<Du bist doch der Neue, oder? Der neue Nachbar, stimmt's?>>
<<Richtig.>>
Trocken, schon fast unpersönlich schaut er mich immer noch an und atmet auffällig laut durch seinen gepflegten grauen Bart. Seine Augen scheinen lebendig, ja, schon fast selbst-denkend. So sehr lassen sie mich erschauern als er versucht meine Gedanken zu durchbohren, was mir den Weg zu meinem Notausgang der unangenehmen Lage blockiert. Ich sollte einfach gehen, mich umdrehen und einfach gehen. Ich sollte einfach „Tschüss" sagen und mit 2 km/h über der üblichen Schrittgeschwindigkeit von dem Grundstück verschwinden, durch die Einfahrt oder einfach unauffällig über den Zaun, der unsere Grundstücke trennt. Ich muss

wohl akzeptieren, dass seine Augen es nicht wollen. Sie wollen nicht, dass ich gehe, zumindest nicht aus eigenem Willen. Da spiele ich keine Rolle, noch weniger meine Meinung, welche inzwischen nach den vergangenen 10 Sekunden sich dazu entschieden hat, mir zu entfliehen.

Seine faltigen Augen, sein faltiges Gesicht, sind starr wie Beton als er mich analysiert, nur mein Gesicht, nein, nur meine Augen eigentlich.

<<Ich würde dich jetzt gerne auf einen Kaffee einladen, aber mein Zeitplan protestiert. Ich muss noch zum Laden rüber und ein paar Liter Farbe kaufen>>, bewegt sich sein Mund trocken, sodass beinahe Brocken von seinen Lippen hinunterfallen.

<<Ach so, schon gut. Dann ein anderes Mal.>>.

Ich drehe mich weg von der Haustür, ganz einfach, wie ein Mensch.

<<Eigentlich mag ich gar keine Neulinge>>, spricht der alte Mann, pausiert kurz und fährt dann fort: <<Dreh dich um und sag so etwas wie „Ach, dann helfe ich Ihnen eben beim Tragen!“. Vielleicht vergesse ich es dann.>>

<<Tut mir leid, ich helfe natürlich gerne beim Tragen>>, sage ich, auch wenn mein Zeitplan protestiert.

<<Wie nett von dir! Du gefällst mir!!!>>, lacht er herzlich und ich aufgezwungen als er mich beinahe rückwärts die Treppenstufen runter schubst.

Ansonsten hat er ein weiches Herz. Er ist ein guter Mensch.

Jedes Haus, an dem ich vorbei spaziere, könnte der Ort aus meinem Traum sein. Nein, es war gar kein Traum. Jeder Garten könnte der sein, in dem wir tanzten. Jede Blume kann die sein, die ich an jenem

Tag sah. Der alte Mann könnte das Mädchen sein, mit dem ich tanzte. Ich lache einmal laut auf und hatte jedoch vergessen, dass auch siebzigjährige Ohren haben.

<<Was ist denn so lustig?>>, fragt er überrascht als er vergnügt und ohne Last seine Spuren im Kiesweg hinterlegt.

<<Es ist nichts, ich dachte nur gerade an einen Witz.>>

Eine kurze Redepause entsteht und der Mann schnauft leise.

<<Kommst du auch am Donnerstag?>>, nuschelt der alte Mann, während er sich genüsslich eine Zigarette anzündet.

<<Was ist am Donnerstag?>>

Er stöhnt einmal leise.

<<Ich hatte vergessen, du bist ja neu.>>

Er pustet den stinkenden Rauch in die windstille Luft, sodass die Luft, die ich beim Schleppen zwei schwerer Farbeimer dringend brauche, ungenießbar, schon fast verpestet ist. Ich kichere einmal kurz auf.

<<Was ist so lustig?>>

<<Alles gut. Der Witz in meinem Kopf….>>, kichere ich noch einmal laut los.

<<Typisch Großstadtmensch. So verschlossen, das ist abartig. Wenn du doch über einen Witz gelacht hast, dann erzähl ihn mir doch. Ich würde gerne mitlachen!>>

<<Würde ich gerne. Das Problem ist nur, ich denke, ich habe die Pointe vergessen.>>

<<Was ist das? Französisch?>>

<<Ich weiß es nicht, um ehrlich zu sein>>, lache ich auf und zu meiner Überraschung lacht er mit.

<<Parlez-vous français?>>, lacht er so sehr, dass er schon fast seinen Satz unterbrechen muss. Schon fast schade, dass ihn keiner außer mir hört, er lacht sicherlich selten.

<<Oui, oui!>>, lache ich mit kindlicher Mimik und er lacht so sehr, dass er von einem Stuhl fallen würde, wenn er auf einem säße.

<<Am Donnerstag ist ...>>>, fängt er ernst an, bis er vom Gelächter übertönt wird.

Er versucht es ein zweites Mal.

<<Nächste Woche Donnerstag ist die Dorffeier im Zentrum. Wir feiern den dritten Tag nach Vollmond. Kommst du?>>

<<Eigentlich habe ich ja noch nichts vor. Mal sehen, wie soll denn das Wetter werden?>>, frage ich.

<<Gut, glaube ich, ungefähr so wie heute könnte man sagen. Aber das spielt gar keine Rolle. Das Fest findet sowieso nachts statt. Solange es nicht regnet, sollte also alles passen.>>

<<Na gut, ich werde mal vorbeischauen. Macht ihr sowas öfter?>>

<<Ab und zu mal, ganz spontan. Aber dieses Fest findet einmal im Jahr statt>>, spricht er, als wir unerwartet in eine Straße abbiegen, die eigentlich nicht zu unseren Häusern führt.

<<Wohin gehen Sie denn? Die Dinger sind schwer wie sonst was!>>

<<Du kannst hier bleiben, wenn du willst. Ich muss nur einmal zum Friedhof und meine Blumen ablegen.>>

Ich wunderte mich schon die ganze Zeit über, warum er mit einem Strauß schöner roter Lilien in der Hand rumlief, die er eben bei der netten Dame gekauft hatte.

<<Ich werde hier warten>>, spreche ich.

<<Na gut, ich bin gleich wieder zurück, gib mir nur einen Augenblick.>>

<<Nehmen Sie sich Zeit!>>, rufe ich hinterher als er die Treppenstufen zum Friedhof am Geländer klammernd hochsteigt. Oben steht er, bevor er niederkniet. Nur einige Gräber weiter steht auch eine junge Frau, die mich an jemanden erinnert. Ich wünschte nur, ich wüsste an wen. Ein rotes Sommerkleid, so schön, taumelt in der Windstille, bis auch sie niederkniet und aus meinem Sichtfeld hinter der Mauer auf ewig verschwindet.

Als ein Herbstblatt neben mir den Boden berührt, breitet sich in meinem Kopf innerhalb einer Sekunde ein purer Schmerz aus, der sich von meinem Nervenzentrum auf meine Arme, Beine, Ober- und Unterkörper überträgt.

<<Versprich mir eins, vergiss mich nicht.>> <<Vergiss mich nicht.>> <<Vater... >>, schallt es wie heute Morgen tausende Male durch meinen Kopf, sodass ich die Außenwelt nicht mehr wahrnehmen kann. Zumindest kaum, auch wenn ich es noch so sehr will. Jeder Schall schmerzt wie ein Stich in meinen Kopf mit der spitzesten Nadel eines Nähers.

Auf dem Friedhof ist keiner mehr außer Mr. White, dessen Namen ich nur wegen des Pakets kenne. Sie ist abgetaucht, wortwörtlich.

<<Vielen Dank für's Schleppen!>>

<<Ach was, immer doch. Wenn Sie mal wieder Hilfe brauchen, sagen Sie einfach Bescheid. Ich bin ja im Haus nebenan.>>

<<Ja, und das ist nicht zu bedauern. Keineswegs.>>

<<Natürlich, wir sehen uns Donnerstag, richtig?>>
<<Richtig! Au revoir!>>, ruft er und lacht noch einmal, während er die Tür vorsichtig leise schließt, als ich schon fast am Einfahrtsende stehe.

<<Du, mein Freund, gebaut aus Erde, sag mir, hast du Angst vor der Welt dort oben?>>
<<Nein, aber vor dir.>>
Das Mädchen weinte. Sie weinte, um ihren Freund zu festigen. Die leeren Tränen überschwemmten ihn, woraufhin sein Körper bei lebendigem Leibe ertrank und ineinander fiel, ganz stumpf, ganz schnell.

Kapitel 6
A sad goddess

Das Mädchen erwachte an diesem bitterkalten Morgen mit verweinten Augen und dreckigen Händen. Ihr weißes Kleid blieb verschont von der elenden Wälzerei. Der holzige Boden stand bereits unter Wasser, als sie ihren kleinen, nackten Fuß auf dem warmen Boden abstellte. Ihre Tränen waren ebenfalls warm, jedoch spürte sie es nicht, denn sie, ja, ihr ganzer Körper, war kalt. Eine warme Träne rannte ihre blutroten Wangen hinunter, und ein einziger warmer Streifen erfüllte ihr Gesicht mit Wärme. Ihr kleiner zärtlicher Körper brach herab in die warme Pfütze aus Elend, die sie geschaffen hatte. Schluchzend im Elend fiel sie in sich zusammen. Es wurde warm. Sie begann Wärme zu vernehmen. Sie begann wärmer zu werden, schon fast heiß von ihrem Elend, in dem sie förmlich ertrank. So blieb sie liegen bis der eiserne Herbst vorüber war, bis der Frühling ankommen würde. Der Frühling der nie kam.

Der Geruch. Ich vernehme diesen Geruch nicht wie einen einfachen Geruch. Der Duft dieser roten Lilie, die ich in der Hand halte. Aber die Lilie ist tot, denn der Stängel und die Wurzel sind nicht mehr in der Erde.

Sie inspiriert mich. Ich habe alles dabei: Eine Kamera und die Motivation. Der Haken an der Sache jedoch ist Folgender: Zur Motivation gehört eine Aktion und was das angeht, bin ich wiederum motivationstot.

Mein Fahrrad ist noch etwas kalt von der Nacht. Es ist schon etwas älter. An manchen Stellen reflektiert die Oberfläche sogar die mittlerweile stark scheinende Sonne, während an anderen Stellen der matte Rost langsam abfällt. Es ist schon fast ironisch, dass meine Klingel das hochwertigste an meinem Fahrrad ist. Selbst die Pedale, auf denen ich meine Füße stütze, scheinen halb zu Staub zu zerfallen. Die Sonne scheint und der Wind ist unbeschreiblich warm wie eine Brise im Sommer, welche durch die Luft schwebt.

Der endlos lange Feldweg, auf dem ich langgleite mit einer Klingel, die bei der kleinsten Delle im Boden klingelt, macht mir zu schaffen. Aber es sieht so schön aus, dieses Haus in gefühlten Kilometern Entfernung, umrandet von einem beinahe endlosen Weizenfeld. Das Feld sieht ähnlich aus. Ähnlich wie jenes Weizenfeld neben dem Haus, in dem ich gelebt habe.

Mein Fahrrad klingelt, als ich es an die Wand des Gebäudes stelle, an dem sich Rosen von der Schönheit einer Göttin hinauf ranken. Es ist ein mittelgroßes Gebäude. Nicht größer als ein Familienhaus, jedoch verraten die doppelte Eingangstür aus Glas und der lange enge Flur dahinter, dass es sich um etwas anderes handelt. Es handelt sich anscheinend um die Schule, von der man mir erzählt hat. Sie soll wohl abseits liegen und die Bewohner beschweren sich ständig, dass es keinen Schulbus gäbe, und ihre Kinder auch im Winter einen solch langen Feldweg, der wahrscheinlich noch zugeschneit ist, zu Fuß laufen müssen.

Das Aroma wäre für einen Pollenallergiker nicht auszuhalten. Es wimmelt nur so von Pollen. Pollen von Blumen auf der Wiese, kleine, große, gelbe, rote, weiße. Eine unbeschreibliche Schönheit in Form eines nicht allzu großen Hauses ragt sich über meinen Kopf, während der Balkon Schatten auf meinen Kopf wirft. Die Ausstrahlung ist ästhetisch. Ich lese das Haus wie in einem Roman mit Bildern.

Es riecht nach Orangenblatt in der Kopfnote und Rosenblatt in der Herznote. Tausende Essenzen schwirren in der aromaintensiven Luft. Ein Fenster steht offen und reflektiert einen solchen hellen Lichtstrahl in meine Richtung, sodass ich für den Bruchteil einer Sekunde denke, die Silhouette wie die einer Frau, welche sich aus dem Fenster lehnt, wäre unecht. Auf ihr Gesicht scheint frontal die Sonne. Die übergroße Sonnenbrille verhindert das Blenden der Sonne. Die Haare wehen in einem Windzug, als er mir ebenfalls mit seinen kalten Fingern über den Rücken streicht. Sie muss scheinbar eine der Reinigungskräfte der Schule sein, schließlich arbeiten Lehrer nicht sonntags, zumindest nicht in der Schule.

Ich lehne mich über die Ecke, da ich schon lange genug im Lichtkegel stand, in welchem sie mich nicht einmal erblickt hat, und doch will ich, dass ihre Augen auf meine treffen, ohne Verwirrung oder gar Erschrecken zu verursachen.

Sie ist so unbeschreiblich schön, dass ich das eigentliche Ziel vor Augen vergessen habe. Das Schulgebäude, nicht die Frau, die mich nicht erblickt.

Ich selbst schrecke bei dem Gedanken etwas zurück, als ich bemerke, dass ich eine Frau aus einem versteckten Winkel beobachte. Trotz dessen hält es mich nicht auf.

Die Göttin spielt mit einem Apfel, den sie mit einer Hand einige Zentimeter in die mit ihrem Parfüm aus himmlischem Aroma erfüllte Luft hinaufwirft und wieder auffängt. Einige Male wirft sie ihn hinauf und hinab, als er ihr plötzlich fast aus der Hand fällt. Tollpatschig greift sie vergebens einige Male, sich hektisch bewegend, in der Luft nach ihm. Im letzten Moment fängt sie den Apfel und verschnauft für eine Sekunde, inhaliert den Duft des Blütenmeeres, welches wiegend vor ihr seinen Duft absondert und so eine perfekte Arbeit erquickt. Dann schaut sie zur Seite, langsam. Ihre Augen erblicken meinen Kopf, der sich spionageartig hinter der Hausecke rausstreckt. Ihre Augen strahlen so hell, so intensiv tief, sodass ich vergesse mich wieder hinter der Hausecke zu verstecken. Ich bin wie eingefroren. Ihr Blick ist ebenfalls wie eingefroren für knapp eine Sekunde, bis sie zusammenschreckt.

Der Apfel fliegt. Knapp einen Meter neben mir zeigt sich das Ergebnis ihres amateurartigen Wurfes.

Jedoch mit solch einer Geschwindigkeit, dass ich froh sein kann, dass er mich nicht getroffen hat.

Schreiend übertönt sie das laute Geräusch, welches das zugeschlagene Fenster von sich gibt.

In nur einigen Sekunden öffnet sich ein Fenster vom oberen Stockwerk, weit über meinem Kopf.

<<Verschwinde! Ich rufe die Polizei!>>, ruft eine Stimme laut aus dem Fenster. Mit ihrer gottesgleichen Schallwelle des Geschreis fliegt ein Buch nach dem anderen.

<<Mach...>>, Goethe <<Dass...>>, Schiller <<Du...>>, Shakespeare <<Wegkommst!!!>>, Kästner.

<<Nein! Bitte nicht die Polizei! Ich wollte sie nur etwas fragen! Bitte rufen Sie nicht die Polizei.>>

<<Nenn mir einen Grund!>> schreit sie, als sie sich mir mit zwei Büchern auf einmal nähert, schon fast ninjamäßig im Wurfstern Stil.

<<Es war ein Versehen!>>, rufe ich und meine es wörtlich.

<<Du bist Abschaum!>>

<<Ich wollte Sie nur fragen, ob ich die Erlaubnis kriege hier ein paar Fotos zu schießen!!>>

<<Fotos?! Du nervst! Mach, dass du wegkommst!>>, es fliegt noch ein Buch, dann wird sie kurz ruhiger.

<<Moment... Fotos? Wie heißt du?>>, fragt sie.

<<Jack!>>

<<Jack?>>

Mit der Windstille kommt die Buchstille.

<<Bist du der neue Bewohner?>>

<<Ja. Ja der bin ich!>>, rufe ich den Rosen hinauf auf den Balkon.

<<Jack ..... Jack. Wie unangenehm. Ich dachte, du wärst einer von draußen. Wie unhöflich von mir.>>

<<Wie bitte? Es tut mir leid, Sie erschreckt zu haben.>>

<<Du bist mir aber auch einer. Der erste Eindruck hat dich gebrandmarkt. Mädchen beobachten. Mit einer Kamera.>>

<<Hat er das? Es tut mir leid.>>

In einem Moment der Schweigsamkeit driften unsere Blicke auf die alte Fassade der Gottesschöpfung, als eine Rosenblüte stillschweigend auf ihr trockenes Grab fällt.

<<Das Gebäude ist halt schön. Es ist wirklich wie von Gott geschaffen, diese Naturschönheit>>, spreche ich aus tiefster

Vernunft, in der verblassten Hoffnung etwas Vertrauen in das Gespräch einbringen zu können.
<<Hier im Dorf ist so vieles schön. Die Häuser und der japanische Baustil. Der war damals total in der Mode im Umfeld. Die Blumen sind exklusiv in Lilia! Nirgends gibt es so schöne Blumen wie hier. Aber, warum kommst du denn nicht rein?>>
Verblüffend schnell verleitet mich ein "Ja" auf ihre unerwartet direkt Frage, ob ich zu ihr hinein wolle.
Was wäre, wäre ich tatsächlich ein Spanner, oder sogar ein Mörder. In diesem Augenblick der Windstille öffne ich die Tür mit halber Stärke. Meine Hände zittern leicht, als ich den Flur betrete. Ich hatte Eintritt in Gottes Versteck erlangt.
<<Dass Sie mich hier so einfach hereinlassen...>>
<<Jack, sag doch einfach 'du' zu mir>>, sagt sie.
<<Wäre das nicht etwas informell?>>
<<Eine ehemalige Freundin zu duzen?>>
<<Ehemalige Freundin?>>, frage ich verwirrt.
Für einen halben Moment vergaß ich, dass ich auch einst ein Kind war. Auch ich hatte eine Kindheit, auch wenn ich mich nicht, oder kaum an sie erinnere.
<<Ich verstehe, dass du dich nicht mehr daran erinnerst. Wir haben immer mit Riley auf den Wiesen gespielt. Ich bin August. Erinnerst du dich nicht?>>, fragt sie mit einem Unterton geprägt von Enttäuschung.
<<Tut mir leid, meine Erinnerungen sind total verschwommen, ich war noch so klein.>>
<<Genau ein Jahr jünger als Ich, auf den Tag genau. Am 13.

August. Ich vermisse Riley so sehr, auch wenn wir nur Kinder waren ...>>
<<Hat er euch nicht besucht?>>
<<Nein, keiner weiß, wie es ihm geht. Es ist nicht möglich, dass er uns besucht.>>
<<Sag bloß, er hat ein Einreiseverbot?!>>
<<Einreiseverbot? Wie? Was?>>
<<Na, er ist doch mit seiner Familie nach Australien ausgewandert oder etwa nicht?>>
Der Blick, der sich von den Blumen auf der Fensterbank losreißt, erschreckt kurz, während sich die Gesichtszüge nicht verzerren. Die Augen weiten sich lediglich ein bisschen.
<<Ja, nach Australien ausgewandert>>, sagt die göttliche Stimme betrübt.
<<Es ist nicht wahr, habe ich recht?>>, frage ich vorsichtig, als sich am äußeren Fensterbalken des hell beleuchteten Bürozimmers ein singender Vogel niedersetzt.
<<Die ganze Geschichte?>>
<<Was, die ganze Geschichte'?>>
<<Willst du die ganze Geschichte hören?>>
<<Ja! Erzähl mir die ganze Geschichte...>>, wage ich kaum auszusprechen, denn ich weiß nicht, was mich erwartet.
<<Mit welchem Ort in diesem Dorf verbindest du etwas Schönes?>>
Wasser.
<<Ich weiß nicht genau, irgendwas mit Wasser. Ein Teich oder See oder so vielleicht?>>

<<Oder vielleicht die Wassermühle, neben der wir oft gepicknickt haben?>>, fragt sie mich.

<<Ich bin mir nicht ganz sicher. Vielleicht ist es eine Mühle. Es war irgendetwas mit Wasser.>>

<<Weißt du, mit dieser Mühle verbindet keiner gute Gedanken. Nicht mehr, seitdem ein jeder weiß, was um Familie Hanninghan passiert ist.>>

<<Familie Hanninghan …>>

<<Darius, der Vater der Familie, starb dort bei einem tragischen Unfall.>>

Ich kann nichts sagen. Auch wenn ich wollte, dann ist mein Hals zu trocken, um auch nur ein Wort in kleinster Tonlage auszusprechen.

<<Lucy Hanninghan ist nur einige Zeit später an Selbstmord gestorben. Aus Frust wahrscheinlich, weil ihr Mann ja auch gestorben ist.>>

Reflexartig streiche ich über den Tisch, als ich die Träne den Weg über meine Wangen blockiere.

<<Was ist mit Riley passiert?>>, stottere ich erschüttert in einem Ton, in welchem selbst ich es hasste, eine andere Person sprechen zu hören. Es ist die Stimmlage, die kommt, bevor man zu weinen beginnt.

<<Riley wurde unter neuem Namen zu seinen Verwandten in die Stadt geschickt. Seitdem haben wir einige Dorfbewohner weniger, die wir liebten. Eine ganze Familie ist wie ausradiert. Aber diese Art von ausradiert, wo man den Stift zu feste auf das Papier drückt. Die Spuren bleiben immer im Blatt. Das ist nicht zu verhindern. Oder man versucht, ganz feste zu radieren. Dann reißt das Blatt jedoch

selbst.>>

<<Wie heißt Riley jetzt?>>, ich werde lauter, doch ihre sanfte Stimmensymphonie bleibt ruhig.

<<Keiner von uns weiß es.>>

<<Aber seine Tante und Onkel… Jemand muss doch wissen, wo die wohnen.>>

<<Das weiß nur die Polizei.>>

<<Ich will ihn sehen.>>

Schallwellenblockade quer durch den Raum. Keiner sagt etwas für einige Sekunden.

<<Manche von hier meinen sogar, er hätte auch, wie seine Mutter, na, du weißt schon.>>

Ein Atemstoß bricht aus meinem Körper als wäre es mein letzter.

<<Riley ist … tot?>>

Die Vergangenheit ist unberechenbar schnell zu meinem Feind geworden.

Meine Augen weiten sich unbeschreiblich und meine Hände packen nach der nicht greifbaren Tischplatte bis ich ihre gläserne Kälte an meinen Handflächen verspüre, drücken darauf, so fest.

Meine Eltern hätten es mir sicher erzählt, wären sie noch da. Sie hätte mir bestimmt auch 'die ganze Geschichte' erzählt.

<<Nur einige Tage später starb Mr. Whites Frau und deren gemeinsames Kind. Ein sehr trauriges Schicksal.>>

<<Ich erinnere mich.>>

<<Woran?>>

<<An dich. Wir haben ständig Mutter-Vater-Kind gespielt. Neben der Wassermühle auf dem Feld. Wie du es gesagt hast.>>

<<Genau, du und Riley ihr habt euch jedes Mal gestritten, wer

Vater und wer Kind sein darf>>, lacht sie leise.

<<Es ist so schön dich wiederzusehen. Auch wenn ich mich nicht an viel erinnern kann.>>

<<Wir sollten mal picknicken gehen. Auf der Wiese neben der Wassermühle. Zu Ehren Rileys.>>

<<Ja, eines Tages.>>

Nagut, ich lasse mich ein, auf das Spiel mit dem endlosen Spätsommer.

Kapitel 7

A strange visiter

Ich bin noch nicht lange Zuhause. Gar nicht lange, vielleicht gerade mal 30 Sekunden und da klingelt schon mein Telefon, als habe es auf mich gewartet. Es muss weit weg liegen, denn ich höre es nicht laut, und doch nehme ich die Vibrationen illusionsgleich unter meinen Füßen wahr. Nur ganz minimal.

Ohne mir überhaupt im Klaren darüber zu sein, ein Telefon zu besitzen, laufe ich die Treppenstufen hinauf. Sie quietschen so laut, dass ich einmal vor Schreck stehen bleibe, weil es sich anhört, als sei etwas gebrochen. Aber nein, das alte Haus scheint bruchfest zu sein, trotz der Jahre, welche es geradestehen musste.

Die billige Holztreppe, die so aussieht wie von Käfern zerfressen, widersteht meinem Getrampel. Auch das Treppengeländer, das zwar auch alt ist aber um einiges eleganter, lehnt sich schon bei leichter Berührung mit einem lauten Knacks zur Seite. Ein dunkles Holz. Genau wie der Fußboden.

Ich hinterfrage gar nicht erst warum ich in dieses Haus gezogen bin. Das würde es mir ruinieren, diese Illusion des perfekten Lebens.

Das Telefon wird immer lauter und lauter, der von einer Decke gedämpfte Ton kommt aus einem Raum neben meinem

Schlafzimmer. Groß wie eine Abstellkammer, staubig wie eine Abstellkammer. Es wird wahrscheinlich eine sein.
Tatsächlich liegt hier noch Unmengen an Krempel rum, der wahrscheinlich für eine Ewigkeit nicht mehr gebraucht wurde und für die nächste Periode der Ewigkeit wahrscheinlich auch nicht gebraucht werden wird.
Ein kaputter Besen lehnt an dem Fenster, welches undurchschaubar ist. Ein Glas, wie in dem Badezimmer mancher Menschen, schon fast milchig, jedoch ist es Staub, der die Sicht verhindert. Eine Scheibe, durch das die Sonne scheint und so einen staubigen Schimmer auf den holzigen Boden wirft.
Wenn man den Raum betritt, ist geradeaus eine nackte Wand, nicht bekleidet wie eine Dame exotischer Herkunft, mit langen roten Gardinen und goldenen Ringen, welche diesen roten Mantel der Pracht halten, nein, einfach nur nackt und weiß, verziert mit dem Elend des Fensters.
An den Seiten ist jeweils ein Regal mit unnötigen, verdreckten, total verstaubten und wie es aussieht niemals gebrauchten Sachen darin. Alte Bücher, komplett verstaubt. Einige Arbeitsinstrumente wie Zangen, Nägel, Schrauben, Hämmer … Und das Telefon, das noch immer klingelt mit diesem typischen Klang eines Telefons in einem Film. Dieses monotone Schrillen für zwei Sekunden im Drei-Sekunden-Takt. Unter einer dünnen Decke versteckt klingelt es. Mit jedem Klingeln gibt es eine Vibration von sich, schleudert den auf der Decke abgelagerten Staub einige Zentimeter in die Luft. Ich nehme die Decke runter und lege sie vorsichtig zur Seite, um eine Explosion aus Staubkörnern zu vermeiden.

Der Hörer ist verstaubt, die Tasten – unglaublich, das Ding hat schon Tasten – auch komplett verstaubt. Ich nehme den Hörer ab und puste einmal gegen das Hör – und Sprechgerät.
<<Hallo, hier Lewis ...>>, spreche ich vorsichtig, denn ich habe keine Ahnung, wie jemand an meine Telefonnummer kommen kann. Ich wusste schließlich selbst nichts davon, überhaupt eins zu besitzen.
<<Guten Tag, hier spricht Sonoz. Spreche ich mit Jack?>>, fragt eine männliche, tiefe und dunkle Stimme in beruhigendem Ton.
<<Ja.>>
<<Sind Sie alleine momentan?>>
Ich weiß nicht, wer dieser Mann ist. Reflexartig drehe ich mich um, schaue aus der Abstellkammer heraus, einmal rechts, einmal links, mit dem Hörer am Ohr und beiden Händen am Hörer. Sie greifen fester nach dem Hörer und ich weiß nicht weshalb.
<<Ja, wer sind Sie?>>
<<Es ist sicher keiner im Haus?>>
<<Nein, niemand außer mir. Wer sind Sie? Was wollen Sie?>>
<<Ich bin Kriminalermittler. Schauen Sie mal auf die Straße. Wenn Sie jemanden sehen, dann ziehen Sie sich schleunigst zurück.>>
Kriminalermittler?!
Ich gehe in mein Zimmer, da das Telefonkabel nicht lang genug ist, um aus der Tür zu schauen. Ich schaue durchs Fenster, schiebe den Vorhang zur Seite, gucke ganz vorsichtig heraus.
<<Was soll da sein?>>, frage ich, in einer etwas genervter Stimmlage.

<<Das Haus neben Ihnen. Ist Ihnen seit heute Morgen nichts aufgefallen?>>

Mr. Whites Haus? Wieso? Was …

<<Nein, was soll da sein?>>, frage ich ungeduldig.

<<Sagen Sie, finden Sie es nicht persönlich etwas komisch, dass Ihr Nachbar seit vorgestern Abend tot ist und Sie es nicht wissen?>>

Tot...?!? Er fährt fort: <<Das aus dem einfachen Grund, dass die Polizei hier in diesem Dorf Angst hat. Angst hat zu sterben. Worum die Polizei sich hier kümmert, ist um Ladendiebstahl oder um Raser. Niemals um Mord. Wir müssen uns treffen, es ist zu gefährlich um hier zu reden. Ich habe auch Angst.>>

<<Was? Wieso? Angst wovor?>>

<<Lassen Sie uns einen Treffpunkt ausmachen. Irgendwo, wo uns keiner sieht. Ich kann Ihnen die Einzelheiten nicht hier am Telefon verraten.>>

<<Es tut mir leid, aber ich treffe mich nicht mit irgendwelchen Menschen an Orten, wo uns keiner sieht.>>

<<Dann müssen wir das anders machen. Ich komme zu Ihnen. Noch heute Nacht. Durch Ihren Garten. Ich werde Ihnen meine Dienstmarke durch das Fenster zeigen.>>

<<Ich weiß nicht so recht...>>, antworte ich mit grübelnder Mimik. Mit einer Hand reibe ich mir meinen Kopf.

<<Es liegt allein in Ihrer Hand, dem allen ein Ende zu setzen. Den ganzen unnötigen Morden.>>

Welche Morde? Hier in Lilia stirbt keiner durch Mord, erst recht nicht grundlos. Aber es ist ein viel zu starker Sturm von Ernsthaftigkeit, der in seiner Stimme tobt, als dass ich ihn ignorieren

könnte.
<<Na gut, so machen wir's. Wann denn?>>
<<Das Dorf muss schlafen. Wenn mich jemand eintreten sieht, könnte das den Tod für uns beide bedeuten. Drei Uhr nachts. Schalten Sie bloß keine Lichter an, wenn Sie mir entgegen kommen.>>
<<Alles klar. Drei Uhr nachts.>>
Eine Brise Skepsis verbirgt sich - doch wahrnehmbar - in meiner Stimme.
<<Und...>>, spricht die tiefe Stimme durch den Hörer <<Bleiben Sie wach bis dahin, ich will keine Aufmerksamkeit durch Klopfen oder sonst was erregen müssen.>>
Ich schnaufe einmal in den Sprecher, lehne mich an die Fensterbank, mit dem Rücken zum Fenster und stütze mich mit der linken Hand an ihr ab, spüre wie einzelne Staubkörner sich in meine Handfläche bohren.
<<Hm...>>, murmele ich vor mir hin <<Okay. Ich schlafe nicht. Sonst noch was?>>, frage ich mit leicht – nein, eher mittelmäßig – genervter Stimme.
<<Mehr sage ich Ihnen dann um drei. Das war´s bis hierhin. Bis dann.>>
Ich höre ein Klaps vom Auflegen des Hörers auf der anderen Seite, gefolgt von ein paar kalten und monotonen Pieptönen.
Kurz zusammengefasst: Um 3 Uhr Nachts kommt ein fremder Mann in meinen Garten, den ich dann hereinlassen muss, ohne das Licht anzuschalten. Es hört sich an, als würde ich eingeladen zum Tod und ich habe zugestimmt.

Was meint dieser Mann? Es ist doch nicht möglich, dass es tatsächlich unbegründete Morde gab, hier in diesem friedlichen Dorf. Und aus welchem Grund ist er so paranoid, dass er denkt würde 'sterben'?
Die Zikaden schreien mir zu. Ich kann doch wohl nach draußen, ich darf mich doch außerhalb meines Hauses bewegen. Ich werde einfach diesem Haus keine Beachtung schenken, wenn er meint, dass es zu gefährlich sei. Ich werde einfach ignorieren müssen, dass mein Nachbar tot ist.
Einige Stunden später:
Seit einigen Minuten sitze ich in der Farbe der Nacht, die von draußen einen kleinen Mondschimmer durch die Terrassentür direkt in mein Wohnzimmer strahlen lässt. Der Mond steht über dem Wald. So majestätisch, schon alleine der Anblick lässt die Augen brennen. Als schaue man in die Sonne bei Tageslicht.
Ich höre ein ganz leises Klopfen. Aber es ist zu leise, um zu hören, aus welcher Richtung es kommt. Ein stumpfes Klopfen, als spiele es sich nur in meinen Gedanken ab, aber ich erfahre anderes.
Ich bewege mich zur Terrassentür, vorsichtig. Ich mache solche vorsichtigen Schritte, dass nicht einmal der Holzboden knackt, wenn ich Schritt für Schritt behutsam auf die Tür zugehe. Noch ein Klopfen, etwas lauter. Und diesmal nehme ich wahr, dass das Geräusch nur einige Meter vor meiner Nase entstanden sein musste. Ich stehe nun direkt vor der Terrassentür aber es ist niemand zu sehen. Ich starre durch die Terrassentür in die Dunkelheit auf den scheinenden Mond. Ich kann nichts übersehen bei einem solchen Mondschein. Ich kneife meine Augen so weit zusammen, dass nur

noch ein Schlitz da ist, der mir das Sehen ermöglicht und meine Sicht verschärft. Schon fast so nah, als würde ich mein Gesicht an die Glasscheibe pressen, stehe ich da nun.

Der Mondschein in meinem Wohnzimmer unterbricht für den Bruchteil einer Sekunde, als plötzlich eine Silhouette aus dem Nichts in unmittelbarer Nähe, vielleicht sind es zusammen mit der Glasscheibe 4 cm, vor mir erscheint. Ich erschrecke mich so sehr, dass sich mein Puls anfühlt, als sei ich einen Marathon gelaufen und mir plötzlich so warm ist, als stünde ich seit einigen Stunden in der prallen Sonne, als verfolge mich der Tod. Rennend, nur einige Meter hinter meinem Rücken. Ja, auch so läuft mir der Schweiß den Rücken hinunter, zusammen mit dem Schauer, der meinen Körper zum Zittern bringt, als streife mich die Sonne mit ihrem heißen Messer. Dann noch ein Klopfen. Ich nehme einen Meter Abstand und öffne die Terrassentür. Jedoch nicht ganz, denn die Angst in mir hat noch die Oberhand. Sie verbietet mir förmlich, die Klinke der Tür auf die halbe Höhe zu schieben und dem Mann vor der Tür so den Eintritt in mein Haus zu ermöglichen.

<<Hier, mein Ausweis.>>

'Officer Marc Sonoz, Kriminalpolizei Lilia - Neu Birken'

Genau in diesem Moment überwindet mich eine Skepsis, die mich fest davon abhält, auch nur einen Schritt näher zu treten oder auch einen zurück, aus der Angst, er würde mich in der Hektik töten. Aber was wäre ich denn für ein Mensch, wenn es nun ein echter Polizist ist und ich ihn um kurz nach Mitternacht wieder zurückschicke? Ein Schlauer? Ein Dummer?

Ich trete näher. Mit einer Hand, die zittert wie ein Erdbeben der höchsten Stärke, öffne ich die Terrassentür. Ich habe mir den Baseballschläger aus der Abstellkammer geholt, für den Fall, er würde mich überwältigen wollen.

Als ich die Türklinke berühre, gehen mir tausende Gedanken durch den Kopf. Alle Gedanken durchströmen mich gleichzeitig, sodass ich beinahe umkippe. Meine Knie erweichen.

<<Machen Sie schon auf, vertrauen Sie mir.>>

<<...Nun … Nun gut>>, spreche ich stotternd in einer weinerlichen Stimme. Die Tür öffnet sich langsam mit einem Klick-Geräusch, das sich unheimlich anhört und in diesem Moment so gefährlich ist. Die veraltete Tür quietscht etwas.

Mit einem Ruck, der so schnell ist wie die Zunge eines Frosches, greift der Polizist nach der Tür.

Reflexartig greife ich nach dem Baseballschläger, den ich an die Seite gepackt habe und bevor der Mann vor der Tür etwas sagen kann, halte ich ihn in Schlagposition, als würde ich einen Ball treffen wollen.

<<Ruhig. Wir dürfen keinen Mucks von uns geben. Ich dachte, Sie hätten das bereits verstanden>>, schimpft er mit mir im leisesten, allerleisesten Ton überhaupt.

Ich öffne die Tür langsam, aber nicht so langsam, dass sie quietscht. Er macht den ersten Schritt in mein Haus, so behutsam, als würde er bereits wissen, dass der Boden für gewöhnlich quietscht. Hinter sich schließt er die Tür ganz leise, während ich mich mit einem sich noch immer in Schlagstellung befindenden Schläger einen großen Schritt rückwärts von ihm entferne.

<<Wenn Sie sich so sicherer fühlen, behalten Sie den Schläger

ruhig.>>

Ich antworte nicht. Ich stehe bloß in derselben Position, Knie weich, Zähne zusammengebissen.

<<Wir gehen nach oben. Ab da sind wir von allen Risiken ausgeschlossen, denke ich.>>

Ich bleibe stehen, er jedoch auch. Ich traue ihm nicht hinter meinen Rücken. Er soll voraus gehen. Er scheint die Nachricht in Körpersprache zu verstehen und geht langsam, in großen, langen, leisen Schritten hinauf. Mondlicht scheint in jedes Zimmer im Obergeschoss, sodass es so aussieht, als wäre Licht an, in der ganzen oberen Etage. Außer in meinem Schlafzimmer. Die Jalousien sind unten, damit es so aussieht, als würde ich schlafen.

Stille. Der Mann, dessen Aussehen ich noch immer nicht erkennen kann, setzt sich auf mein Bett. Ich auf einen Stuhl, der an meinem Schreibtisch steht, sodass ich nicht neben und nicht hinter ihm sitzen muss.

<<Ich denke, Sie wollen, dass ich direkt zum Punkt komme.>> Ich antworte nicht.

<<Nun, um es vorweg zu nehmen: Der Tod Ihres Nachbarn war ein unnötiger Tod. Ich denke, er erfüllte lediglich den Zweck, Sie zu warnen. 'Aber wieso?', fragen Sie sich>>, er legt eine kleine Pause ein, atmet durch.

<<Dieses Dorf wusste von dem Tod Ihres Nachbarn Mr. White. Nur Sie wussten nichts davon. Sie als einziger Bewohner wussten nichts davon.>>

<<Was? Wieso?>>, frage ich mit zitternden Händen und Beinen so weich wie Butter.

<<Ahhh, Sie können doch sprechen. Es ist nicht so durchschaubar, wie es scheint. Die Bewohner leben in einer konstanten Angst um ihr Leben. Jeder einzelne hat Angst, einer der zahlreichen Opfer zu werden, die dieses Dorf bringt. Es werden mehrere Morde in diesem Dorf vermutet. Nicht wenige. Keine zehn, keine fünfzehn. Mindestens 30 Leute wurden in diesem Dorf bereits umgebracht. Und es wurde geschwiegen. Das heißt nicht geschwiegen, sondern eher etwas Neues erfunden. Die Bewohner beraten sich und entscheiden sich dann für eine Todesursache, sodass bloß nichts in die Medien kommt. Mr. White wird nächste Woche beerdigt. Auf dem Totenschein wird ‚Altersschwäche' als Todesursache stehen. Selbst die Polizei hat Angst einzuschreiten, denn jeder in diesem Dorf ist ein potentieller Mörder. Und das ganze Dorf festnehmen, das ginge schlecht.>>

Ich sitze auf dem Stuhl, der mich festhält, als sei ich angeschnallt. Den Schläger habe ich zur Seite gelegt, um dem Gespräch besser folgen zu können.

<<Warum tun die das?>>

<<Wir wissen es nicht>>, fängt er an zu stottern. Langsam ändert sich seine tiefe, selbstsichere Stimme, in eine ängstliche, heulerische Stimme.

Er spricht: <<Ich habe Angst, ich habe so eine Angst.>>

<<Was wollen Sie jetzt von mir?>>

<<Zwei Sachen. In erster Linie will ich Sie warnen. Sie sind die größte Bedrohung für dieses Dorf überhaupt. Die größte Bedrohung, die es gibt, ist einer, der nicht weiß, was zu tun ist. Der mit den moralischen und ethischen Standards in diesem Dorf nichts

anzufangen weiß. Einer wie Sie. Verhalten Sie sich normal. Ausziehen ist keine Möglichkeit mehr, höchstens wegrennen. Aber so weit kommen Sie nicht.>>

In jenem Moment stellt sich mir eine Frage. Die Frage ist von einer solchen Bedeutung, dass eine Antwort mir zwar die Augen öffnen, sie jedoch mit einer Gabel wieder herausstechen würde.

<<Familie Hanninghan. Was wissen Sie darüber>>, frage ich.

<<Todesursachen, die festgestellt wurden, sind: Unfall in Mechanischer Einrichtung, das wäre die Mühle bei dem Mann, Selbstmord am Strick bei der Frau. Das Kind, Riley Hanninghan, wurde angeblich zu einem Fall des Transfers, mit neuem Namen, neuem Wohnort. Meine Vermutung ist es jedoch, dass Riley bloß wegen der fehlenden Leiche 'transferiert' wurde. Bei Mann und Frau gab es Leichen. Ich denke, dass diese Morde die riskantesten von all denen waren, die vorher durchgeführt wurden. Es ist kein Motiv feststellbar oder ähnliches. Der Mordfall um Familie Hanninghan bleibt ungeklärt. Was auch ungeklärt bleibt, ist die Frage, wie das Dorf es geschafft hat, dass eine ganze Familie, um welche einige Tage zuvor Tumult gemacht wurde, da man ihnen einen Mord untergeschoben hatte, einige Tage nach den Mordfällen von Familie Hanninghan spurlos verschwand. Seitdem ist diese Familie die einzige, die niemals mehr erwähnt wurde.>>

<<Und es steht nichts in der Zeitung, oder so?>>, frage ich, als mir der Atem so sehr stockt, als müsse ich sterben und es mir so übel ist, als würde ich das Essen danach für immer scheuen.

<<Haha!>>, er lacht einmal leise auf <<Haben Sie mir nicht zugehört? In diesem Dorf ist jeder Bewohner ein Puppenspieler

Satans. Und jeder, der Angst hat, ist eine Marionette des Puppenspielers. Das ist ganz einfach. Auch ich, auch Sie>>, spricht er leise. Dadurch, dass meine Augen sich etwas an die Dunkelheit gewöhnen, kann ich ein starkes Lächeln erkennen, welches das Gesicht des Mannes erfüllt. Aber nicht so ein charismatisches, nein, eher ein gruseliges, eins, das mir den Buckel erneut herunterläuft und meinen Körper für den Bruchteil einer Sekunde zum Stillstand bringt. Eins, das so schadenfroh aussieht, gaunerisch.

<<Was war die zweite Sache, die Sie von mir wollten?>>

<<Ich will, dass wir das Rätsel gemeinsam lösen. Wir zwei.>>

<<Wir zwei?>>, frage ich erstaunt <<Ich dachte Sie wären von der Polizei, dann haben wir doch noch mehr Leute, oder etwa nicht?>>

<<Was? Ich kann doch nicht einfach irgendwelchen Polizisten Vertrauen schenken. Einige davon sind enge Freunde von mir, aber sowas zählt in diesem Dorf nicht. Wissen Sie, um zu zeigen, wie lebhaft das Dorf ist und wie sehr sich alle mögen, benutzt man hier untereinander den Satz 'Man schließt die Tür nachts nicht einmal ab.' Aber glauben Sie mir. Kein Haus, wenn man sich denn trauen würde, es zu überprüfen, wird die Tür nachts *nicht* doppelt verriegelt haben. Kein einziges, glauben Sie mir.>>

Ich erinnere mich, diesen Satz schon einige Male gehört zu haben. Und alles was ich über mich preisgegeben habe, jemals in diesem Dorf über mich gesagt habe, scheint mir noch zum Verhängnis zu werden. Ich denke jedoch nicht, dass ein Mädchen wie August mir im Wege stehen könnte, mein Leben normal zu leben.

<<Ich habe bereits mit einem Dorfbewohner über den Fall Hanninghan gesprochen. Ist das schlimm?>>, frage ich in der

tiefsten Hoffnung, die ein Mensch haben kann, dass er die Frage verneint, aber offensichtlich vergebens.

<<Wie bitte?! Nennen Sie mir Einzelheiten.>>

<<Nun ja, ich war hier schon als Kind ab und zu und August ist eine alte Freundin von mir aus der Kindheit. Somit weiß sie, dass ich mit ihnen zutun habe oder hatte, beziehungsweise, dass ich irgendwie mit ihnen in Verbindung stand. Erstaunlicherweise hat sie mir genau dieselben drei Ursachen genannt wie Sie.>>

<<Nicht gut, gar nicht gut. Hat sie sich auffällig verhalten oder irgendwelche Anspielungen gemacht?>>

<<Nein, sie hat sich ganz normal verhalten. Es ist etwas komplizierter. Sie wollte sich mal mit mir treffen, zum Picknick. Wäre es riskanter hinzugehen oder nicht zu gehen?>>, frage ich als unwissendes Individuum.

<<Schwierig …Treffen Sie sich mit ihr bitte an einem öffentlichen Ort, wie einem Kaffee oder so. Ich denke das ist eine gute Alternative.>>

Wie dem auch sei, ich denke nicht, dass August eine Mörderin ist. Ich denke, wenn ich mit ihr darüber sprechen würde, dann würde sie mir alles erzählen.

<<Ach, und kommen sie nie, niemals, nein wirklich nie in ihrem ganzen Leben auf die dumme Idee ...>>, er wird lauter, riskant laut <<... Jemanden darüber direkt auszufragen. Nein, nicht einmal indirekt. Verstanden?!>>

<<Na gut, Na gut.>>

<<Ich habe eine solche Angst...>>, wiederholt er sich noch einmal <<Im schlimmsten Fall geht die ganze Polizei in diesem Dorf drauf,

der Bürgermeister würde umgebracht und ein Neuer sofort gewählt. Alles würde umgeschrieben, als sei nichts passiert.>>
Es wird wieder leise. Ich gähne einmal.
<<Nun, das war es auch fürs Erste>>, spricht der Mann, dessen Körper ich noch immer nicht sehen kann, mit tiefer Stimme <<Vielleicht rufe ich noch ein anderes Mal an, wenn es etwas Neues gibt, okay?>>
<<Tun Sie das!>>
<<Ich werde dann jetzt gehen. Machen Sie die Terrassentür hinter mir zu.>>
<<Alles klar, mache ich.>>
Ich sehe wie die Silhouette mit einem leisen Knistern im Gebüsch verschwindet und in den Wald abtaucht, der durch die dunkle Farbe wie ein undurchdringlicher Ring Lilia umzingelt. Die Dunkelheit ertränkt die Geräusche der Zikaden, die so laut kreischen, als würden tausende Morde begangen.
Morgen wird also Vollmond sein, wenn ich es richtig verstanden habe. Am Donnerstag dann das Fest. Ich erinnere mich daran! Mr. White hatte mir davon erzählt! Dorffeier nannte er es. Eine Feier in der Nacht, eine 'Vertreibung der Geister'.

Kapitel 8

When god left our village

Sie fiel in einen Schlaf, bis jemand sich an sie erinnern würde.

Wasser überall. Alles ist voller Wasser. Ein endloser, riesiger See oder ein offenes Meer. Leicht schwebe ich über diesen flachen, dunkelblauen Spiegel, der sich weiter ausbreitet als der Horizont es zulässt.

Es ist windstill. Der endlose graue Himmel gibt seine Farbe an das spiegelartige Gewässer unter mir, bis sich das Bild wandelt.

Und nur einige Meter weiter erscheint, wie mit einer dünnen Miene eines Bleistiftes gezeichnet, eine Silhouette im Wasser. Diese jedoch hat nicht den Anschein einer echten Person. Es beginnt zu regnen und mit dem ersten Tropfen ziehen kleine Wellen vom Ursprung des Aufschlags hinüber bis an das unerkennbare Ufer.

Die Silhouette verzerrt. Erst leichter, bis dann Tropfen für Tropfen auf dem endlos langen Gewässer aufprallen. Ein leichter, kühler Wind zieht über die Ebene, während er einzelne, kleine Wellen erzeugt seiner Richtung folgend. Er wird stärker und stärker, zieht stärker und stärker, höhere, mehrere, aggressivere Wellen mit sich.

In alle vier Himmelsrichtungen. Gegenseitig reißen sie sich nieder. Inmitten dieses Gewitters verschwören sich meine Beine gegen mich und beginnen zu tanzen. Eine walzerartige Bewegung im Rhythmus der Melodie, die der Sturm mit sich bringt. Meine Hand greift um eine Hüfte, die so warm ist und doch nicht existent. Meine andere Hand greift nach einer Hand, Finger um Finger. Langsam und geschmeidig bewegt mein Körper sich im Takt. Wie ein Profi setze ich Bein um Bein, als sich der unsichtbare Körper, welcher sich nach meinem zu sehnen scheint, in die dunkle, tief-schwarze Silhouette verwandelt, dessen lange Haare pitschnass an meinem Hemd haften. Ihren Kopf lehnt sie langsam an meine Schulter. Ich kann mich nicht bewegen, mich nicht gegen die Nachricht des Traumes auflehnen. Und wie in einem stürmischen Ballsaal während der schlimmsten Apokalypse, so tanzen wir.

<<Komm zu mir zurück>>, flüstert die Silhouette in einem Ton der Leere. Es schallt durch den endlosen Raum dieses Spiels meines Gedächtnisses. Und trotz der Wellen, welche den Schall der Stimme hätten begraben sollen, gibt sie ein Echo von sich, zwanzig Mal lauter als die Wellen es jemals hätten sein können.

Roboterartig, wie in einem kilometerlangen, unbelebten Tunnel.

Und es wird lauter und lauter.

<<Komm zurück zu mir>>, ruft es nun im unendlichen Echo, lauter und lauter. So laut, die Stürme verstummen, die Wellen verstummen, auch der Regen ist übertönt und unhörbar. Ja, ihre Stimme ist so laut, dass sich meine Beine der neuen Melodie widmen, ihrer Stimme, da der Regen nicht mehr hörbar ist. Mit einem Mal wird es leise. Kein Geräusche. Weder Regentropfen sind

zu hören, noch Wellen oder Stürme. Nicht einmal die Stimme ist zu hören, als wir unseren Tanz fortführen.
Die Silhouette verschwimmt, die scharfen Kanten ziehen sich in die Luft. In tausende Scherben zerspringt die Silhouette und wird vom Wasser aufgesogen, wie von einem Abfluss.
Nicht weniger nass als im Traum wache ich in meinem Bett auf, schweißgebadet wie in den letzten Tagen üblich. Die Decke, nicht dort wo sie liegen sollte, berührt nur leicht meine Füße, während der Rest auf dem Boden jeden einzelnen Makel reinigt. Scheinbar vergeht nicht eine Nacht, in welcher ich keinen bizarren Traum erlebe.
Ich erinnere mich sonst nie an Träume, aber seit einiger Zeit waren sie mir unvergesslich geworden. Eingespeichert auf der riesigen Festplatte, meinem Gehirn.

Während der Kaffee in der Küche abkühlt, stehe ich draußen, als mir ein Herbstblatt vor meine Füße weht, als hätten sich Jahreszeiten geändert.
Ist es das Mädchen aus meinen Traum gewesen? Ist August die Silhouette, die ich in meinem Traum gesehen hatte? Ich will an jenem Morgen an den See gehen, in der Hoffnung meinen Träumen einen Grund geben zu können. Ich will zu den Quellen dieser Tricks, die mein Kopf wie ein Filmband abspielt, wenn ich schlafe. Ein kleines Holzhäuschen, und ein moorartiger Teich, ein Zuhause für Kröten. Als ich ankomme, spielt sich ein Szenario ab, eine regnerische Landschaft.

Mir wird plötzlich ganz unwohl als die Silhouette in meinen Gedanken auftaucht wie eine plötzliche Filmsequenz. Im Wind spielen ihre Haare. Farblos scheint diese Silhouette nicht zu sein, denn ihre leicht blauen, delfingrauen Farben erweckt sie beinahe zum Leben. Wie eine optische Täuschung.

Ich will sie nicht wahrhaben, diese Gestalt neben dem Teich. Ich träume. Einer dieser Träume schafft es ein erneutes Mal, sich Zutritt zu meiner Anhäufung an Gedanken zu verschaffen. Aber es ist anders als sonst. Ich hebe meine rechte Hand und als gäbe es keinen Widerspruch, hebt sie sich auch. Ich hebe meine linke Hand und auch diese folgt streng der Anweisung meiner Gedanken. Ich bewege mich einen Schritt zur Seite. Mein Körper hört auf mich. Den Befehlen folgeleistend, gehe ich langsam auf den Körper zu, der neben dem Teich hockt und ihn mit Blicken ertränkt. Und je näher ich komme, desto mehr glaube ich, den Körper einst gesehen zu haben, nicht nur als Silhouette, nein, in Farbe. Gespürt habe ich ihn auch. Und der Geruch sticht in der Nase, Kirschblüten.

<<Dina!>>

<<Du hast mich also nicht vergessen?>>, lächelt das Mädchen, dessen Augen ganz leuchtend tief in meine schauen.

<<Wir haben getanzt. Wir haben hier im Regen getanzt, habe ich Recht?>>

<<Ja, haben wir>>, spricht sie leise und schaut etwas enttäuscht in die Gegend bis sie herablassend auf den See starrt.

<<Du hast mich also doch vergessen?>>

<<Was? Du hast geahnt, ich würde dich vergessen?>>

<<Nicht geahnt, aber ich hatte Angst.>>

Eine kurze Stille weht über uns hinweg, als sie sich lächelnd zu mir dreht.
<<Wo warst du gestern? Warst du in der Stadt? Wieso hast du mich nicht mitgenommen?>>
Unvergleichbar strahlen ihre Augen voller Neugier wie die eines Kindes.
<<Ich war nicht in der Stadt. Ich war Zuhause.>>

Kapitel 9

I met the devil

Stunden vergingen, in denen sie an den Ketten zerrte. Stunden vergingen, bis sie ihre Arme wieder fühlen konnte, vom ständigen Zerren und Ziehen. Und ein Stück der Kette zersprang, ganz ohne Mühe.

<<Das riecht köstlich>>, schmeichele ich das Mädchen, welches noch immer dort steht, ihre Blicke erfüllt von einem Lächeln und Erwartungen.
<<Danke>>, sagt sie, als sie sich umdreht um mir zu zulächeln.
<<Sag mal Dina... Wo wohnst du eigentlich?>>
<<Hinter dem Berg dort drüben. Ist nicht so weit, wie es aussieht. Es gibt eine Abkürzung durch den Wald. Deswegen kam ich das letzte Mal auch aus der Richtung.>>
Mit ihrem Finger zeigt sie aus dem Wohnzimmerfenster, dessen Aussicht von einem bergartigem Stück Wald gefüllt ist. Nicht sehr weit weg, vielleicht einen knappen Kilometer, jedoch für einfache Bewohner beinahe unerreichbar.
<<Ach so, cool. Du wohnst also im Wald?>>
<<Nein, aber fast. Ziemlich nah dran.>>
Das Telefon klingelt.
<<Ich bin sofort wieder da. Bedien' dich, wenn du was brauchst.>>

<<Alles klar.>>

<<Hallo?>>
<<Hi Jack! August hier!>>, spricht sie in den Hörer.
<<Hey, wie geht's?>>
<<Gut! Jack du wirst es nicht glauben! Ich habe alte Bilder gefunden. Wir sehen so goldig aus, ungelogen! Hier ist eins, wo wir im Sandkasten sitzen mit irgendwas im Mund. Kreide oder so!>>, lacht sie herzlich.
<<Wie süß! Ich muss die noch sehen! Unbedingt.>>
<<Natürlich. Hast du morgen Zeit? Irgendwann abends?>>, fragt mich August im sanften Ton, als sprechen wir schon ewig miteinander. So vertraut scheint mir ein Gespräch mit ihr, als spreche ich mit meiner Schwester.
<<Hmm. So gegen 8, halb 9?>>
<<Passt. Wo?>>, fragt sie mich, als hätte ich eine leiseste Ahnung über die Lokalitäten in diesem Ort.
<<Das überlasse ich dir.>>
<<Ich würde ja gerne ein Picknick machen gehen, aber es sieht so aus, als würde es morgen regnen und ab halb 9 bricht die Dunkelheit ein.>>
<<Gibt es hier denn irgendwie irgendwo irgendwas wo man 'nen Kaffee trinken kann?>>, spreche ich, als ich mich als Unahnender oute.
<<Ja, da gibt's das 'Black Angel', da läuft abends auch Live-Musik und das Essen ist super.>>
Essen? Was erwartet mich da morgen?

<<Um halb neun also beim 'Black Angel'?>> , versichere ich mich.

<<Uhm...>>, murmelt sie vor sich hin <<Treffen wir uns doch lieber um halb 10, okay?>>

<<Warum nicht?>>

<<Nagut ...>> Sie verschnauft eine Sekunde, als sie das Wort sagt.

<<Dann bis Morgen>>, fährt sie fort.

<<Bis Morgen. Ich freue mich schon.>> und so komplettiere ich unser Gespräch. Und auf ein Klacken folgen mehrere Pieptöne.

Zurück in der Küche umschlingt mich das Aroma von gebratenem Gemüse mit einem Hauch von cremiger Schlagsahne. Es sind Jahre vergangen, seitdem ich es das letzte Mal gegessen habe und doch prägt sich der Geruch so sehr in mir ein. Es war mein Lieblingsgericht als Kind.

Die Lichter in der Küche sind an, aber das alte Ding gibt im Minutentakt den Geist auf und schaltet für kurze Millisekunden ab.

<<Wer war das?>>, fragt sie, ohne mir in die Augen zu sehen.

<<Eine Freundin von mir, wir haben nur etwas geklärt.>>

<<Ach ja? Was denn?>>

Regungslos dreht sie sich nicht einmal zu mir um und rührt weiter stumm das Gemüse. Die Gardinen sind zugezogen.

<<Hm? Ich wusste gar nicht, dass ich Gardinen habe. Das löst so einige Probleme!>>, kichere ich leise, jedoch unerwidert von ihrer Seite. Es ist, als wolle sie auf sich aufmerksam machen. Als fände sie nicht okay, was ich besprochen habe.

<<Es war viel zu hell. Das Licht hat mich geblendet, da habe ich mir beinahe in den Finger geschnitten.>>

<<Ach, so.>>

Aber war das nicht Tiefkühlgemüse? Ach, was weiß ich schon vom Kochen? Ich weiß nicht einmal, wieso ich sowas besitze.

<<Wo finde ich die Teller?>>, fragt mich das Mädchen.

<<Moment, ich gebe dir welche.>>

Aus dem Regal hole ich zwei Teller und jeweils eine Gabel und ein Messer.

<<Das riecht so köstlich, mhhhm>>, schwärme ich vor mich hin, als sie den Holzlöffel geschmeidig in der Pfanne vergräbt und einen Satz auf meinen Teller legt.

<<Danke>>, lächelt sie mich an. Ganz überfordert warte ich bis sie sich auch den zweiten Teller füllt, doch als nach einigen Sekunden immer noch nichts geschieht, lege ich den Teller auf den Tisch und sage: <<Hier sitzt du. Willst du was trinken?>>

<<Nein, nein! Ich will nichts essen, danke! Aber ein Wasser wäre nett.>>

Fragende Blicke, die ich in ihre Richtung werfe, fängt sie mit einem stumpfen Lächeln ab. Während ich ihr das Wasser einschenke, weckt mich die Neugier in der Stille des Gesprächs.

<<Warum kochst du denn, wenn du gar nicht essen willst?>>

<<Danke>>, stutzt sie leise und fährt fort, <<Ich mag gebratenes Gemüse einfach nicht so gerne.>>

Langsam nehme ich die Gabel aus dem Mund und lege sie leise an den Tellerrand.

<<Wieso kochst du das dann?>>, stottere ich in meiner Unwissenheit durch den lichtgedämmten Raum.

<<Magst du es denn oder nicht?>>, forscht sie mich aus.

<<Doch, aber...>>

<<Dann stell keine komischen Fragen und iss lieber>>, schmunzelt sie mir zu und gibt mir einen leichten, liebevoll gemeinten Ruck, als sie hinter mir steht und ihr Glas Wasser trinkt.

<<Oh Mist, ich muss los>>, deutet sie an. Beinahe zu demselben Zeitpunkt gibt die Wanduhr ein dumpfes, lautes Geräusch von sich. Es ist bereits acht Uhr abends.

<<Aber warte!>>, rufe ich noch kurz bevor sie den Flur betritt und ihre Worte meine schneiden.

<<Ach, und vergiss nicht...>>, unterbricht sie mich.

Ich lasse nach.

<<Iss den ganzen Teller leer und wenn du Glück hast, wird es morgen nicht regnen.>>

Als sich die Haustür mit dem Hauch des Aromas ihres Parfüms hinter ihr schließt, überkommt mich ein Zittern. Ein Schauer an meinem ganzen Körper und Schweißtropfen von meinem Gesicht versauen mir das Essen. Ich versuche aufzustehen, aber es gelingt mir nicht. Mein Körper lässt sich wieder fallen, auf den Boden, wo ich verkrampft nach Luft schnappe. In meinem Kummer bemerke ich kaum, wie sich meine Augen langsam schließen und mein Körper sich beruhigt.

Schwarz.

Kapitel 10

Sleep well, my dear

Das Weiß, es sticht mir in die Augen, als blicke ich in die Sonne. Verschwommen schimmert es bei tageslichtähnlicher Beleuchtung. Bin ich im Himmel? Offiziell verneint sich meine Frage, als ich das kleine Gestell, ein Nachtschränkchen, neben mir stehen sehe. Den Fakt zu akzeptieren, dass ich nicht weiß wo ich mich befinde bereitet mir Sorgen. Weniger Sorgen als das unwohle Gefühl, welches meine Schultern ummantelt und einen Schock, welches meinen Kopf mit tausenden von gedanklichen Speeren durchsticht. Ich nehme meine Umgebung leicht begrenzt wahr. Meine Hände zittern. Meine Beine, Arme und Füße und meine Wimpern zucken. Selbst mein Brustkorb vibriert und meine Lippen ebenfalls. Meine Augen brennen, von all dem grellen Weiß um mich herum. Der Umriss einer Uhr an der Wand ist teilweise erkennbar.

<<Mr. Lewis, sind Sie wach?>>, informiert sich eine mir unbekannte, männliche Stimme.

Halbwach liege ich in einem mir nicht bekannten Bett, regungslos, unwissend.

<<Wo bin ich?>>, erkundige ich mich unmerklich.

<<Trinken Sie erstmal etwas, das ist wichtig. Stützen sie sich auf.>>

Er greift nach dem Kissen unter mir und stützt mich auf. Auf einem weißen Tablett steht ein fader Plastikbecher, so beuge ich mich etwas nach vorn, um einen Schluck zu nehmen.

<<Sie sind wohl noch etwas schwach, aber das ist total normal. Es dauert nicht mehr lange, bis Sie wieder fit sind. Nehmen Sie einfach diese Tablette, spülen Sie sie mit Wasser runter. Dann versuchen Sie einfach wieder einzuschlafen und wenn Sie dann aufwachen wird's Ihnen gleich besser gehen, okay?>>

<<Okay… Aber was ist mit mir passiert?>>

<<Wir sind uns nicht ganz sicher, aber Sie scheinen einen Nervenzusammenbruch erlitten zu haben. Schlimm genug. Und als man Sie auffand, war ihr Kopf gestoßen und es wurde eine leichte Gehirnerschütterung festgestellt. Das wird alles keine allzu großen Folgen haben, machen Sie sich da keine Sorgen. Spätestens in zwei bis drei Tagen dürften auch die Kopfschmerzen verschwunden sein>>, informiert mich die Stimme der Krankenschwester. Eine Gehirnerschütterung also. Man soll sich nicht an das erinnern was kurze Zeit vorher geschehen ist. War ich nicht am See mit Dina? Sie muss den Krankenwagen gerufen haben.

<<Für 13 Uhr hat sich eine Besucherin eingetragen, nur damit sie Bescheid wissen. Eine Frau namens Dina. Ist sie Ihnen bekannt?>>

Ich nicke.

<<Dann ruhen Sie sich einfach noch etwas aus.>>

Ausruhen klingt gut. Ich spüre meinen kompletten rechten Arm nicht mehr, er ist eingeschlafen und irgendwie bin ich neidisch auf seine Lässigkeit.

<<Ach, und wenn Sie was brauchen, fragen Sie einfach nach Hudson, das bin ich. Ich werde dann einfach mal vorbei

schauen>>, spricht er zu mir, mit dem breitesten Lächeln. Dann dreht er sich kaum vernehmbar um und schließt die Tür hinter sich. Elf Uhr morgens. Im Raum bin jetzt nur ich. Ich am Nachdenken über das, was passiert sein könnte, aber es bleibt mir verschleiert. Ohne eine Erinnerung an auch nur eine verwischte Frequenz bleibt es mir wohl ein Geheimnis.

Eine Stunde vergeht und noch immer ertrinke ich in dem tiefstem Tümpel von Unwissenheit. Die Türklinke wird von außen leise runter gedrückt und der Türspalt um eine Haaresbreite geöffnet.

<<Sie schlafen ja noch gar nicht. Brauchen Sie irgendwas? Einen Tee oder so? Wir haben schwarzen Tee, Früchte ...>>

Ich schüttele den Kopf unterbrechend und frage voll Wissbegierde nach:

<<Entschuldigung... Woran kann es liegen? Also, was muss passiert sein. Na, Sie wissen schon... Dass ich einen Nervenzusammenbruch gekriegt habe?>>

<<Ein Nervenzusammenbruch kann von vielen Dingen ausgelöst werden. Langfristig zu viel Stress oder auch plötzlicher Stress. Manche kriegen es sogar, wenn das Wetter zu oft wechselt, was in Lilia nicht gerade selten der Fall ist. Sie sehen ja...>>

Der Mann in weißen Klamotten geht zu dem Fenster mit den Gardinen davor, schiebt sie zur Seite und wagt einen Blick durch das klare Glas.

<<Es ist schon wieder grau. Aber immerhin nicht so ein dreckiges Grau wie die letzten Tage. Das war ja kaum auszuhalten>>, spricht er nur leicht verwundert.

Ich tue so, als gäbe ich mich mit der Antwort zufrieden, wobei mein

Durst nach Wissen nicht gestillt ist. Krampfhaft versuche ich mich zu erinnern, aber jeder Gedanke bereitet mir Kopfschmerzen.

<<Kann ich sonst noch etwas für Sie tun?>>, erkundigt er sich behutsam. Ich schüttele den Kopf.

<<Nein, vielen Dank>>, lächele ich ihm ins Gesicht.

Es ist definitiv etwas falsch und das ist offensichtlich. Ich hatte keinen Stress in den letzten Tagen und das Wetter hier bereitet mir ausnahmslos Freude.

<<Sonst nehmen Sie noch eben dieses Medikament, dann schlafen Sie beruhigter ein.>>

Der Becher neben mir, gefüllt mit Wasser, er hilft mir beim Schlucken dieser bitteren Tablette, sodass mein Gesicht sich säuerlich zusammenzieht.

Es dauert nicht lange, vielleicht 5 Minuten und meine Augenlider werden schwerer und das Bett fühlt sich kuscheliger an als zuvor. Innerhalb von wenigen Minuten fühle ich mich wohler als in meinem eigenen Bett. Es wird dunkler, meine Augen schließen sich und in dem Moment überkommt mich meine Angst, wieder alles zu vergessen, sobald ich eingeschlafen bin. Ich reiße meine Augen auf, aber vergebens. Ich versuche es noch einmal, aber ein weiteres Mal vergebens. So passiert es noch ein drittes Mal, schwächer als zuvor. Mit einem letzten Versuch gelingt es mir, aufzuwachen und es ist noch warm und gemütlich, doch etwas ist anders. Irgendetwas stimmt nicht. Ich strecke zwei Finger aus, um nach meiner Bettkante zu greifen, aber ich spüre harten Betonboden. Der Himmel, blau wie das schönste Wasser aus der reinsten Quelle, als würde er auf mich herabfallen, als ich gerade nach oben blicke. Dann richte ich mich entgegen dem starken Wind auf. Und schwer wie eine Tonne erdrückt mich die warme Luft förmlich, jedoch ist es ein Gefühl von Freiheit und Glück, nicht von Angst und Bedrängnis.

Vor mir erstreckt sich ein riesiges Weizenfeld und jeder einzelne Halm lehnt sich in die Richtung, in die der Wind bläst. Eine traumhaft idyllische Szene ergibt sich. Das Weizenfeld wie ein Wellenmeer und eine Vogelscheuche in der Mitte des filmreifen Szenarios. Sie trägt zerfetzte Kleidung, besteht aus zwei Stöcken, einen dickeren für den Körper und einen dünneren für die Arme. Sein Kopf ist ein Kürbis mit einem gefühllosen und somit kontrastierend kalten Gesichtsausdruck. Ich drehe mich um, 180 Grad in Richtung des neuen Horizonts. Auf der bröckligen Straße, welche sich ebenfalls endlos bis hinter den nicht vorhandenen Horizont zieht. Vor mir nun Dreck, ohne Weizen, nur mit einigen Wurzeln, jedoch tragen sie keine Frucht, nichts wächst.

<<Jack>>, spricht eine Stimme hinter mir, aus dem Weizenfeld.

<<Dina>>, spreche auch ich reflexartig, ohne meine Worte auch nur annähernd kontrollieren zu können. Ihre Erscheinung blendet. Ein weißes, bodenlanges Kleid weht im Weizenmeer in die Richtung, in die die Wellen sich neigen. Ihre langen Haare wehen ebenfalls ins endlose Rechts. Ihr Gesichtsausdruck ist neutral, rational, wunderschön. Neben der Vogelscheuche steht sie, schon beinahe geistesgleich.

<<Jack>>, wiederholt sie sich.

<<Magst du mich?>>, fragt sie, während sie ihren Kopf senkt und lächelt.

<<Natürlich mag ich dich>>, antworte ich, nachdem ich nur den

Bruchteil einer Sekunde zum Denken gebrauche.
Einige Sekunden Stille werden unterbrochen von einem kurzen, aber dafür heftigen Knacken, als wäre etwas zerbrochen. Ja, beinahe so, als sei ein Baum umgekippt. Aber weit und breit ist nichts derartiges zu sehen, nur die Vogelscheuche, ein Mädchen und ich. Der Kopf der Vogelscheuche löst sich und fällt hinein ins Weizenfeld. Sie kichert einmal zierlich und schaut mir wieder in die Augen, ihren Kopf etwas nach hinten gelehnt, aber den Augenkontakt wie eine Kette stramm gehalten.
<<Magst du mich immer noch?>>
Ich rühre mich nicht vom Fleck vor lauter Entsetzen und Schreck. Es folgen weitere Sekunden der Stille, sodass mein Hals so trocken ist, dass ich kein Wort auszusprechen wage.
<<Natürlich mag ich dich!>>, rufe ich stotternd, diesmal kontrollierter, doch irgendwie erzwungen mit einem leichten Ton von Verdrängung.
<<Jack>>, flüstert sie noch ein letztes Mal <<Dann sollst du auch so sein wie ich ...>>
<<Was meinst du damit?!>>, rufe ich ihr entgegen.
<<Gehasst von allen, geliebt von einem, so sollst du auch sein.>>
<<So will ich aber nicht sein!!!>>, tönt es laut aus mir heraus, sodass meine Stimme ein endloses Echo ergibt. Sie kichert einmal kurz und so sinkt sie in das Weizenfeld. Sie zerfällt hinein und taucht nicht mehr auf, woraufhin das Weizenfeld innerhalb von einigen Sekunden komplett verwelkt.
Einen Schritt, den ich auf das Weizenfeld wage, bringt es erneut drastisch zum wachsen. Ich laufe und laufe, gegen meinen Willen,

als sich meine Beine gegen mich verschwören. Die messerscharfen Weizen wachsen und wachsen und schneiden meine Arme und Beine blutig. Ich will stoppen, aber ich kann nicht. Schneller und schneller von Sekunde zu Sekunde in einer Welt ohne Ausdauer, aber ich spüre den Schmerz und wie mein Herzschlag mich tötet. Und schnell wächst mir das Weizen bis zur Brust und zerfetzt alle meine Kleidung, dann verschlingt es meine komplette Brust, zerschneidet meinen Körper bis auf das letzte Stück. Ich zerfalle im Feld und tauche nie wieder auf.

<<Geht es Ihnen gut? Ich habe Schreie gehört. Ist alles okay?>>

Dann wird die Stimme etwas leiser.

Ich atme schnell, als sei ich einen Marathon gelaufen. Meine Augen verfolgen den ständig wiederkehrenden schwarzen Punkt an der weißen Decke.

<<Beruhigen Sie sich, alles wird wieder gut.>>

Ich reiße mir die Decke vom Leib und berühre hektisch meinen scheinbar unverletzten Körper, der jedoch nass ist. Vom Kopf bis zum Fuß fließt mir der Schweiß seitwärts ab, auf das Bettlaken, welches sich vollsaugt. Ich fasse mir an meine verschwitzte Stirn und stöhne erbärmlich laut.

<<Weckt mich!>>, stöhne ich durch Zimmer und Flur.

<<Sie sind bereits wach! Alles wird gut>>, versucht sie mich zu beruhigen. <<Ich brauche hier Hilfe, schnell!>>

Dabei meinte ich nicht den Schlaf, aus dem man mich wecken sollte, nein, ich meinte diesen endlosen Traum, dieser Traum der irgendwann begann und scheinbar nicht enden will. *Weckt mich!*

Irgendwer, weckt mich!

Kapitel 11

The beginning

Was hat es mit diesem Dorf auf sich? Und dieses Mädchen... Was hat es auf sich, mit diesen Träumen?
Ich will es wissen. Mein Verstand spricht dagegen, er warnt mich, aber diese Träume lassen mich nicht los, wie eiserne Ketten oder dornige Rosen. Sie werden mich verfolgen, solange bis ich den Ursprung dafür herausgefunden habe. Eine reine Quelle oder ein ätzender Teich? Irgendetwas sagt mir nämlich, dass es für all das einen Grund gibt. Irgendetwas rät mir, mein normales Leben hinter mir zu lassen. Mein Leben, geprägt von der monotonsten Schleife, genannt ‚Alltag'.
Aber ist der Tag nicht schon längst gekommen, an dem ich hätte alle meine Fassaden ablegen müssen, an dem ich mich hätte häuten sollen wie eine Schlange? Ein neues Leben zu beginnen. Das kann doch alles nicht so schwer sein oder ist das die Herausforderung? Wir tauschen Risiko gegen Neugier.
Zurück in die Stadt. Vielleicht sollte ich einfach zurück in die Stadt, wie hässlich es dort auch sein mag. Noch längere Zeit spiele ich mit dem Gedanken zurück in die Stadt zu ziehen aber die Neugier hindert mich, wie ein guter Freund, denn ich will es wissen. Ich will wissen, was sich hinter all dem befindet. Was ist es, das mich so in

die Verzweiflung drängt? Mein Kopf spielt mir einen Streich. Das Ganze hier, das ist alles eine Illusion, ein einfacher Witz. Nichts Reales hat es an sich. Nicht die Düfte, Geschmäcker, Gefühle, nichts. Ich bin eingefangen in einem Albtraum, ich kann nicht aufwachen, denn ich muss den Endgegner bezwingen.

<<Gut, danke.>>

<<Ihm sollte es so weit gut gehen. Er müsste sich nur noch etwas ausruhen, er ist schon zum zweiten Mal eingeschlafen.>>

<<Ich bedanke mich für Ihre Hilfe.>>

<<Ach was, das ist schließlich mein Job>>

Wie lange war ich weg?

<<Dina?>>, frage ich total ermüdet mit meinem Kopf auf der rechten Bettseite.

<<Ja, ich bin es, wie geht's dir?>>, erkundigt sie sich sanft und streichelt mir mit ihren warmen Fingerspitzen durch die Haare.

<<Noch längst nicht so gut wie sonst…>>

<<Was ist denn mit dir passiert? Ich wollte gerade gehen, da höre ich einen stumpfen Ton, drehe mich um und da liegst du. Es tut mir leid, ich wusste nicht damit umzugehen, also habe ich einfach einen Arzt gerufen.>>

<<Sie haben alles richtig gemacht. Es ist immer gut zu wissen, dass Menschen uns vertrauen. Wenn Sie wüssten, wie viele Todesfälle es schon gab, weil Menschen dachten, ihr Können wäre mehr von Nutzen als das eines Arztes. Zu viele>>, spricht eine aufrichtige Stimme, als sich ein unbekannter Mann durch den Türrahmen zu meinem Krankenbett bewegt und dort ein Glas mit Wasser abstellt.

<<Sie können sich an nichts erinnern?>>

Ich schüttele meinen Kopf.

<<Machen Sie sich deshalb keine Sorgen>>, sagt er, während er gekonnt schnell seine Instrumente sortiert <<Das ist eine Standardreaktion. Da wird sich wahrscheinlich auch vorerst nichts dran ändern, aber spätestens morgen werden Sie sich erinnern.>>

<<Man hat mir gesagt, dass ich eine Gehirnerschütterung erlitten habe.>>

Und mit einem Mal gehen seine schnellen Bewegungen in Zeitlupe und sein Blick wandelt mit dem Verzug einzelner Gesichtspartien von selbstsicher zu unsicher.

<<In dem Fall...>>, sein Ausdruck schürt meine Hoffnung nicht <<In dem Fall muss ich Sie leider enttäuschen.>>

<<Ist nicht schlimm, mir wurde das bereits von Ihrem Kollegen mitgeteilt.>>

Dina lächelt mich an, wühlt in ihrer Tasche etwas herum und zieht zwei couponartige Stücke Papier aus ihrer Lederhandtasche.

<<Zwei Gutscheine für jeweils einen Kaffee und ein Stück Kuchen im Black Angel. Wie sieht's aus, hast du Lust?>>

Erwartungsvoll grinst sie mir zu und wedelt mit den Coupons vor meinen Augen herum.

<<Da sage ich doch nicht Nein>>, erwidere ich mit kämpferisch-spielerischer Mine.

<<Alles klar, dann würde ich sagen, fahren wir zwe...>>

Es klopft.

<<Wer ist das?>>, zuckt Dina zusammen und verzieht ihr Gesicht fragend.

<<Jack! Ich habe gehört, was geschehen ist und bin direkt her.>>

Der Blumenstrauß verdeckt das Gesicht der offensichtlich weiblichen Person, doch ich bin mir ziemlich sicher, wer es ist, der unser Gespräch unterbricht.

<<Geht es dir gut?>>, fragt sie und bewegt den riesigen Blumenstrauß zur Seite.

August steht im Türrahmen, ich habe es mir schon gedacht. So euphorisch ist nur sie.

<<Ja, mir geht es gut. Komm doch rein, nimm Platz!>>

<<Wer ist das?>>, nuschelt Dina mit einem Hauch von Skepsis.

<<Oh, ich habe euch ja noch gar nicht vorgestellt. Dina, August. August, Dina.>>

Wenn Blicke töten könnten, würde ich gerade gefoltert werden.

<<Hi, Dina, nett dich kennenzulernen>>, stellt sich Dina vor.

<<Hi, ich bin August. Kommen Sie aus der Umgebung von Lilia?>>

<<Hm? Ich habe den Ansatz doch schon gemacht. Kein Siezen. Ja, komme ich>>, antwortet Dina in bester Laune, auch wenn der Schein trüben mag, mit jeder vergehenden Sekunde.

<<Ach so, wie schön.>>

<<Wie schade, dass du gerade jetzt kommst. Jack und ich wollten gerade was essen gehen.>>

<<Oh, tut mir leid, ich wollte auch nur kurz diese Bl...>>

In dieses unkontrollierte Gespräch muss ich mich einmischen, um ein vorhersehbares Ende zu vermeiden.

<<Ach, das wird kein Problem sein. Dann gehen wir eben zu dritt.>>

<<Tun wir das?>>, flüstert Dina mir kleinlaut, fast unhörbar in mein Ohr.

<<Ich will wirklich keine Probleme bereiten>>, sagt August, als sie die Blumen in einer Vase auf den Tisch stellt.

<<Ach was, das passt schon>>, erwidere ich. Das Mädchen neben mir stößt mit ihrem Bein leicht gegen das Bett, auf dem wir sitzen.

<<Ich ziehe mir nur noch eben was Normales an, raus aus diesen Krankenhausklamotten.>>

<<Aber ich bin doch gar nicht vorbereitet, ich sehe aus wie vom Bahnhof>>, spricht August.

<<Miss Bescheiden...>>, Dina, ganz leise.

<<Nein, du siehst gut aus.>>

Verblüffte Blicke von Dina durchlöchern meinen Schädel.

<<Nein, ich kann wirklich nicht, es tut mir leid. Vielleicht irgendwann anders.>>

Vertieft grinse ich sie an, als sie sich verlegen den Hinterkopf reibt. Ihr Gesicht wird rot, hebt sich nun hervor von den kahlen Wänden, welcher im farblosen Kontrast zu den bunten Blumen steht. Die Tür öffnet sich.

<<Mr. Lewis, wenn Sie wollen, dürfen Sie gehen. Melden Sie sich jedoch vorher unten an der Info ab.>>

<<Alles klar, danke!>>

<<Nichts zu danken!.>>

Ich glaube das ist jener Tag, an dem wir anfangen zu spielen. Jener Tag, an dem sich das Mädchen von den Ketten losreißt.

Kapitel 12

Let me show you who I am

Ich bewege mich zur offenen Autoscheibe hin und fühle mich wie ein Krimineller, als ich mich umschaue, ob mich auch niemand gesehen hat, wie ich die Klinik verlassen habe. Keiner zu sehen bis auf Dina, wessen Blick sich nicht von mir abwendet als sei ich das Opfer eines Raubtiers. Stattdessen schaut sie mir in die tiefschwarze Stelle meiner Augen. Mit einem Schlag baut sich Skepsis auf, von einem Sandberg transformiert sie sich zu einer Festung aus Eisen und Stahl.

<<Also gestern haben wir nochmal was gemacht?>>

<<Ich weiß nicht, was du meinst...>>, spricht sie und fährt geradeausblickend weiter.

<<Vor meinem Nervenzusammenbruch. Was haben wir da gemacht?>>

<<Nun ja, ganz standardmäßig was gegessen. Ich habe dir was gekocht und als wir fertig waren, da bin ich gegangen.>>

<<Aber woher...>>

<<Jack>>, unterbricht sie mich <<Wenn du mir nicht glaubst, dann musst du es nicht. Aber reib mir das bitte nicht immer wieder unter die Nase. Danke.>>
<<Ein Nervenzusammenbruch kommt nicht aus dem Nichts. Was ist mit mir passiert? Und woher wusste August davon?>>
<<Jack, das ist ein Dorf von knapp zweihundert Leuten. Was denkst du, erzählt man sich, wenn plötzlich ein Krankenwagen mit Blaulicht direkt vor deine Haustür fährt? Sie wird nicht die einzige sein, die das mitgekriegt hat.>>
Ich schweige kurz.
<<Du hast recht...>>, gebe ich zu.
Trotz meines Vertrauens zu Dina baut sich in meinem Kopf eine vollmechanische Skepsis auf.
<<Woher wusstest du, dass ich umgekippt bin, wenn du nach dem Essen doch schon gegangen bist?>>, stochere ich von dem Beifahrersitz aus weiter. Sie schweigt. Sie schweigt als seien wir auf einer Beerdigung. Und eine Atmosphäre wie diese macht sich spürbar. Kopfschmerzen.
<<Jack>>
<<Ja?>>
<<Magst du mich?>>
Anders als erwartet spricht sie den Satz ohne jegliche Anzeichen von Emotionen. Nicht einmal ihre Mimik spricht zu mir in Bildern. Dann wiederholt sich der Satz in meinem Kopf.
<<Magst du mich?>>
Nicht einmal, nicht zweimal, nein, tausende Male.

<<Ja!>>, schreie ich verwirrt als müsse ich die Stimmen in meinem Kopf übertönen, welche in der Realität jedoch nur eine Illusion sind

<<Ja!>>

<<Na, siehst du? Ich dich auch. Wieso sollte ich dich anlügen?>>

Und noch immer spricht sie rational wie das höchste Gericht. Sie fährt stillschweigend weiter. Sie ist sich so sicher, dass mein lauter Schrei für sie selbstverständlich ist. Als habe sie die Stimmen in meinen Kopf gerufen. Die Stimmen aus meinem Traum von heute. Langsam drehe ich meinen Kopf in ihre Richtung, schaue ihr meerestief in die Augen. Sie erwidert meinen Blick nicht.

<<Wer zur Hölle bist du?>>, flüstere ich mit offenstehendem Mund.

An einer Landstraße biegen wir ab, unser Ankunftsort sollte doch Black Angel sein oder nicht?

<<Willst du nicht umdrehen?>>

Schweigen.

<<Dina?>>

In der Stille erzeugt der Sicherheitsgurt einen lauten Ton, als ich ihn löse.

<<Jack, halte still. Ich will dich nicht dazu zwingen.>>

<<Ich wusste es. Irgendwas stimmt mit dir nicht. Jetzt lass mich raus oder ich springe!>>

Und als sie weiterspricht, da spüre ich es. Ich spüre, dass das Spiel schon längst begonnen hatte. Würde ich jetzt das Spiel verlassen, wäre ich der Verlierer. Aber Ich kann kein Verlierer sein. Nicht in diesem Spiel.

<<Du wolltest wissen, wer ich bin. Ich verrate es dir. Also bleib

gefälligst ruhig, verstanden?>>

Ich schweige und erneut rastet der Sicherheitsgurt ein und erzeugt einen Schall, den ich wohl nie wieder vergessen würde.

Ein kleiner Weg, welcher in den Wald führt, ist nur einige Meter vor uns. Davor die Wassermühle, komplett vermoost und nicht funktionsfähig.

Hier halten wir an.

<<*Jack, hast du Angst vor Gott?*>>

<<*Nein, aber vor dir.*>>

Obwohl wir schon stehen, schaut sie immer noch auf die Straße.

<<Was wollen wir hier?>>, frage ich skeptisch.

<<Ich werde dir jetzt etwas über mich erzählen.>>

Sie dreht sich mit dem Rücken zu mir, öffnet die Tür und steigt aus.

Wortlos steige auch ich aus dem Wagen.

<<Mit der Mühle verbinde ich Schlechtes>>, spricht sie leise.

<<Tut das nicht das ganze Dorf?>>

Kleinerschrocken zuckt sie zusammen und schnappt nach Luft.

<<Du weißt davon?>>

<<Tut das nicht das ganze Dorf?>>, wiederhole ich frech.

<<Also stimmt das, was sie sagen?>>

<<Was wer sagt?>>

<<Na alles. Dass du die verstorbenen Personen ziemlich gut kanntest. Stimmt das alles?>>

<<Ja, es waren die Eltern eines alten Freundes.>>

Das Spiel nimmt seinen Lauf. Informationen gegen Informationen lautet der erste Schritt.

<<Wieso fragst du?>>, informiere ich mich gierig nach Wissen.

<<Nur ein Tag nachdem der Mann starb, flüchtete meine Mutter aus dem Dorf.>>

Nun stehe ich da, bringe kein loses Wort aus meinem trockenen Mund.

<<Das tut mir leid für dich.>>

<<Das muss es nicht, meine Mutter war ein grausamer Mensch. Sie war so gut wie jeden Tag betrunken. Eine Alkoholikerin aus Leidenschaft könnte man sagen. Sie ging oft fremd, brachte Vater in tiefe Zeiten der Depression. Ich konnte nie nachvollziehen wie ein Mensch so sein kann aber was ich noch weniger verstand, war, dass mein Vater sie liebte.>>

<<Liebe ist...>>

<<Ja, sie ist unerklärlich>>, unterbricht mich Dina <<Aber mich liebte er auch. Er beschützte mich vor ihren Aggressionen und Schlägen. Er tat alles für mich. Er war halt mein Held, mein Ein und Alles. Ich hatte es für selbstverständlich gehalten, weil ich es nicht anders kannte.>>

Sie lacht einmal verzweifelt, fast schluchzend.

<<Aber Menschen bleiben nicht dumm. Menschen lernen. Und ich habe gelernt. Die Welt ist ein Haufen voller beschissener Bastarde, scheiß Maden! Es verbreitete sich das Gerücht, mein Vater habe die beiden getötet, aus Eifersucht. Man hat sich nämlich gesagt, der Mann, der hier starb, hätte eine Affäre mit meiner Mutter. Und dann begann das Spiel. Fast wie Dame. Ein Schachzug nach dem anderen. Aber, Jack, du musst wissen, nach jedem Zug, den wir

machten, machten die anderen zwanzig.>>

<<Wie, ein Spiel? Du fasst das als Spiel auf?>>

<<Es gibt Glücksspiele, dann gibt es noch Spiele, basierend auf dem Können der Spieler. Beide sind auf ihre Art und Weise ungerecht. Aber bei uns hat man kombiniert. Sodass das eigentlich nicht mal mehr als ein Spiel zu verstehen war. Das Spiel ging so, dass nur der Überlegene das Glück besaß.>>

<<Aber Dame...>>

<<Dame ist kein faires Spiel, wenn uns die Dame verweigert wird. Und Mutters Verschwinden brachte uns nichts, denn Vater hat sie geliebt. Er hat nur noch geweint und das hat mich zerbrochen. Zerschmettert wie eine Glaskugel. Aber dann wurde alles schlimmer. Denn das Gerücht verbreitete sich in dem ganzen Dorf. Es fing an, als mein Vater aus sämtlichen Gemeinschaften geworfen wurde. Ich weiß nicht wieso, aber sie haben sich scheinbar angegriffen gefühlt. Mein Vater war also nicht mehr existent in diesem Dorf. Die Polizei jedoch weigerte sich gegen ihn vorzuschreiten, da es keine Beweise für eine Tat gab. Aber das störte die Stadt nicht, denn was dann geschah...>>

Ihr Kopf senkt sich und ihre Hände ballen sich zu zwei Fäusten.

<<Was ist dann passiert?>>, erkundige ich mich neugierig.

<<Ich weiß es nicht mehr.>>

Ihr tropft eine Träne von der Wange, auf dem verstaubten Boden macht sie den Sand zu einer feuchten Pampe. Nun lacht sie. Sie kichert leise.

<<Alles ist wie ausgelöscht, jede Erinnerung>>, dann schreit sie:

<<Was soll ich tun?! Ich kann so nicht leben!>>

Nach ihr werfe ich mich ebenfalls auf die Knie, jedoch würde es alles nicht besser machen, würde ich sie jetzt noch weiter ausfragen, doch eine Frage ist eingraviert in meinem Gedächtnis. Es geht nicht anders, also frage ich sie: <<Was haben sie mit dir gemacht? Sie haben dir nichts getan?>>
Mit ihren nächsten Worten, verschluckt unter Tränen, beantwortet sie meine Frage.
<<Nicht direkt. Aber reicht das nicht? Ich werde meinen Vater rächen. Egal was mit ihm passiert ist. Und ich will dich fragen: Kannst du mir dabei helfen?>>
Wieso ich?
<<Als du neu in das Dorf kamst, habe ich die Gelegenheit genutzt, jemanden zu treffen, der noch nicht von den Geschehnissen beeinflusst ist.>>
<<Wozu ist das nötig?>>
<<Damit du mir helfen kannst...>>, flüstert sie leise. Akustisch verstehe ich nichts.
<<Wie bitte?>>
<<Damit du mir helfen kannst.>>, etwas lauter.
<<Wobei?>>, frage ich überfordert.
<<Meinen Vater zu rächen.>>
<<Nein, die Leute hier sind doch alle nett zu mir, wieso sollte ich mir das zerstören?>>
<<Ich hatte geahnt, dass du das sagst ...>>
<<Es tut mir leid...>>, tröste ich sie leise.
<<Nein, es tut mir leid>>, erwidert sie.
<<Wieso das?>>

<<Spiel doch das Spiel. Wenn du nicht mitspielst, bist du der Verlierer. Ein Verlust meint ein Opfer.>>

Opfer?

Wortlos dreht sie sich um, öffnet die Fahrertür des Autos, ganz langsam. Ihre Schritte verraten Erwartung. Es scheint mir, als müsste ich doch dieses Spiel spielen, denn wir drei teilen das gleiche Schicksal. Riley, Dina und Ich. Man hat uns eingeladen zu diesem Spiel und wir haben diese Einladung schon vor längerer Zeit angenommen. Keiner hat bis jetzt das System verstanden. Aber so wie es scheint, spielen wir nicht gemeinsam um den Sieg. Nein, wir sind Gegner. Gegner wie in Mensch ärgere dich nicht, nur dass es hier nicht das Glück ist, was uns zum Sieg führt. Nein es ist die Art, wie wir das Spiel leiten.

<<Was ist, wenn ich es nicht tue?>>, frage ich.

<<Ich weiß es selbst nicht. Willst du das Spiel nicht gewinnen?>>

<<Hör auf von einem Spiel zu reden ...>>

Wenn ich ihr zustimme, dann hat sie gewonnen, also antworte ich natürlich: <<Und nein, ich will dein blödes 'Spiel' nicht mitspielen. Garantiert nicht.>>

Sie kommt näher. Lächelt schräg, sodass die Tränen ihr in den halb offenen Mund fließen.

<<Aber wieso denn nicht?>>

<<Ich will das alles nicht. Lass uns fahren.>>

<<Aber ich dachte wir wären Freunde. Wir haben im Regen getanzt, weißt du noch?>>

Ich schweige und senke meinen Kopf. Sie fährt fort: <<Kopf hoch. Alles wird gut>>, kichert sie mir zu und ihr Lächeln jagt mir Angst ein. Eine solche Angst, dass ich am liebsten laufen würde aber meine Beine bewegen sich nicht von der Stelle. Ich zittere mehr und mehr, mit jeden Schritt, den sie sich mir nähert.

<<Jack?>>

<<Was ist?>>

Sie steht vor mir, keinen Meter, keinen Zentimeter, vielleicht nicht mal einen Millimeter. Ihre Fingerspitzen streifen meine Wange, welche ich nicht zu bewegen wage.

<<Ich liebe dich.>>

Einige Millisekunden bevor ich ihre feuchten Lippen auf meinen trockenen spüre. Ich reiße meine Augen auf und ich würde mich gerne bewegen, oder schreien, oder weinen, aber es klapp nicht. Es ist wie in meinen Träumen, mein Körper widerspricht mir. Aber es handelt sich diesmal nicht um einen Traum. Es handelt sich um die Realität. Und um diese Realität. Die Wahrheit, die sich mir bald offenbaren wird.

Kapitel 13
Short sentences

Und ich sitze alleine, alleine im Black Angel. Tatsächlich, hier spielt gute Musik. Es erinnert mich ein wenig an die Musik die Mutter früher oft gehört hat. Sie hört Klassik gerne, ab und zu auch was etwas flotteres. Ihr Musikgeschmack hat oft geschwankt.
Es ist alles ganz nobel gestaltet, aber nicht mehr lange wird man mich hier sitzen lassen, da ich den Kellner schon zum ungefähr vierten Mal weggeschickt habe. Die Blicke der Menschen jagen mich in jenem Augenblick. Die einen schauen von oben nach unten, die anderen von unten nach oben. Doch das was gleich ist, das bleibt. Sie schauen mich an, am kompletten Körper und ich fühle mich so nackt. Ich nehme Teil an einem Ritual der Einsamkeit in dieser Minute, in der ich es bereue gekommen zu sein.
Einige sehen ganz Nobel aus, wenige wie Penner, jedoch werden sie wieder rausgescheucht, wie Kakerlaken aus dem Schlafzimmer. Alle diese Menschen hier haben Angst, wenn es nach Sonoz ginge. Und keinem dieser Menschen ist zu trauen.
Die Wand, auf der Seite des nur leicht beleuchteten Parkplatzes, ist aus Glas. Eine Glaswand die sich streckt, als eine Einheitliche Wand. Zerspringt ein Teil der Wand, zerspringt das komplette Glas.
Die Tische sind viereckig, auf den gegenüberliegenden Seiten ist

jeweils eine gepolsterte Sitzbank aus dem tiefsten Weinrot, aus dem schönsten Rot das ich jemals gesehen habe. Für 2 Personen. Direkt hinter meinem Rücken sitzt eine Frau, mit langen, lockigen, weißen Haaren. So weiß wie die sauberste Wolke. Lippen rot wie die Sitze und ein Schönheitsfleck, hässlicher als das ungewaschenste Auto auf dem dunklen Parkplatz. Mit dem Rücken sitzt sie zu mir, mit ihrem Mann, der gefühlte 20 Jahre älter ist als sie. Mit einem Anzug, schön wie das Restaurant an sich, eine Krawatte die teurer ist als wolle man die Band die da spielt, mit sämtlichen Personen und Instrumenten aufkaufen.

<<Sie wird nicht mehr kommen, Mister. Und auch wenn, dann hat sie es nicht verdient das Essen von Ihnen bezahlt zu kriegen, geschweige denn, überhaupt mit Ihnen zu essen. Gehen Sie, solange sich die lächerlichen Blicke der Anderen noch in Grenzen halten>>, sagte die Geld-begierende Frau zu mir, nachdem sie sich das gefühlte 40. Mal zu mir umdreht. Ich verschnaufe einmal und drehe mich zurück zu meinem Tisch.

Die Frau wühlt in einer Tasche aus echtem Leder, Krokodilleder. Mit Goldschrift ein schlangenartiges Muster eingestickt, einmal um die Tasche herum. Sie holt ein Notizblock raus, oder ein Checkbuch. Einen Kulli. Ich beobachte ihre Bewegung der Hand in dem Spiegelbild des Besteckhalters.

<<Hier, nimm das, und geh. Komm irgendwann wieder, aber mit einer Anderen, Besseren.>>

Ich drehe mich um, ein Check mit einer Zahl darauf, so groß hatte ich sie nicht einmal im Matheunterricht gesehen.

<<Bitte, was? Nein, das kann ich nicht annehmen. Das ist ja ein

Vermögen.>>

<<Dann machen Sie sich eben noch einen schönen Abend, gönnen sich mal einen teuren Wein oder Champagner>>, sagt sie <<Gehen Sie. Glauben Sie mir, die kommt nicht mehr und sie ist es nicht wert.>>

<<Vielen Dank, aber ich werde das nicht annehmen. Ich schätze das.>>

<<Na, gut. Ach und ...>>, murmelt der Marilyn Monroe Abklatsch <<Rennen Sie ihre bloß nicht hinterher.>>

Eingeschnappt. Was denkt sich diese Frau? Ich renne niemandem Hinterher.

<<Ich renne niemandem hinterher!!!>>, rufe ich, haue auf den Tisch. So laut, die Teller, Gläser und das Besteck klirren noch einige Tische weiter. Die Band hört auf zu spielen, denn die Musik spielt jetzt bei mir. Nun gehört mir jeder Blick. Nicht nur den der Besucher des Restaurants, sondern auch die der Kellner, die der Musikanten, der Köche, ja sogar die Geschirr-Frau ist wie aus dem Küchenraum geschossen gekommen.

<<Was ist?>>, frage ich in die Menge <<Noch nie jemanden ausrasten sehen? Ihr guckt ja eh schon die ganze Zeit. zwei, drei mehr Blicke machen mir auch nichts aus.>>

Eine Stille, wie in der Kirche. Einige flüstern hinten, einige sogar neben mir, denn sie meinen das wäre okay, da ich mich jetzt so offensichtlich mit allen anlege. Rot angelaufen packe ich nach meinem Mantel, verlasse das Restaurant und die Tür hätte ich zugeknallt, wäre sie nicht so, wie sie nun mal ist.

Draußen regnet es. An der Wand neben den Mülltonnen um die

Ecke, dort gleite ich die Kratzige Wand entlang, auf den nassen, dreckigen Boden. Wir reden hier von einem Ort im Nirgendwo, die Bewohner sind so auf sich selbst eingeschränkt. Man kennt die tiefsten Geheimnisse des Bürgermeisters und der Kantinenfrau. Bin ich hier sicher?

Es ist nicht die Verabredung, es ist Dina. Es ist dieses Mädchen, das mir den Kopf zerbricht, jeden Tag, jede Nacht, ja jede Sekunde denke ich an sie.

Bis zur Telefonzelle dort drüben ist es nicht mehr allzu weit. In überfluteten Straßenschäden zwischen den geparkten Autos spiegeln sich die Lichter der vintage-Straßenlaternen und das Restaurant im Hintergrund verschwimmt. Ich laufe durch Pfützen und meine Hose wird nass. Meinen Mantel trage ich um die Schulter. Nur einige Pfützen weiter fällt er. Mein einziger Mantel. Er schwimmt auf der Oberfläche der größten Pfütze dieses Parkplatzes. Meine Haare, inziwschen komplett durchnässt, verhindern mir die Sicht, als ich mich hinhocke um ihn aufzuheben. Wie auf einer Bühne überrascht mich das Scheinwerferlicht des stehenden Autos vor mir und wie auf einer Bühne habe ich Zuschauer, die mein Stück, eine Tragödie verfolgen, durch die Fenster des Lokals. Niedergeschmettert wie eine Glaskugel auf Betonboden, so fühle ich mich in jenem Moment. Ich stehe auf und gehe weiter, Pfütze durch Pfütze, denn das zählt ja jetzt auch nicht mehr.

Auf der Hauptstraße aus Kies sehe ich einen ein Brummen hinter mir. Mit zunehmender Lautstärke nähert sich das, was da auch ist. Mit einem Mal zieht ein Auto an mir vorbei, ein kalter Windzug und eine Welle, aus Regenwasser, Erde und Unglück schlägt mit einem kalten Hieb auf meine Kleidung, die so eng an meiner Haut klebt, man könne meinen, sie haben sich vereint. Aber in mir geschieht nichts. Mein Körper zuckt lediglich einmal kurz zur Seite, von dem Schock, als das Auto hupt. Meine Arme schwenken der Zuckung hinterher. Und tief im Inneren, wünsche ich dem Autofahrer den Tod, aber das zeige ich nicht nach Außen, eigentlich nicht einmal mir selbst. Der Glaube, dass dieser Tag besser wird, wo er doch einigermaßen gut angefangen hat, abgesehen von dem Fakt, dass ich in der Klinik aufgewacht bin, ja auch der hat mich mittlerweile längst verlassen. Ich beeile mich schon gar nicht mehr, nein. Viel eher will ich mich auf überschwemmten Wiesen welzen und mich in den Schlaf zwingen. Ich zähle 25 Minuten, Sekunde für Sekunde, dabei ist das Dorf in höchstens 10 Minuten durchquerbar. Der Regen wird stärker und mein Körper zeigt keinerlei Drang die zu sehende Ecke meines Hauses so schnell wie möglich zu erreichen. Anders als der Mann, aus dem Garten nebenan. Er benutzt gerade seinen Aktenkoffer als schlechten Ersatz des Regenschirms, um in Schallgeschwindigkeit schnell die Terassentür zu erreichen.

Die Schlenderschritte fangen langsam an weh zu tun, aber spätestens morgen würde mir sowieso alles weh tun. Mit dem Arm stütze ich mich an meiner Haustür. Ich stochere mit meinen Schlüssel auf das Schlüsselloch ein. Versuch eins, zwei und drei Versagen. Ich lehne mich im falschen Winkel um das Loch zu treffen und steche so auf meine unschuldige Tür ein, falle dann halb in den Gang, als es endlich klappt. Ein weißer Strahl auf dem Boden. Mal heller, mal nicht. Stimmen aus dem Wohnzimmer. Ich habe den Fernseher wohl angelassen mit dem Morgen-Kanal, doch es ist jetzt Abends. Über den unter-Wasser-stehenden Boden schlendere ich auf die Terassentür zu, welche ich auf Kipp gelassen habe. Die Treppen, die mich mit ihrem Schrägen Ton alle Tage verfolgen hinauf. Ich habe mich alles andere als unauffällig verhalten, bemerke ich.

Kapitel 14

Where have you been?

Ein heller Strahl bahnt sich den Weg frei durch die Jalousien, direkt in meine verschlafenen Augen. Reflexartig bewege ich meine Hand leicht vor sie, als ich mich stöhnend strecke. Ich habe nicht bemerkt, dass das Telefon klingelt. Ich bin mir nicht einmal sicher, ob ich denn überhaupt schon wach bin. Ich stütze mich ab und lausche einmal. Ja, es klingelt, es ist nicht bloß eine Einbildung. Mit schnellen Schritten nehme ich das Telefon im verstaubten Raum in meine dann verstaubte Hand. Wer kann es sein, außer Mr. Sonoz? Vielleicht etwa ...

<<Hallo! Hier ist August. Jack, bist du es?>>, fragt mich eine weibliche Stimme.

<<Ja ...>>, antworte ich enttäuscht.

<<Ich wollte nur sagen, dass ich total krank bin. Ich habe gestern tausendmal versucht anzurufen, aber es ist keiner rangegangen. Ich hatte einfach keine andere Möglichkeit, als auf heute zu warten. Es tut mir leid, verzeih mir>>, bettelt sie.

<<Puh, ich bin froh, dass dir nichts zugestoßen ist. Ich habe mir solche Sorgen gemacht.>>

<<Es tut mir Leid, es tut mir Leid, es tut mir Leid>>, rattert sie in einem solchen Tempo vor sich hin, ich kann mir ihre Mimik mit

zusammengepressten Augen und überkreuzten Fingern in der Hoffnung auf Vergebung bildlich vorstellen.

<<Ist jetzt gut. Aber sag mal ...>>, spreche ich <<Woher hast du eigentlich meine Telefonnummer?>>

<<Es haben ja schon andere Leute vor dir da gelebt und sind umgezogen.>>

'Umgezogen'?

<<Achso und dann ist für euch klar, dass dieselbe Nummer immer noch aktiv ist?>>, frage ich skeptisch.

<<Ja, die haben wohl vergessen ihren Vertrag zu kündigen. Einen Versuch war's wert.>>

Vielleicht wollten sie ihn auch gar nicht kündigen, da der 'Umzug' nicht geplant war.

<<Ach, und Jack>>, spricht August <<Man spricht im ganzen Dorf über dich. Was war denn gestern los? Du kannst die Frau des Bürgermeisters doch nicht so behandeln.>>

<<Diese hochnäsige Zicke, die sich was auf ihr Geld einbildet?>>, frage ich.

<<Sie ist reich. Stinkreich. Ihr Vermögen reicht mit Leichtigkeit dafür aus, einen Menschen verschwinden zu lassen. Oder eine ganze Gemeinschaft. Sie sucht sich alte Männer mit ganz viel Geld, heiratet sie, nimmt ihnen das Geld, verlässt sie. Immer und immer wieder. Normalerweise. Diesmal ist sie bei ihrem Mann geblieben. Keiner weiß wieso. Aber wenn du dich nicht unbeliebt machen willst, solltest du ihr lieber nicht so gegenübertreten.>>

Ich sollte mir wirklich keine Feinde machen in diesem Dorf aus Monstern.

<<Jack?>>, fragt August <<Ich würde dir mal gerne meine beste Freundin Jaina vorstellen.>>
<<Ach ja? Dann sollten wir mal irgendwann ins Black Angel, okay?>>
<<Ich hatte eine andere Idee. Weißt du, am Donnerstag ist so ein Fest ...>>
Ich habe diesen Satz gefürchtet.
Sie fährt fort: <<Es nennt sich 'Yamiyo'. Ich wollte dich fragen, ob du nicht vielleicht mit uns hingehen willst. Jainas kleine Schwester spielt dieses Jahr den Vertreiber der Geister.>>
Es ist zu riskant, abzusagen. Es würde zu viel Aufmerksamkeit auf mich lenken. Ich bin sozusagen noch in der Probezeit.
<<Ja, das würde mich freuen>>, sage ich in fragender Stimmlage. Meine Mimik jedoch spricht das Gegenteil von dem, was ich ausspreche.
<<Gut. Das wird lustig, ich verspreche es dir.>>
<<Was gibt es denn da so Tolles? Ich stehe nicht so auf diesen Kirmes-Kitsch, musst du wissen.>>
<<Nein, das ist nicht so ein typisches Kirmes-Ding. Es ist dann doch schon eher für die Unterhaltung Erwachsener gedacht, würde ich sagen. Viele verschiedene Stände von Essen oder Schießbuden, kleine Karussells für die Kleinen. Und das Highlight ist das jährliche Vertreiben der Geister. Das ist eine alte Tradition, wo alle Bewohner mit bunten Masken durch das Dorf wandern, um die bösen Geister zu vertreiben. Yamiyo übersetzt bedeutet nämlich so viel wie 'dunkle Nacht'. Cool, nicht?>>
<<Ja, ziemlich. Und da laufen wirklich alle mit Masken rum?>>

<<Ja und in langen Gewändern. Die Frauen tragen rote, körperlange Gewänder, sodass man nicht einmal die Füße und den Hals sieht, sondern nur die Maske. Die Männer dasselbe in Schwarz. Man kann keinen voneinander unterscheiden. Die Masken werden an einem Stand bevor es losgeht ausgeliehen und müssen nachher zurückgebracht oder gekauft werden.>>

<<Und welche Rolle spielt Jainas Schwester bei all dem?>>

<<Sie geht als einzige ohne Maske, ganz vorne in der Reihe, mit einem langen Schwert. Es soll den tapferen Krieger symbolisieren, der alleine gegen die Geister kämpft.>>

<<Wow, das ist alles so außergewöhnlich! Wirklich krass, das muss ich mir ansehen.>>

Man könnte denken ich sage das nur, um gefälschtes Interesse zu beweisen, aber nein. Mein Interesse an diesem Fest teilzuhaben, ist echt.

<<Ich freue mich schon. Man sieht sich bestimmt noch. Bye Bye!>>, ruft die heisere August durch den Hörer.

<<Bye!>>

Zwei Pieptöne. Schlimmer kann es nicht werden. Erstmal falle ich auf. Das ganze Dorf spricht über mich. Jetzt wurde ich auch noch zum Yamiyo eingeladen. Ich versaue alles, was mir Mr. Sonoz befohlen hat. Wenn er auch von der Sache mit Ms. Van Viola hört, wird er garantiert anrufen und sich beschweren. Der Baseballschläger liegt wieder in dem Regal. Er ist wieder total verstaubt und das nach nur kurzer Zeit.

Kapitel 15
Yamiyo

Die letzten Tage waren erstaunlich ruhig. Keiner, der komische Bemerkungen von sich gab, um meinen Zweifel zu motivieren, versuchte mich gedanklich in falsche Wege zu leiten. Aber wer weiß? Vielleicht haben sie sich alles für diesen Tag aufbewahrt. Alles, was sich die letzten Tage über aufgestaut hat, um es mir heute mit einem Beil ins Gesicht zu rammen. Vielleicht ist es ihre Absicht, mich in die Irre zu führen, wenn sie nicht auffällig sind. Und in Sätzen wie diesen merke ich, dass ich zweifele, dass ich zum Paranoiden werde, ohne es zu wollen. Dass ich anfange übervorsichtig zu sein, im Unterbewussten oder dass meine Skepsis meine größte innere Eigenschaft geworden ist.
Ich weiß nicht, ob ich es einfach nicht realisiere oder ob es eine Illusion ist, dass ich nichts bemerke, oder ob es nicht einfach der Wahrheit entspricht, dass dieses Dorf friedlich ist.
Dina hat gestern noch mit mir gesprochen. Sie komme heute auch, meinte sie. Man sehe sich vielleicht, meinte sie. Auch sie hat erst spät etwas von Mr. Whites Tod mitbekommen. Die Beerdigung ist am Samstag, wenn sich die Leute vom Fest erholt haben und keiner verkatert oder verschlafen auf der Trauerfeier auftaucht. Es ist gar nicht verwunderlich, dass die Menschen hier so sehnsüchtig auf

diesen einen Tag warten, denn es gibt hier nicht viel, womit man sich die Zeit vertreiben kann, wenn man erwachsen ist. Natürlich, die Natur gibt eine gute Möglichkeit, einmal richtig zu entspannen aber ich kann mir vorstellen, dass auch das mit der Zeit einfach nicht mehr das Gleiche bewirkt. Ja, selbst ich saß in den letzten Tagen oft Zuhause rum, habe einfach existiert, mich nicht viel bewegt. Aber es ging mir auch nicht gut. Das hohe Fieber machte mir zu schaffen. Ich war nicht der einzige, auch Dina ging es in den letzten Tagen schlecht. Möglich, dass wir uns gegenseitig angesteckt haben. Das Telefon klingelt.

<<Hallo, hier ist Jack...>>

<<Hey, hey! Schon gespannt auf heute Abend? Das wird super!>>, kichert mich die lieblich-sanfte Stimme von August an.

<<Ja ich bin schon total aufgeregt>>, antworte ich euphorisch.

<<Ich rufe an, um einen Treffpunkt oder so abzumachen. Wie wär's, wenn wir bei dir losgehen und uns dann zusammen in Richtung Fest aufmachen? Dann kannst du dort endlich meine Freundinnen kennenlernen! Ich freue mich so euch vorzustellen!>>

<<Ja, gute Idee. Hmmm, ich weiß nur nicht, wann das anfängt. Wann kommst du? Damit ich mich noch fertig machen kann...>>, frage ich August.

<<Mal sehen, so gegen 7? Ist das okay für dich? Wir werden dann da sein, wenn da noch nicht so viel los ist, ist vielleicht besser so.>>

<<Ja okay, 7 passt mir.>>

<<Gut, dann klingle ich einfach bei dir, okay?>>, fragt sie in hoher Stimme.

<<Ist gut. Bis heute Abend dann!>>

<<Bye bye!>>, ruft sie zum Abschluss in den Hörer, bevor ihre Stimme von einem lauten Piepton überspielt wird. Ich lege den Hörer für den Bruchteil einer Sekunde ab und drehe mich um, um das Zimmer zu verlassen, aber da klingelt es schon wieder.

<<Ja, August, was ist?>>, frage ich.

<<August? Hier ist Mr. Sonoz.>>

<<Oh, Mr. Sonoz. Ich habe Ihnen was zu beichten.>>

<<Jaja, ich weiß, Sie wurden eingeladen. Halb so schlimm. Wir werden uns beide auf dem Fest aufhalten, denn ich will Ihnen was zeigen.>>

<<Hm?>>, frage ich.

<<Werfen Sie heute Abend ein Auge auf den Hauptcharakter der Szene: Mirai Young. Sie wird die Hauptrolle bei dem Fest spielen, als Kämpferin gegen die Bösen Geister … Sie wissen wahrscheinlich bereits Bescheid...>>, spricht die tiefe Stimme von Mr. Sonoz.

<<Von den bösen Geistern und deren Vertreibung? Ja. Auch von der Bekämpfer-Geschichte>>, antworte ich.

<<Super, umso weniger gibt's für mich zu erklären.>>

<<Was ist denn nun mit diesem Mädchen?>>

<<Eigentlich ist es eher weniger, was heute mit ihr ist, sondern was morgen mit ihr sein wird. Wenn zugelassen wird, dass dieses junge Mädchen tatsächlich die Hauptrolle spielt, dann ist sie in großer Gefahr...>>

<<Was? Wie das denn? Ich verstehe nicht ...>>

<<Ich habe in alten Büchern geforscht, um herauszufinden woher dieser Brauch stammt. Die Wanderung mit den Masken und den Gewändern und auch die Sache mit dem Krieger>>, spricht er und

fährt nach einer kurzen Pause fort: <<Nun, es ist so. Die bunten Masken und tollen Gewänder sollen die Geister vertreiben und jene Geister, die sich wehren, werden von dem Ritter besiegt. Der Brauch stammt aus Japan und basiert auf einer alten Sage aus einer Geschichte, in der es um ein Dorf geht, das von Geistern geplagt ist. Aber die Geschichte geht weiter. Um die Geister auf Ewig aus dem Dorf zu verbannen, forderte der Gott der bösen Geister eine Opfergabe und zwar die, des Kriegers. Es ist dieses Jahr das erste Mal, dass ein Stück vorgeführt wird, das eine Opfergabe beinhaltet. Aber das komische an der Sache ist, dass die Opfergabe nicht vorgestellt wird...>>

Ich schrecke zusammen. <<Soll das etwa heißen...?!>>, frage ich geschockt.

<<Wenn wir nicht aufpassen, ja. Ich denke, dieses Dorf ist zu allem imstande. Es ist ihnen egal, ob es Familienangehörige sind, sie wollen von diesen Sünden loskommen.>>

<<Wie meinen Sie das, 'Von diesen Sünden loskommen'?>>, frage ich verblüfft.

<<Na das Morden. Scheinbar geben sie den bösen Geistern die Schuld und selbst versinken sie ständig in der Sünde, die ihnen jedoch bewusst ist>>, antwortet Mr. Sonoz.

<<Sie wollen das Morden durch einen Mord verhindern?!>>

<<Sie sind verzweifelt, Jack. Was meinen Sie, warum ich das alles hier mache? Auch ich bin verzweifelt. Ich will von der Schuld befreit werden, die dieses Dorf schon lange plagt. Wollen Sie das nicht auch, Jack? Wollen Sie nicht auch davon rein gewaschen werden?>>, befragt mich Sonoz.

<<Ja … J-Ja, das will ich>>, antworte ich in skeptischem Tonfall.
<<Wir müssen das Mädchen im Auge behalten, aber wenn es nicht anders geht, dann geht es nicht. Tun Sie, was auch immer man von Ihnen verlangt, wenn es dazu beiträgt, unauffällig zu bleiben, verstanden? Egal was.>>
<<Jaja, ich weiß schon..>>
<<Gut. Vielleicht sehen wir uns heute Abend. Aber sprechen Sie mich bloß nicht an. Ein Polizist und ein Neuer im Dorf... Das kommt nicht so gut an, denke ich. Wie dem auch sei, auf Wiederhören!>>
<<Auf Wiederhören!>>
Ein Blick auf die Uhr verrät mir, dass nicht mehr viel Zeit bleibt. Es ist kurz vor sechs. Ich muss noch duschen, mich umziehen, noch schnell was Essen, wer weiß, vielleicht gibt es dort nichts zum Futtern. Zähne putzen, Parfüm auftragen.
Es dauert auch nicht länger als geplant, da klingelt es schon. Aus meinem Schlafzimmer schaue ich durch mein Fenster hinunter auf die Einfahrt, in voller Hektik. August steht bereits da. Dabei sind es noch einige Minuten, die ich habe. Aber ich richte, ohne zu warten, den Kragen meines grauen Hemdes und schaue noch schnell in den Spiegel. Ich wische mir noch den einen oder anderen Fussel vom Hemd und laufe dann die Treppe hinunter.
<<Hey, hey! Wie geht's?>>, fragt mich das liebliche Mädchen in sanfter Stimme. Ihr Aussehen raubt mir den Atem, sodass ich es nicht über die Lippen kriege, in der Schnelle eine Antwort von mir zu geben. Ihre Lippen sind sanftrosa, wie die wunderschönste Rose auf Erden. Ihr Kleid weht im Wind, filmreif, genau wie ihre Haare

weht es in Richtung Sonnenuntergang. Als sie mit ihrer Handtasche schaukelt, welche sie mit beiden Händen locker vor sich hält, lehnt sie ihren Kopf etwas zur Seite.
<<Was guckst du so erschrocken?>>, fragt sie peinlich berührt.
<<Ach nichts, es ist nichts>>, antworte ich erschrocken auf eine solche Frage. Ich habe scheinbar nicht realisiert, dass ich so fixiert auf August war.
<<Ich habe was im Gesicht, oder?>>, erschreckt sich August und wendet sich von mir weg, lässt die Tasche fallen und reibt mit ihrer rechten Hand in ihrem Gesicht herum.
<<Nein, nein, das ist es nicht, glaub mir!>>
Ruckartig dreht sie sich um zu mir und schubst mich aus dem Weg, um sich im Spiegel im Flur betrachten zu können. Sie streckt ihr Gesicht dabei so nah an den Spiegel heran, sodass sie sich beinahe selber küssen würde.
<<Ist es weg? Wo war es?>>, erkundigt sich August bei mir. Sie ist vertieft in der Welt hinter dem Spiegel.
<<Da war nichts, wie schon gesagt.>>
<<Ehrlich nicht?>>
<<Ehrlich nicht>>, antworte ich erleichtert.
<<Na gut, wollen wir dann los? Bist du fertig?>>
Sie schnuppert einmal und dann wird sie leise. Sie schaut starr nach links von sich aus und hebt den rechten Zeigefinger auf Kopfhöhe. Wie eingefroren schaue ich sie an. Was tut sie da?
<<Was ...>>
<<Sch!!!>>, unterbricht mich August. <<Ich analysiere dein Parfüm. 'Devil's Playmate', richtig?>>, fragt sie, während sie noch

immer ununterbrochen in den leeren Flur starrt. Den Finger hat sie gehoben.
<<Ja, woher wusstest du das?>>
<<Meine gute Nase, mein Freund. Meine gute Nase>>, sagt August verspielt.
<<Sicher, deine gute Nase. Können wir los?>>
<<Ja! Auf geht's!>>
August scheint sehr fröhlich. Scheint, als hätte sie ewig auf diesen Tag gewartet. Ich weiß ja, dass August ein euphorischer Mensch ist aber so verspielt wie heute war sie schon seit Tagen nicht mehr. Vielleicht liegt es auch an dem Wetter, denn das ist nebenbei bemerkt unbeschreiblich schön. Am Horizont hinter dem Wald auf den Bergen, geht die Sonne langsam unter. Dieses Dorf verschwindet früher im Schatten als Flachländer anderswo. Der Himmel ist eingetaucht in einem Orange, dass sich über das ganze Dorf erstreckt und die Temperatur ist so angenehm, man fühlt sich wie von der Natur zugedeckt, während einige Herbstblätter sich auf der Kiesstraße niederlegen und ein Aroma von Laub hinterlassen.
<<Wow, dieses Wetter … Es gab noch nie solch ein gutes Wetter an Yamiyo! Wunderschön, nicht wahr?>>, träumt August vor sich hin, als sie leicht beflügelt die Kiesstraße in Richtung Sonnenuntergang hinuntergeht.
<<Es ist wirklich ein wunderschönes, idyllisches Bild.>>
Sie antwortet nicht, aber sie lächelt so sehr, dass sie ihre Augen entspannt zumacht und einmal unbekümmert mit der Schulter zuckt. Sie summt eine Melodie. Ich könnte schwören, sie schon einmal gehört zu haben. In hopsenden Schritten summt sie ihr Lied

so schön, dass mir der Text in Bruchteilen wieder in Erinnerung kommt. Was ist es … Was ist es …

<<Kleiner … armer … Igel...>>, stimme ich unsicher ein.

<<Wow! Du kennst es ja noch. Weißt du noch, wie es weitergeht?>>, fragt sie euphorisch.

<<Kleiner, armer Igel, die Stacheln trüben Schein. Wie könnt' ein Tier wie du, nur so gefährlich sein? Ich möcht' so sein wie du, sodass ich auch im Nu...>>, singe ich zur Melodie bis mir die Erinnerung entfällt.

<<Weiter weiß ich auch nicht mehr.>>

<<Das Lied hat sich deine Mutter mal ausgedacht, nicht wahr? Ich habe die Melodie bis heute noch im Kopf, aber den Text wusste ich nicht mehr. Bis jetzt.>>

<<Ja, meine Mutter hat sich oft Lieder ausgedacht und mir spontan was vorgesungen>>, sage ich.

<<Ja, ich weiß. Diese Melodie… Sie hat sich irgendwie in meinen Kopf eingebrannt. Ich kann sie einfach nicht vergessen. Vielleicht auch wegen des Textes. Er passt irgendwie zu mir. Ein Igel scheint gefährlich zu sein, dabei setzt er seine Stacheln nur ein, wenn er sich verteidigen will.>>

<<Es gab noch eine Strophe oder zwei, weißt du sie noch?>>, fragt August gespannt.

<<Nein, das ist einfach zu lange her...>>, antworte ich, als ich mich grübelnd am Kinn kratze.

<<Hmm…>>, spricht sie, als wir bei der Kreuzung meiner Straße abbiegen. <<Guck mal!>>, ruft August und schüttelt an meiner Schulter, während sie mit dem Zeigefinger auf ein

Imbissbudenartiges Fahrzeug zeigt. <<Die ersten Wagen stehen schon!>>

<<Ein … Imbisswagen?>>

<<Ja! Ich liebe Stände.>>

Es scheint mir so, als würde sie nicht von den Imbisswagen beeindruckt sein, nein, sondern von dem ganzen Paket. Von allem, was es hier gibt, ja, von dem ganzen Yamiyo Fest.

Kapitel 16

Yamiyo, Part 2

<<Sind deine Freundinnen schon dort?>>, informiere ich mich.

<<Ja, ich glaube die wollten beim Schießstand auf uns warten>>, antwortet August. Beim Imbisswagen biegen wir noch einmal ab und ich kann nicht eine Sekunde stehenbleiben, geschweige denn, ruhig gehen, denn August ist im manuellen Modus. Sie hat gesehen, wahrgenommen und ausgeführt, als sie losrennt. Viele Stände sind auf der Straße verteilt. Einige Bänke und Tische sthen überall. Es sind schon mehrere Menschen dort. Junge und Alte, Leute mit Kindern. August läuft einem Mädchen in die Arme, welches vor einem Schießstand fokussiert den Mann vor sich beobachtet, als dieser versucht zu schießen. Aber er verfehlt. Das Gekreische von August hat es ihm nicht ermöglicht, zu treffen. Alle schrecken zusammen, während August sich gemütlich an das Mädchen kuschelt. Ich komme hinterher.

<<Jack, das ist Jaina. Jaina, das ist Jack.>>

mit unvereinbaren Handbewegungen stellt sie uns einander vor.

<<Hi, nett dich kennenzulernen. August erzählt ständig von dir. Wie ein Wasserfall>>, sagt die Frau, dessen Namen ich bereits vergessen habe.

<<Freut mich auch! Ach, tut sie das?>>, ich werfe August einen

spielerischen Blick zu, welche dann ganz verlegen zur Seite blickt.
<<Ja, du bist dieser starke, gut aussehende Kindheitsfreund von ihr, stimmt's?>>
Ich verstehe nur die Hälfte des Satzes, denn August fummelt mit ihren Armen zwischen unserem Blickkontakt und schreit ständig was von <<Hör auf! Lass das!>>
Ich habe zwar nicht mitbekommen, was das Mädchen sagte, aber August schaut verlegen auf meine Schuhe und sagt: <<Das stimmt nicht...>>
<<Ich bin eben auf dem Klo, alles klar? Lauft nicht weg! Ich bin in einer Sekunde wieder da.>>
Jaina verschwindet hinter einem Imbisswagen und tatsächlich, eine Sekunde später taucht sie wieder auf. In neuen Klamotten.
<<Was? Wie ...>>
Verblüfft schaue ich sie an.
Sie lacht laut auf und streckt mir ihre Hand aus.
<<Hi!>> Es scheint, dass sie versucht sich zu beruhigen, aber ihr Lachen drängt sich durch diesen Willen. Sie lacht weiter und spricht im amüsierten Tonfall: <<Hi, ich bin Rias, nett dich kennenzulernen.>>
Da geht mir das Licht auf. Zwillinge! Sie stupst mich einmal an der Schulter und lacht weiter. Ein starker Schubser. Ich taumele leicht zurück.
<<Ach. So ist das. Ihr seid Zwillinge? Ich bin Jack.>>
<<Naja. Zwillinge würde ich uns nicht nennen. Wir sind eigentlich verschiedener als kein anderer.>>
<<Das stimmt>>, spricht eine Stimme, als sich Rias

Zwillingsschwester wieder zu erkennen gibt. <<Das liegt daran, dass wir in verschiedenen Elternhäusern aufgewachsen sind. Ich bei unseren Eltern in der Stadt und Rias bei unseren Großeltern. Sie ist auch noch nicht lange hier.>>

<<Ich bin auch neu hier, du bist nicht allein>>, spreche ich zu Rias.

<<Naja, was heißt neu… Ich war so ziemlich jeden Tag hier, wenn ich die Chance dazu hatte. Aber trotzdem cool, das zu wissen!>>, antwortet sie <<Ein Artgenosse!>>

Augusts Blick schweift schon seit einigen Sekunde ab, direkt auf den Schießstand.

<<August? Ist alles ok?>>

<<Den … da...>>, flüstert sie vor sich hin. Ich verfolge ihren Blick und erkenne, dass sie den riesigen Teddybär in ihr Visier genommen hat. Ehe ich etwas sagen kann, rennt sie zum Stand und klatscht einen Fünfer auf den Tresen.

<<Ein Spiel.>> Der Verkäufer lädt die Waffe und gibt sie August in die Hand.

Sie zielt auf die Zielscheibe, so wackelig. Sie hat ein Auge zu und ihre Zunge hat sie ein wenig draußen, aus welchem Grund auch immer. Sie drückt ab. Ein Schuss löst sich, aber die Zielscheibe hat sie nicht getroffen. Nicht einmal den Rand der Scheibe. Sie hat ein Loch in den jüngeren und kleineren Bruder des riesigen Teddybärs geschossen.

<<Lass mich das machen>>, sagt Rias und nimmt ihr das Gewehr ohne Weiteres ab. Sie lädt nach, zielt und schießt. Fünf Mal. Die Mitte. Jeden Schuss versenkt.

<<Den Großen dort!>>, antwortet August, als der Verkäufer fragt, welchen Gewinn sie haben will. Sie verhält sich ein wenig wie ein Kind, aber das schadet nicht. Ich denke es ist gesund für Leute wie uns, die einfach noch nicht erwachsen werden wollen.

Mit einem Bär, fast so groß wie sie selbst steht sie in der Gegend herum, während Menschen an ihr vorbei laufen, als sei es nichts. Es gongt. Einmal ganz laut. Es kommt von der Tribüne weiter hinten in der Straße. Zombiemäßig drehen alle ihre Köpfe zur Tribüne und bleiben stehen. Eine Männerstimme spricht.

<<Einen wunderschönen Abend, alle zusammen!>>, das Dorf jubelt.

<<Wer sich ein Gewand ausleihen möchte, stellt sich bei Stand 13 an. Wer welche kaufen will, bei Stand 15. Das gleiche Prinzip bei den Masken. Wer welche ausleihen will: Stand 12. wer welche kaufen will: ebenfalls Stand 15. Vielen Dank für Ihre Aufmerksamkeit und ein schönes Yamiyo Fest wünschen wir, meine Frau und ich, euch.>>

Sie klatschen einmal kurz und drehen sich dann wieder um, als der Mann mit hohem schwarzen Zylinder hinter den Vorhängen verschwindet.

<<Ich glaube, wir sollten uns anstellen, wenn wir nicht die Letzten sein wollen. Kaufen oder leihen... Ich wäre für‘s Kaufen. Ihr?>>, fragt August in die Runde, während alle in grübelnder Mimik vertieft auf den Boden starren.

<<Ich auch. Dann müssten wir die nächstes Jahr nicht wieder leihen und wir können die Masken im Zimmer aufhängen, oder so>>, antwortet Jaina.

<<Ja, würde ich auch sagen>>, stimmt ihre Zwillingsschwester ihr zu.
<<Ich werden mir dann wohl auch Gewand und Maske kaufen.>>
'Stand 15'
<<Wow, die sehen alle so toll aus>>, spricht August, während sie förmlich in den Masken versinkt. Tatsächlich. sie sind alle ziemlich schön, wenn auch eigenartig. Asiatisch orientierte Bemalungen und Formen, wie Gesichter von Geistern. Bunte Gesichter. Die Gewänder sind schwarz und rot gefärbt. Wenn ich mich recht entsinne, meinte August, dass Schwarz für die Männer sei und Rot für die Frauen. Sie sind alle in verschiedenen Größen erhältlich. Der Preis ist gut gehalten. 15,- für ein einzelnes Stück, und 25,- für beide zusammen.
<<Die blaue mit den riesigen Augen oder die rote mit den Augen, die weiß sind? Das sieht gruslig aus, findest du nicht?>>, lächelt mich Rias von der Seite an.
<<Stehst du auf so grusliges Zeug?>>, frage ich neugierig.
<<Total. Alles in dieser Richtung. Ich bin verrückt nach sowas! Ich weiß! Ich kaufe beide!>>, lacht sie und packt ihr Portemonnaie aus ihrer Jeanstasche, während ihr Schwester Jaina eine kleine süße Geldbörse aus ihrer Handtasche hervorholt, welche farblich zu ihrem pinken Sommerkleid passt.

Mir gefällt die schwarze, ganz oben. Es ist eine schwarze Maske, mit weißen Umrandungen um die Augen. Der schwarze Mund zieht Mundwinkel in die Höhe, in weiß, fast bis unter die Augen und die Wangen sind prall, wie bei einer Puppe. Am Gesichtsrand und an

der Stirn sind weiße, symmetrische Schwunglinien. Wie aus einem Bilderbuch scheint mir diese Maske.
<<In welcher Größe brauchen Sie ihr Gewand?>>, fragt die dickliche Frau hinter dem Tresen.
<<L.>>

<<Was hast du dir für eine Maske gekauft?>>, fragt mich August neugierig.
<<Hier.>> Ich zeige sie ihr, aber sie zeigt keine großartige Reaktion.
<<Das, das ist ja ...>>, spricht sie leise, etwas unsicher, als sie ihre linke Hand langsam hinter ihrem Rücken hervorholt. Sie hat dieselbe Maske, nur dass die Farben vertauscht sind.
<<Wir haben ähnliche Masken>>, sagt sie. <<Unsere Geschmäcker ähneln sich! Ist das nicht cool?>>, lächelt sie mich an.
Noch ein Gong.
<<Liebe Bewohner von Lilia>>, spricht die Stimme von vorhin. Schon wieder halten alle an und applaudieren. <<Die jährliche Wanderung startet in 30 Minuten. Laternen gibt es vor Ort. Wir treffen uns dann alle bei dem alten Metzger. Bis dann!>> Er erhebt seinen Zylinder, verbeugt sich. Die Menge rastet aus, die Hände klatschen wie starker Regen auf einer Stahlplatte mit hohlem Untergrund. Die Sonne versteckt sich langsam auch hinter der tiefsten Baumspitze des Waldes und bedeckt das Dorf in einem großen, kühlen Schatten.
<<Lasst uns abhauen!>>, spricht Rias, die Gröbere der beiden Schwestern.

<<Quatsch! Das wird sie doch nur verägern>>, antwortet August im lauteren Ton, mit einer Mimik, die ihr am heutigen Tag nicht steht. Nein, diese wütende Mimik mit beinahe zähneknirschender Haltung steht ihr gar nicht.

Ihre Reaktion macht mich neugierig. Ich kann es nicht weiter zurückhalten.

<<Wen denn?>>, frage ich.

Alle drei werden ruhig, drehen sich mit den Köpfen zu mir, schenken mir ihre ganze Aufmerksamkeit. Die Gesichtsausdrücke sind so voller Emotionslosigkeit und Rationalität, als Jaina mir antwortet: <<Die Bewohner. Es wird bestimmt auffallen und dann wird man schlecht über uns reden. Das wollen wir doch nicht.>>

Ich antworte nicht. Meine Skepsis verhindert es. Ich sollte meine Neugier und meine Skepsis vielleicht für heute doch eher einschränken und noch mehr in Grenzen halten als sonst, sonst fliege ich noch auf. Aber ich muss weiter nachforschen. <<Und was ist, wenn wir es ganz unauffällig tun? So, dass uns keiner sieht.>>

Fragende Gesichter.

<<Einverstanden...>>, spricht August unsicher. <<Aber wir müssen wirklich aufpassen.>>

Die beiden Mädchen schweigen kurz.

<<Das ist so aufregend!>>, spricht Rias.

<<Ich weiß ja nicht so genau...>>, klagt Jaina im kindlichen, unschuldigen Ton.

<<Und wohin laufen wir?>>, erkundige ich mich.

<<In den Wald, würde ich sagen. Es ist mega gruselig dort und es liegt auf dem Weg. Wir gehen direkt dran vorbei. Passt irgendwie

zur Atmosphäre, finde ich>>, schlägt das Mädchen vor, das in breitbeiniger Stellung mit den Händen in den Hosentaschen dort steht.

Kapitel 17

Yamiyo, Part 3

<<Wie zieht man dieses verdammte Ding ...>>, flucht Rias, während sie vergeblich versucht sich in ihr Gewand reinzuquetschen.

<<Mach es doch erstmal auf>>, hilft ihr ihre Zwillingsschwester im lieblichen Ton, als sei sie eine Art Beruhigungsmittel, denn im Nu hört Rias auf sich zu bewegen. Jaina beugt sich runter.

<<Warte eben.>>

Sie greift nach den Knöpfen am Rücken des Gewands und knöpft sie auf.

<<Ich brauche deine Hilfe nicht, ich kann mich schon alleine anziehen!>>, sagt sie.

Nicht eine Sekunde vergeht und August verfällt in einen Lachrausch. Unsicher lacht Jaina ein wenig.

<<Lacht mich nicht aus!>>, ruft sie bitter, aber nicht dominant.

Letztendlich hat auch Rias es geschafft sich das Gewand anzuziehen.

Wir stehen beim alten Metzger. Das ganze Dorf steht hier in schwarzen und roten Gewändern. Selbst für die kleinen Kinder gab es als alternativ lange Hemden des Vaters oder der Mutter.

Alle sind fixiert auf den Bürgermeister, der sich ganz vorne in der

Reihe befindet und ein Mikrofon in der Hand hält. Er räuspert sich einmal für Aufmerksamkeit.

<<Die Wanderung dieses Jahres, startet jetzt. Setzt nun bitte alle eure Masken auf und haltet eure Laternen nicht zu tief, nicht zu hoch. Wir wollen niemanden in Flammen setzen.>> Das Dorf klatscht.

Langsam gehen sie los. Ich fühle mich wie ein Geist oder wie ein Monster einer finsteren Welt mit dieser schwarzen Maske und dem schwarzen Gewand. Aber eigentlich fühlt es sich toll an, einmal genau wie die anderen Dorfbewohner zu sein. Hier sind wirklich alle gleich. Alle, außer dem kleinen Mädchen, das vorangeht und mit einem stumpfen Schwert die Vertreibung der Geister symbolisiert. Es kann doch nicht sein, dass dieses Dorf den Tod dieses Mädchens verlangt, richtig? Es ist unter aller Menschenwürde. Warum denn dieses Mädchen? Hat sie etwas Falsches getan? Unvorstellbar.

Die Laternen schwingen hin und her in dieser langen Kette von schwarzen Geistern, die die anderen Geister verjagen sollen. Ich versuche meinen Blick auf das Mädchen vorne zu fokussieren jedoch geht es schlecht. Wir gehen als letzte, ganz hinten. Ich sehe sie nur ganz selten zur Hälfte, wenn die Menschenmenge die Sicht freimacht. An mir wird gezogen. Einmal. Ich reagiere nicht, ich halte es für einen versehentlichen Schubser von August. Aber ein zweites Mal. So heftig, dass ich beinahe hinfalle, als sie mich hinter einen Baum zieht.

<<Hier rein>>, flüstert sie mir und den beiden Zwillingen am Baum gegenüber zu.

Wir schleichen uns zum Eingang in den Wald.

<<Denkt ihr, man hat uns erkannt?>>, fragt August.
<<Sicher nicht, wir haben ja extra nicht geredet. Den ganzen Weg>>, antwortet Rias überzeugt.
Wir gehen in den Wald hinein, immer tiefer. Und mit jedem Schritt entferne ich mich mehr und mehr von dem Dorf. Bin alleine mit Menschen. Wehrlos. Es ist das, wovor mich Mr. Sonoz gewarnt hat. Das, was ich unbedingt vermeiden sollte. Aber wie immer, mache ich nicht das, was man von mir verlangt. Ich hatte keine schwere Aufgabe, ich sollte bloß auf das Mädchen Acht geben. Nicht einmal das habe ich geschafft.
<<Übermorgen ist die Beerdigung von Mr. White, oder?>>, fragt Rias.
<<Ja, man wird ihn in das Grab seiner Frau legen>>, antwortet August und ich kann nicht anders, als dieses informative Gespräch weiterleben zu lassen.
<<Ach, was war er für ein toller Nachbar. Hat mir immer einen guten Morgen gewünscht und war immer richtig nett zu mir.>>
<<Wir vermissen ihn alle, Jack>>, spricht August <<Er war ein guter Mitbürger.>>
Es wird immer dunkler und mein unwohles Gefühl steigt Schritt für Schritt. Mit jedem verschwiegenem Wort, das sich in mir verstaut, fühle ich mich unwohler und unwohler. Genau so unausgesprochen, wie jedes einzelne Geheimnis in diesem Dorf. Die Theorie, hier sei jeder gefährlich. Ich spüre, wie ich ihr gegen meinen Willen, nach und nach, immer mehr Glauben schenke.
<<So alt war er doch gar nicht ...>>, wage ich, im nervösesten Ton

überhaupt zu hinterfragen.

<<Naja, einige sterben früher, manche später.>>

Diese sinnlose Aussage von August vergräbt mich in einem mulmigen Gefühl, eingebuddelt unter Bäumen und dem nächtlichen Schwarz.

Eine Krähe sitzt auf einem moosigen Ast, kräht einmal so laut, dass alle vor Schreck zusammenzucken.

Aber wir bleiben nicht stehen. Nein, wir alle gehen in Schlenderschritten weiter über den noch nassen Waldboden. Eine bleibt stehen. Jaina.

<<August, wir sollten nicht hier sein>>, spricht sie leise und verschluckt sich beinahe an ihren eigenen ängstlichen Worten.

<<Ach, wen kümmert's?!>>, lautet die Gegenfrage von August, die jedoch viel zu leicht gestellt ist.

<<Nein, ich meine es ernst. Nicht hier, August>>, sie wird lauter, ihr Blick schweift ab von Augusts Augen, auf den Boden. Es ist, als habe sie einen solchen Respekt vor ihr, dass sie sich schämt ihr so zu widersprechen, in einem solchen Ton. Es ist, als sei August die Leiterin dieser Gruppe. Die, die nie vor irgendetwas zurückschreckt auch wenn sie so kindlich erscheinen mag. August blickt sie an mit einem beinahe wütenden Blick. Dann schaut sie sich um. Dreht sich einmal, zweimal. Eine weiterer Rabe kreischt, oder derselbe. Und trotz der Aufmerksamkeit, die alle im Moment haben, zucken sie wieder zusammen. Er hebt vom Ast ab und landet auf dem Waldboden hinter einigen Bäumen. Nur ungefähr 10 Meter weg von dem eingelaufenen Weg. Blicke verfolgen den Raben. Seine Klauen scheinen in der Erde zu wühlen.

Ein kurzes Stöhnen ertönt aus Augusts Mund, als sie wie eingefroren stehenbleibt, sich nicht rührt. Nur ihre Augenlider zittern vor Angst. Mit aufgerissenen Augen schaut sie wie im Tunnelblick auf diese eine Stelle, auf die sich der Rabe niedergelassen hat.

<<Wir müssen weg, du hast recht, Jaina>>, spricht sie leise. Ihre Augen spielen im Einklang mit ihrem Mund. Die zitterige Haltung spiegelt sich in ihrer ängstlichen Stimme wieder. Sie fährt fort:

<<Die anderen warten noch. Es soll ja nicht auffliegen, oder?>>

Auch wenn sie eine plausible Erklärung für die Rückkehr zum Dorf hat, verrät ihr fokussierter Tunnelblick, welcher sich noch immer nicht dieser einen Stelle abwendet, dass es etwas anderes ist, das ihr Sorgen bereitet. Diese Atmosphäre ist auch anders als sonst, keiner redet, alle haben Angst, doch wovor? Ich kann es nicht hinterfragen. Wenn ich das tun würde, wäre ich ihr Futter. Ich würde auffliegen, meine Neugier würde mich verraten und das Risiko, sie würden mich auffressen wie der Rabe den Wurm vom Boden, bestünde. Sodass jeder Beweis meiner Existenz verschwindet.

Alle drei drehen sie sich um, eine nach der anderen. Sodass wieder August voran geht, obwohl sie eben noch am anderen Ende stand. Wie eine Vorreiterin. Es ist, als würde sie die anderen leiten, sie in irgendeiner Form unterwerfen, aber wieso sollte sie das tun? Wo ist die August, die sich auf das Yamiyo Fest wie ein kleines Kind gefreut hat? Jene, die unbedingt einen riesigen Teddybär gewinnen wollte? Ich bleibe noch etwas stehen, als die anderen schon einige Meter ihre Fußspuren im dreckigen Waldboden eintreten. Aber nur weil ich im Gedanken vertieft bin. Ist es vielleicht der Rabe, der den Mädchen Angst macht? Aber warum sollte ein Rabe jemandem solche Angst einjagen? Vielleicht … Nein, niemals. Niemals würde ich an so etwas Unglaubliches denken, etwas so Absurdes. Eine übernatürliche Kraft? Nein, nie im Leben.

<<Komm schon Jack, beeil dich!>>, spricht Rias Stimme. Auch sie ist nicht mehr lässig und lustig wie vorhin. Im Gegenteil. Sie scheint mir eher sehr ernst zu sein. Auch wenn es aussieht, als sei sie die einzige, die keine Angst hat. Sie dreht sich um, geht weiter.

August setzt die Maske auf und in nur einem Bruchteil einer Sekunde machen Jaina und Rias es ihr nach. Ich bleibe immer noch stehen, unbewusst. Es ist der Schauer, der mich überkommt. Der mich da stehenlässt, als sei ich gelähmt.

Sie bleiben stehen, alle drei. Aber umdrehen tut sich keiner von ihnen.

<<Jack, ich sage es nicht noch einmal. Komm, wir warten nicht>>, spricht die Anführerin August in einem solchen erstaunlich ruhigen Ton, der jedoch von einer zitterhaften Stimmlage deutlich erschüttert wird.

Ich gehe los, aber drehe mich noch einmal um. Der Weg verschwindet in den Tiefen des Waldes. Immer mehr überschüttet von Ästen und Dreck. Aber dieser Weg muss doch zu irgendwas führen, doch wohin? Ein Ausweg ist es nicht, es gibt nur einen Weg heraus und wieder herein in das kleine Dorf Lilia. Was ist es dann? Was befindet sich denn hinter so einem Wald, oder eher gesagt, hinter diesem bergartigen Hügel aus Bäumen? Hinter dem Berg. Hinter dem Berg …Wir sind in diesen Waldweg eingebogen, als wir gerade am Brunnen vorbei liefen. Genau! Ich kann den Brunnen aus meinem Fenster in der Küche sehen! Es ist dieser Weg, welcher, wie Dina es behauptete, zu ihrem Haus führen sollte. Ich komme jedoch nicht darauf, was es zu bedeuten hat, dass wir nun so plötzlich umdrehen sollen. Was hat es mit all der Heimlichtuerei auf sich? Warum ist August ein so anderer Mensch? Es ist als hätte sie mehrere Persönlichkeiten. Das kleine Mädchen, das sich über einen Teddy freut, den sie bei einem Fest gewonnen hat, auf welches sie so lange gewartet und sich schon Tage vorher mental darauf vorbereitet hat. Und dann noch die, die knallhart ist. Eine Art Anführerin eines Klubs. Eine Person voller Dominanz. Nur sie hat das Wort in dem Freundeskreis. Wer von denen ist die echte August? Würde ich fragen, wo dieser Weg hinführe, ginge ich ein Risiko ein. Das große Risiko würde darin bestehen, dass die ganze 'Mission' auffliegen würde. Ich spiele mit dem Gedanken, ob ich meine Frage stellen soll, als wir den teils vom Mondlicht beleuchteten Weg unkommentierend wieder hinabschlendern.

Ich denke, das Risiko aufzufliegen und jene Wahrscheinlichkeit, es würde uns weiterhelfen, sind im Einklang und auf derselben Ebene, aber es gibt noch einen weiteren Faktor. Einer, der mich ständig im Griff hat. Schon immer ist es die persönliche Neugier, welche mich im Endeffekt vollkommen kontrolliert.

<<Führt dieser Weg zu einem Wohnviertel? Also, wohnen da noch Menschen?>>

Die plätschernden Schritte im Schlamm stoppen auf einmal.

<<Nein, wieso sollte es?>>, fragt August von der Mitte des Weges aus und ruft weitere Fragen gegen meinen Kopf, dessen Durchgang jedoch versperrt ist, da ich nur daran denke, was Dina mir erzählt hat. Es ist eindeutig der Weg, den sie mir gezeigt hatte. Wieso sollte

sie mich anlügen?

<<Ich liebe dich>>, spricht eine Stimme in meinem Kopf. <<Ich liebe dich.>>

Ich kenne diese Stimme. Diese Situation ebenfalls. Ihr Gesicht, ihr Körper, ihre Lippen.

<<Vergiss mich nicht!>>, eine weiterer Satz der sich nicht nur einmal in meinem Kopf wiederholt. Dina. Es ist Dina.

<<Was soll das?!>>, rufe ich ganz laut, sodass Raben sich von den hohen Baumkronen erheben und sich kreischend auf die Baumkronen der anderen Seite des Waldes setzen.

Schritte ertönen wieder im Schlamm, lauter, immer lauter. Schneller, immer schneller. Immer mehr in meine Richtung, aber ich kann nicht hinaufschauen, ich traue mich nicht.

Ein Schmerz, der sich über mein Gesicht verzieht. Er kommt mit einem Laut, beinahe so laut wie mein Schrei.

<<Was war das denn bitte?! Bist du lebensmüde?!>>, schreit August mir ins Gesicht <<Jetzt hat uns garantiert jemand gehört!>> Sie klatscht mir noch eine, auf die andere Wange.

<<Lass ihn in Ruhe, August, ihm geht es nicht gut. Siehst du das nicht?>>, spricht Jaina zierlich von hinten, in einer solchen Tonlage, als würde sie zu der Person sprechen, die sie schon ewig in einem Keller gesperrt hält.

<<Fresse da hinten!!!>>, ruft sie ihr mit einer solchen Miene zu, ja, jeder Tiger würde bei solch einem Anblick in den Tiefen des Dschungels verschwinden. Das bringt doch alles nichts. Dieser Satz ist der, der sich mir in den Weg stellt. Vor und nach jeder Tat.

<<Das bringt doch alles nichts>>, spricht Rias, als wieder Schritte zu hören sind. Im Schmerz schaue ich noch immer nach unten. Gedemütigt. Was ist mit mir los? Was ist mit allem hier los? Ich verstehe nichts. Ich will doch wenigstens wissen, womit ich es zu tun habe. Wieso bin ich es, der so offensichtlich für das alles auserwählt ist. Ich will nicht der sein, der dazu verpflichtet ist, das Geheimnis zu lüften. Und wer ist es, der ein Geheimnis hütet? Was verbirgt sich hinter dem Geheimnis? Es wird mir alles zu viel. Bin ich nun auch zwiegespalten, in eine zweite Persönlichkeit? Schritte kommen näher. Mit einem Schritt wechselt der Schlag auf die andere Seite der Wange.

<<Sag>> Schlag rechts. Schritt. <<Doch>> Schlag links. Schritt. <<Endlich>> Schlag rechts. Schritt. <<Was!!!>> Schlag links. Ein Verschnaufen. Und dann ein Schrei. Kein Schlag folgt von August. Stattdessen steht sie nun einige Schritte weiter weg, mit der Hand an der eigenen Wange, schmerzlindernd.

<<So schlimm kann es nicht sein, dass uns das Dorf bemerkt hat August!>> ruft Rias. <<Komm runter!>>

Sie schaut wieder auf, schubst Rias zur Seite. Ein Ast knackst und der Boden gibt einen schlammigen, ekligen Ton von sich, als Rias auf ihn hinabfällt.

<<Rias!>>, ruft Jaina von hinten, und rennt auf sie zu.

<<Natürlich ist es schlimm!!!>>, schreit August <<Und das weißt du!!!>>

Sie scheint schreckliche Angst vor den Dorfbewohnern zu haben. Sie werden es sein, von denen Sonoz redet. Sie hüten ein Geheimnis. Aber alle werden es nicht sein. August zum Beispiel nicht. Sie ist zu verängstigt. Wer ist es denn genau? Also sind tatsächlich die Mitbürger der Grund, warum wir umkehren sollten? Nicht der Weg, oder der Rabe? Nein, scheinbar einfach nur die Bürger des Dorfes, dessen Namen mit dem Tod zu tun hat.

Lilia. Lilie. Die Blume, die man auf Grabsteine legt. Aber dabei ist sie so schön. Nicht einmal giftig. Ihre Zwecke jedoch machen sie unbrauchbar für den Alltag, denn welcher Mensch will schon eine Lilie in seinem Zimmer stehen haben. Oder im Wohnzimmer. Eine Lilie steht als eine Art Symbol für den Tod.

<<Rias, ist alles okay?>>, sagt Jaina zu ihr, niederkniend.

<<Mir geht's soweit gut, nur mein Bein zwickt ein bisschen.>>

<<Kannst du stehen?>>

<<Ich versuche es eben.>>

<<Warte, ich helfe dir hoch>>, spricht Jaina, ihre zierliche Schwester.

Ein Stöhnen und ein erneuter Ton, den der Schlamm von sich gibt, als sie ein weiteres Mal auf ihren Hintern fällt.

<<Autsch, es tut total weh>>, beklagt sich Rias.

<<Was hast du mit meiner Schwester gemacht, du Monster?!>>, schreit Jaina. Sie schreit es so laut, dass auch die letzten Raben sich von den Baumkronen lösen. Nicht zurückhaltend wie sonst. Nicht einmal zierlich. Nein, man kann die Wut aus ihrer Stimme raus hören. Den ganzen Tag lang dachte ich, sie wäre zu so etwas nicht in der Lage. Ich frage mich, ob das nicht nur auf sie zutrifft.

<<Ich … Ich weiß es nicht>>, ertönt es hinter mir. Alle diese Stimmen. Eine weitere Tonlage, welche ich vorher nicht gehört

habe. Von wem kam sie? Ich drehe mich zur Seite. August.
<<Oh nein, es tut mir so leid...>>, spricht sie zu den Zwillingen.
Ich verstehe nichts mehr. Nun wirft auch sie sich runter zu Rias, hilft ihr hoch.
<<Ist nicht schlimm, August, mir geht es bestens>>, spricht Rias, als sie mit Jaina als Stütze auf einem Bein steht.
<<Ich werde mit ihr eine Abkürzung nach Hause nehmen. Nicht, dass es noch anschwellt. Geht ihr beide doch zurück zum Fest und seht zu, dass ihr euch bemerkbar macht. Dass bloß alle denken, ihr seid nie weg gewesen, verstanden?>>, sagt der zierliche Zwilling.
<<Alles klar. Und ich kann es nicht oft genug sagen. Es tut mir leid. Die Angst in mir hat gehandelt..>>
<<Wir wissen es, August. Kein Grund zur Sorge. Alles wird gut.>>
Die beiden Zwillinge scheinen vertraut damit zu sein, dass die Angst August in eine solche Person verwandelt. Sie muss oft Angst haben. Die beiden gehen aufeinander gestützt vor, biegen dann in eine kleine eingewanderte Spur ein, die sich scheinbar durch mehrere Benutzung ergeben hat. Ich und August wandern in Richtung Dorf.
<<Ich weiß nicht, was mit mir los war. Ich wollte dich nicht schlagen, ehrlich nicht. Es tut mir so leid.>>
<<Nicht schlimm. Angst ist die dominanteste Emotion eines Menschen. Ich konnte das ein wenig nachvollziehen>>, antworte ich.
<<Aber wieso musstest du denn so laut schreien? Ich habe mich total erschrocken.>>
<<Ja, ich weiß. Keine Ahnung, ich kann mich nicht mehr dran erinnern.>>

Ein fragender Blick ihrerseits. Ich fahre fort: <<Sag mal, warum habt ihr alle so Angst vor den Dorfbewohnern?>>
<<Ach, egal. Ich will nicht darüber reden.>>
Ich muss mich mit der Antwort zufrieden geben. Alles andere wäre fatal.
<<Wir sind gleich schon da. Siehst du es? Da hinten spielt Jainas und Rias Schwester ein Theaterstück auf der Tribüne>>, zeigt mir August begeistert.
<<Ja, ich sehe es.>>
<<Wie wollen wir wieder in die Menge zurück, ohne dass es auffällt?>>, fragt sie mich.
Ich nuschel ein Geräusch der Unwissenheit aus, während ich ohne jegliche Ahnung mit den Schultern zucke. Einige Sekunden Stille, als wir gerade über den Boden schlendern, der mein Schuhwerk ruiniert.
<<Sorry...>>, spricht sie <<Ich kann das einfach nicht.>>
<<Was meinst du …?>>, noch bevor ich mich auch nur auf eine Antwort vorbereiten konnte, rennt sie davon, in die Tiefen des Waldes. Nicht einmal den Bruchteil einer Sekunde zögere ich, dann laufe ich ihr hinterher. Ich bin so nah dran, den ersten Hinweis zu haben.
Einer Verfolgungsjagd durch die Dichte des dunklen Waldes beginnt. Über Steine, beinahe so groß wie ein Berg. Es ist eigentlich keine Zeit für so etwas. Mirai, das Mädchen, das die Hauptrolle bei dem Stück spielt, war meine eigentliche Aufgabe. Was mache ich bloß hier? Es ist alles ganz anders als geplant.
<<Lauf mir nicht hinterher!>>, schreit sie unter ihrem Atem.

<<Warte doch! Ich möchte doch nur wissen, was du meinst!>>

<<Ich will es dir nicht erklären!>>

Sie will nicht stehenbleiben. Sie hat eine Ausdauer, so stark wie die eines Tieres. Der Hase jagt den Wolf.

<<Ich kann dir helfen!>>, rufe ich dem Mädchen hinterher.

Plötzlich scheint alles wie in einer anderen Welt. Es ist als würden alle Nebengeräusche, ja, sogar das laute Zermatschen der Äste unter mir, total abschalten. Nichts. Ich höre nichts mehr. Nur wie ihre Stimme ruft. <<Das stimmt nicht! Keiner kann uns helfen!>>

<<Warte doch! Das ist mir alles zu viel! Warte! Lass mich alles erklären! Ich kann dir helfen.>>

Sie wird langsamer. Immer langsamer. Sie taumelt hin und her, mit einer Ausdauer, so leer, wie ein loses Versprechen. Sie spricht, aber nicht in meine Richtung, als auch ich verwirrt stehenbleibe.

<<Du kannst uns helfen?>>

<<Na, erzähl mir doch erst einmal, was passiert. Was geht hier vor sich. Das Dorf. Es ist das Dorf, habe ich recht?!>>

<<Jack...>>, sie dreht sich um <<Was weißt du über Lilia?>>

Ihre Augen sind voller Vertrauen und Liebe. In einer Kombination mit der vertränten Schicht, die sich auf ihrer Netzhaut bildet.

<<Es ist das Dorf, habe ich recht? Ihr seid alle so ängstlich. Was ist es, was die Menschen euch antun? Hat es etwas mit den Morden an Dorfbewohnern zu tun?>>

<<Du weißt davon?...>>, fragt sie im leisesten Ton, mit einer Spur der Hoffnung auf Rettung. Es ist das optimalste, was passieren konnte. Endlich einer, der spricht!

<<August, sag es mir. Mr. White ist nicht einfach 'gestorben', habe

ich recht? Was hat man ihm angetan? Sag es mir bitte!>>
<<Ich weiß nicht. Ich habe Angst.>>
<<Du brauchst keine Angst zu haben. Ich werde dich beschützen. Erzähl mir, was hier vor sich geht, damit ich dir helfen kann.>>
Ihr verweintes Gesicht scheint im Mondlicht, das hinter mir so hell erstrahlt. Die erste Träne rollt ihr das Gesicht herunter. Sie spricht in einem Ton, als sei sie in den Armen ihres Geliebten, mit dem Hauch von einem weinenden Kind in den Armen ihrer Mutter.
<<Jack, hast du Angst vor Gott?>>
Kurze Bedenkpause. Ich schaue aus den Baumkronen hinaus in den Himmel, den von Sternen gefüllten Nachthimmel.
Moment.
<<*Jack, hast du Angst vor Gott?*>>
Diese Frage... Das hatte ich doch schon einmal hinter mir.
Sie fährt fort: <<Gott hasst uns, deswegen haben wir Angst vor ihm. Die gehen ganz anders vor. Sünden löschen sie aus. Sie beten nicht um Vergebung, da sie kein Gott hört. Sie löschen sie einfach aus.>>
<<Auslöschen?...>>, frage ich verblüfft das Mädchen, das einige Meter vor mir steht.
<<Mr. White ist nicht an Altersschwäche gestorben. Man hat ihn umbringen lassen. Jack. Stell es dir vor. Umbringen lassen.>> erstmals im leisen Ton, doch dann wird sie lauter. Dann erzählt sie weiter: <<Dieses Dorf ist krank. Ich habe Angst! Stell dir vor, jemand würde uns gerade belauschen. Wir wären morgen beide tot. Beide!!! Verstehst du jetzt, warum wir gerettet werden müssen? Verstehst du mich?!>>
<<Also stimmt es...>>, antworte ich zusammenhangslos.

<<Was stimmt?>>

<<All das, was Mr. Sonoz mir erzählt hat.>>

<<Mr. Sonoz? Wer ist das?>>

<<Ein Bekannter. Er hat mich um Hilfe gebeten, aufzuklären, was hier los ist. Da ich neu hier bin, hat es sich als hilfreich erwiesen, mich zu fragen. Es ist am Logischsten.>>

Ihr Blick geht wieder zurück in meine Augen. Zitternde Worte verlassen ihre Lippen.

<<Also, werdet ihr uns retten?>>

<<Ich habe es dir versprochen. Wir werden dich retten.>>

<<Nein Jack, nicht nur mich. Versprich, dass du uns alle retten wirst. Zusammen mit Mr. Sonoz! Damit wir endlich unsere Sünden los sind.>>

<<Warum sprichst du denn andauernd von Sünden?>>

<<Gott hat uns verflucht, ganz Lilia. Die Geschichte ist tragisch. Vor einigen Jahrzehnten bestand Lilia nur aus streng religiösen Christen. Deswegen sind hier noch alte, unbenutzte, teilweise auch zerfallene Gemeindehäuser oder Denkmäler heiliger Personen. Dieser Stolz wurde jedoch schnell zerstört. Und zwar als ein Mann, ein Atheist in dieses Dorf zog. Zusammen mit seiner Frau. Hass und Wut der Bewohner Lilias hat er gespürt. Aber es hielt sich alles in Grenzen. Dann jedoch, eines Tages, hatte man ihn verbannt. Anfangs hat man ihn einfach nur aus allen Gemeinden und Klubs geworfen. Bis dann irgendwann seine Frau schwanger wurde. Das Dorf hat es nicht verstanden. Wieso hat eine Frau, eine Atheistin, das heilige Recht, ein Kind zu gebären? Dann eskalierte die Situation. Man hat sie ignoriert, sie wurden wie Tote behandelt.

Nicht einmal wenn sie einen ansprachen, gab es eine Antwort. Kein 'Hallo' und erst recht kein 'Guten Tag', wenn sie an einen vorbeigingen. Das Ignorieren wurde von Tag zu Tag schlimmer. Schon bald bediente man sie nicht mehr im Laden, schaute ihnen nicht einmal mehr in die Augen, wenn sie in der Nähe waren. Hätten sie sich nicht einen Gemüsegarten angebaut, wären ihre Überlebenschancen gleich null gewesen. Aber auch der Gemüsegarten, den zerstörerische kleine Kinder nachts als auch tagsüber als Spielplatz benutzten, wurde nach und nach immer mehr in den Boden getrampelt. Warum sie nicht weggezogen sind, das weiß keiner. Dann passierte das, was das Dorf als Sieg empfand, aber ein Vater als größten Verlust auf der gesamten Erde. Als die Fruchtblase der Frau platzte, rief der Mann sofort den Dorfarzt. Er rannte wie noch nie und schrie so laut wie noch nie. Aber niemand zeigte eine Reaktion. Als er dann vor der Tür stand, klopfte er wie wild, jedoch machte man ihm nicht auf. Er wurde trotz dieser Situation total ignoriert. Also machte der Mann, was er tun musste und versuchte so, das Kind selbst zur Welt zu bringen. Aber vergebens. Zuerst starb die Frau, dann das Kind nur einige Minuten später als die Frau. Der Vater, der beinahe ein Vater gewesen wäre, zerfiel in Elend und hinterließ dem Dorf eine Nachricht, bevor er Selbstmord beging. Sie alle sollten den unbekannten Tod sterben, der schlimmer sei, als der, den er selbst starb. Er sprach eine Art Fluch in Satans Namen aus, welchen er von Tränen erfüllt durch das ganze Dorf schrie, bis er dann das Haus, zusammen mit sich selbst und den beiden Leichen verbrannte. Aber auch das verschwieg das Dorf. Sie haben es verschwiegen, genau wie seine

Existenz. Es wurde nicht einmal darüber geredet. Aber irgendwann. Irgendwann und irgendwie, kam es dann doch zu Wort. Und ein jeder, der darüber sprach, musste sterben. So ging das dann weiter. Jedes Mal. Der Tod sollte verschwiegen werden, sonst musste man selbst sterben. Aber irgendwann wurde das dann doch zu schwer, also erfanden sie einfach andere Angaben für die Todesursache. Genau so wie bei Mr. White. In seinem Totenbrief stand als Todesursache 'Altersschwäche' … Sie versuchen Sünden zu verstecken, oder eher sie loszuwerden. Nicht, sie vergeben zu lassen. Nein. Aber sind wir mal ehrlich. Kein Gott würde solch eine Schuld vergeben. Ich frage mich noch heute, wie es so weit kommen konnte, dass auch unsere Generation kein Wort darüber verschwenden soll, wobei wir damit garnichts zu tun haben. Nicht alle zumindest. Nach dieser ganzen Geschichte würde ich wahrscheinlich dennoch getötet. Wahrscheinlich sogar noch mit etwas Schmerzhaften. Also, Jack, wenn wir uns morgen nicht sehen... Wenn ich mich jetzt umdrehe, und hinter einen dieser Bäume im Dunkeln der Nacht verschwinde, dann kann es durchaus möglich sein, dass ich morgen tot bin. Pass gut auf dich auf. Und vergiss nicht dein Versprechen … Errette uns von unseren Sünden ...>>

Sie dreht sich um, verlässt mein Blickfeld wie eine Königin ihren Thronsaal. Noch immer habe ich ihre verweinten Augen in Erinnerung, als stünde sie genau vor mir in jenem Moment der Verzweiflung. Ich will mich fortbewegen, aber mein Körper entscheidet sich dagegen. Ich falle auf meine Knie, sodass ich spüre, dass sich eine Wunde auf meinen Knien zeigen wird, vergleichbar, mit der in meinem Herzen. Gute Nacht, Lilia.

Kapitel 18

Why aren't you scared?

<<Und? Wie fandest du`s?>>, fragt mich Dina, als ich mir verschlafen die Augen reibe.
<<Ganz toll.>> Meine Morgenmotivation lässt zu wünschen übrig. Das sagen mir viele Menschen, wenn ich sie gähnend anrede und ich mich zum Himmel strecke. Dina jedoch, tut es nicht. Aus welchem Grund auch immer.
<<Und bei dir? Alles top gewesen?>>
<<Ach, ich war nicht lange da, war total langweilig. Wir sind uns ja nicht einmal über den Weg gelaufen.>>
<<Hast du dir noch das Theaterstück angesehen?>>
<<Nö, da war ich schon längst weg.>>
Sie schlürft einen Schluck von ihrem heißen Kaffee, dessen Geruch den Raum mit morgendlicher nostalgischer Liebe erfüllt.
<<Sag mal ...>>, fange ich an <<Warum haben die Leute Angst?>>
<<Weil es Mörder sind. Allesamt>>, sagt sie ganz ruhig, rational, bevor sie einen weiteren Schluck von dem Kaffee nimmt.
<<Wie machst du das, dass es hier so warm drin ist? Ist es das Holz?>>, lenkt sie ab.
Mörder? August hat die Wahrheit gesagt ... Es ist genau wie August

und Dina es erzählt haben. Dinas Eltern … Augusts Angst. Wenn Dina schon so offen darüber reden kann, kann ich mir doch sicherlich mehr Informationen beschaffen.

<<Und wieso hast du keine Angst?>>, frage ich neugierig.

<<Naja, solange ich nichts Falsches mache, dann passt doch alles, oder nicht? Ich rede ja hier darüber im sicheren Kreis, oder etwa nicht?>>

<<Doch, doch.>>

<<Na, siehst du?>>

Grübelnd reibe ich an meiner heißen Tasse.

<< Ich frage mich, was Mr. White falsch gemacht hat.>>

Aber scheinbar scheint auch Dina davon keine Ahnung zu haben, denn die Antwort, mit den Schultern zu zucken und währenddessen vernarrt in die Tiefen des Kaffees zu starren, ist nichtssagend.

<<Du hilfst mir jetzt also doch, die Wahrheit herauszufinden?>>, spricht das Mädchen wie aus dem Nichts.

<<Wenn man so will … Ja, ja, schon. Aber nicht für deine Rache. Für die Allgemeinheit. Ich unterstütze dein Racheplan nicht.>>

<<Schade. Aber gut zu wissen, dass du in der Lage bist, dich auf ein Spiel einzulassen, das vielleicht gar nicht mal so spaßig sein wird.>>

<<Nicht wieder die Sache mit dem Spiel. Es handelt sich nicht um ein Spiel, sondern um Leben und Tod.>>

<<Sage ich ja>>, spricht sie unbekümmert <<Ach, und noch eins …>> Mein Atem stockt, denn ich weiß, etwas unerwartetes wird mich überraschen. Sie fährt fort: <<Du weißt, wenn jemand von deinem Herumgeschnüffel Wind kriegt, dann...>>, sie greift nach einem Stück Zucker aus der Schale neben ihr und lässt es aus einem

halben Meter Höhe in ihre Kaffeetasse fallen <<Game over.>>

<<Was wäre, wenn ich es schon jemandem gesagt habe?>>, frage ich hinterher.

<<Dann viel Glück dir, war nett dich kennengelernt zu haben. Ich hatte meine Hoffnung in dich gesetzt. Irgendwie. Ein bisschen.>>

<<Jemandem, dem ich Vertrauen schenke>>, erweitere ich meine Frage.

Sie lacht auf einmal laut auf, kichert dann noch ein kleines bisschen, bevor sie sich dann wieder ganz dem Kaffee hingibt.

<<Vertrauen...>>, haucht sie aus, mit einem kleinen Lächeln auf dem Gesicht <<Hör doch auf, von Vertrauen zu reden. Vertraue am besten nicht einmal mir.>>

<<Wieso sagst du das?>>

<<Wollte es nur mal gesagt haben. Wobei... Im Endeffekt kommt es sowieso auf das Gleiche hinaus. Du wirst mir vertrauen müssen, du hast gar keine andere Wahl.>>

<<Wie meinst du das?>>

Ein schrilles Klingeln erschallt den Treppenaufgang herunter direkt in mein Ohr.

<<Moment Dina, das Telefon. Bin gleich wieder da.>>

<<Hallo, Jack hier.>>

<<Jack, Sonoz am Apparat. Wie liefen die Untersuchungen?>>

<<Alles gut denke ich, nur...>>

Es ist kurz still.

<<Das kann doch nicht wahr sein! Sagen Sie bloß, Sie haben mit jemandem darüber gesprochen?!>>

<<Ist das schlimm?>>
<<Natürlich ist es das! Ihr Leben steht auf dem Spiel, Jack!>>
Seine Stimme klingt so angeschlagen, als würde er gleich laut aufhusten müssen. Seine Wut und seine Enttäuschung sind unzweifelhaft zu erkennen. Aus diesem Grund entscheide ich mich, den Fakt wegzulassen, dass auch sein Leben auf dem Spiel steht. Ich bin so naiv, so, so naiv.
<<Jack, Sie haben Selbstmord begangen. Was soll das? Wie können Sie nur so naiv handeln?>>
<<Aber Mr. Sonoz, diese Person hat mir viel erzählt. Ich habe sie ausgequetscht, bis auf den letzten Tropfen, dabei habe ich sie nicht einmal offensichtlich gefragt.>>
<<Oh?>>, ertönt es aus dem Hörer <<Nun, wenn das so ist... Dann erzählen Sie mal, was Sie Tolles erfahren haben.>>
<<Nun ja, diese Person hat offen zugegeben, dass die Dorfbewohner Mörder sind. Nichts Neues, das ist mir bewusst. Sie sagte jedoch auch, sie lebe in purer Angst, umgebracht zu werden. Sie erzählte von einem alten Brauch oder so etwas, der bis heute noch lebendig sei, da jeder Mord erneut verschleiert werden müsse. Außerdem hat sie erwähnt, dass Mr. White tatsächlich umgebracht worden ist.>>
<<Das sind nicht viele Neuigkeiten, Mr. Lewis, aber für den Anfang ganz okay. Der nächste Schritt wäre, herauszufinden, wie es um Mirai Young steht, dem Mädchen, das die Hauptrolle bei der Wanderung und bei dem Theaterstück spielte. Haben Sie das Theaterstück sehen können?>>, erwartungsvoll fragt mich Mr. Sonoz Fragen, die ich mich schäme zu beantworten.

<<Vergebens. Ich kam zu spät, ich war zu sehr in andere Nachforschungen vertieft, dass ich total den Rest vergessen habe.>>
Ein enttäuschtes Stöhnen erklingt <<Mr. Lewis, Mr. Lewis... Sie scheinen mir die Sache nicht ernst zu nehmen. Naja. Wie dem auch sei, ich habe heute Morgen etwas mit Mirais Mutter geplaudert, im Laden. Sie hat wohl hohes Fieber. Von heute auf Morgen. Ist das zu fassen? Dabei sah sie gestern noch gesund aus.>>
<<Mr. Sonoz, ich muss auflegen, rufen sie in circa 15 min nochmal an, wenn Sie wollen, dass das alles unter uns bleibt.>>
<<Ich verstehe>>,spricht er, bevor das Telefonat beendet wird.

Ich renne die Treppen herunter, mit dem Blick auf die Füße.
<<Da bin ich wieder, sorry, dass es so lange gedauert hat...>>, mit jedem weiteren Wort werde ich leiser, denn ich realisiere, dass keiner zu sehen ist. Die Terrassentür ist von innen noch zu, die kann sie nicht benutzt haben. Auch die Tür habe ich nicht gehört. Weder zuknallen, noch quietschen.
<<Dina?>>, sage ich unsicher in der Mitte des Raumes, während ich mich einige Male um meine eigene Achse drehe.
<<Nagut... Das wäre dann wohl geklärt...>>
Nun warte ich 15 weitere Minuten auf den nächsten Anruf. Sie vergehen wie in Zeitlupe. Ich werde das komische Gefühl nicht los, dass Dina nicht gegangen ist. Ich glaube, ich bin nicht allein. Vielleicht auch nicht zu zweit.
Fünf Minuten später.
Das Telefon klingelt erneut.
<<Hallo, Jack hier.>>

<<Jack>>, flüstert eine weinende Stimme, so ängstlich. Der Atem ist so laut, dass der Hörer nur laute Töne von sich gibt.

<<Was ist? Wer ist da?>>

<<Jack, jemand ist hier. Hilfe.>> Sie flüstert so unverständlich, diese Stimme, die mich nur an eine erinnert.

<<August, bist du es?>>

<<Man hat uns gesehen, Jack. Irgendjemand ist hier.>>

<<Wo bist du gerade? Gehts dir gut?>>, frage ich hysterisch.

<<Ich bin in der Kommode. Ich rufe über mein Notfalltelefon an. Ich habe schon die Polizei kontaktiert, aber es nimmt keiner ab. Jack>>, weint August ins Telefon.

Im Hintergrund hört man Möbelstücke umkippen.

<<Jack, komm vorbei, schnell, ich habe solche Angst.>>

Weinerlich und schnell atmend verstopft die Angst die Telefonleitung, sodass nur laute Atmungen von August zu hören sind.

<<August, wo bist du denn genau?>>

<<Das Haus, auf der linken Seite, direkt neben der Maria – Statue.>>

<<Alles klar, ich bin sofort bei dir.>>

<<Beeil dich, es ist in meinem Zimmer, ich kann es atmen hören.>>

Ein Spiegel zerbricht im Hintergrund und Augusts Atem hält für ein paar Sekunden an.

<<B-Bleib wo du bist, August.>>

Ich lege auf und ohne lang darüber nachzudenken renne ich die Treppe hinunter, greife nach einem Küchenmesser, verstecke es unter mein Shirt und laufe. Ich laufe. Schneller, schneller, immer schneller. Das Haus auf der linken Seite der Maria-Statue. Im Sonnenaufgang, dem ich entgegenlaufe, fällt es mir schwer, die Augen weit aufzureißen. Mein Atem wird immer lauter, mit jedem Schritt, den ich in den Kies setze. In jenem Kies, welches meine Füße verschluckt, als seien sie einfaches Fressen für diesen sündhaften Boden. Aber eigentlich ist es nicht das, woran ich in jenem Moment denke. Es geht mir nicht darum, was mit mir passiert, sondern was mit ihr passiert. Noch nicht einen Gedanken habe ich daran verschwendet, was mit mir passieren würde. Nein, stattdessen laufe ich wie ein Verrückter mit einem Küchenmesser unter meinem Shirt durch das Dorf. Aufmerksamkeitserregt schaut mich jeder Mensch an, der morgens seine Blumen gießt oder einfach auf der Bank im Vorgarten die Sonne genießt, die wir hier schon so lange nicht mehr gesehen haben. Wieso muss das Dorf genau jetzt anfangen zu leben? Wieso genau jetzt? Wieso hasst mich dieses Dorf?

Das Haus. Ich stehe nur eine Sekunden davor, bevor ich die offene Tür bemerke und mich dann leise in den Hausflur begebe.

<<Is-ist hier jemand?>>, rufe ich durch den Flur, während ich in Angriffsposition behutsam durch das Erdgeschoss schleiche. Ein Regal kippt um. Ein Regal, zusammen mit meinem Herzen, das für eine Sekunde vergisst, wie es zu schlagen hat.

In ihrem Zimmer, im Schrank.

<<I-Ich k-komme jetzt hoch!>>, rufe ich leichtlaut nervös den Treppenaufgang hinauf.

Stichbereit schleiche ich die Treppen hinauf, schaue mich 20 mal pro Sekunde um, ob auch wirklich keiner hinter mir ist, oder doch vor mir?

Die Stufen scheinen vergleichbar mit meinen Stufen zuhause, welche so laut quietschen, jeder Versuch sich ruhig zu verhalten, ist ein Fehlversuch.

Zwei Fußstapfen, ein quietschendes Fenster schallen den Treppenaufgang hinunter, an mir vorbei, bis sie dann im Flur verschallen und direkt verstummen. Ich komme gleich in das Zimmer, das nur noch einige Meter Fußweg entfernt von mir ist. Ein hektischer Blick nach rechts und einen nach links. Dort steht das Bett, ganz unverändert. Nur der Spiegel ist zerbrochen, sonst ist alles in bester Ordnung. Der ganze Spiegel, verteilt in tausende, kleine, mörderische Splitter. Auf der mir gegenüberliegenden Wand des Zimmers, ist ein länglicher Schrank, ganz hoch und in alter Bauform.

<<August, bist du da drin?>>, keine Antwort. Was würde mich dort drin erwarten, öffne ich die Schranktür? Ich würde es sicherlich nicht noch verkraften können, jetzt noch eine tote Person zu sehen. Ich bin bereits an meiner Grenze angekommen. Ich komme dem Schrank immer näher, ganz langsam. Noch immer schaue ich mich behutsam um, obwohl doch offensichtlich keiner mehr hier ist. Scheinbar ist diese Person eben geflohen, als ich das Fenster quietschen hören habe. Zitternd hebe ich meine Hand. Ganz langsam, zähneknirschend, bewege ich mich auf die Schranktür zu. Meine Hand ist so kalt und gleichzeitig so am Zittern, sodass der Türknopf des Schrankes laute Geräusche macht. Ich ziehe ihn auf

und mit einem Ruck bleibt mein Atem stehen.
Dort sitzt sie, mit weit aufgerissenen Augen. Ihr Knie angewinkelt, ihre Fingernägel zerfressen. Ihre Augen, so verweint. Aber sie scheint nicht befreit oder erleichtert, nein im Gegenteil. Sie schreckt zurück. Schreit einmal laut auf. Dann greift sie nach dem Hörer der neben ihr auf der Ablage im Schrank liegt. Der Anblick ist so furchteinflößend. Schon allein ihr Blick, der meine Augen fokussiert, als sei sie Medusa.
<<Beruhig dich, ich bin's!>>, versuche ich sie zu beruhigen, als ich mit meinen Händen nach ihren komplett zerzausten Haaren greife. Doch anstatt, dass ich sie beruhige, fängt sie noch mehr an zu schreien. Ich lasse meine Hände besser bei mir, wenn ich ihr tatsächlich helfen will.
<<Was ist hier los?!>>, ruft eine weibliche Stimme vom Treppenhaus aus. Ich höre rasende Schritte, die mit einem lauten Quietschen kommen.
<<August, ist alles okay? Hey! Was ist los mit dir.>>
Sie kommt ihrem Gesicht näher und schaut ihr ganz tief in die Augen.
<<Wir sind bei dir, beruhige dich, alles wird gut.>>, spricht Rias. August starrt ihr die Seele aus dem Leib. Sie schaut so tief in sie herein, dass auch Rias verblasst. Ihr Gesicht verfärbt sich so weiß, dass es sich keineswegs mehr von der weißen Wand abhebt. Sie sagt nichts mehr, sie starren sich nur in die Augen, als seien sie Feinde und zugleich Freunde, die einander helfen wollen.
Doch dann rennt Rias, sie rennt so schnell im Stolperschritt in einen anderen Raum, wo sie sich übergibt.

<<Ich – ich>>, spricht August verbittert, ganz kleinlaut und zurückhaltend, als flüstere sie zu dem Teufel.

<<Alles wird gut.>>

<<Ich habe die Tür aufgelassen>>, stottert sie bei halben Bewusstsein vor sich hin.

<<Wieso das?!>>

<<Rias wollte es, sie wollte, dass ich sie auflasse.>>

Ich starre ihr weiterhin in die Augen und sie mir auch. Ich weiß nichts damit anzufangen. Wieso sollte Rias gewollt haben, dass sie die Tür auflässt.

<<Es stimmt>>, spricht sie plötzlich wie aus dem Nichts hinter mir.

<<Ich wollte Eier abholen. Sie meinte, sie wolle gerade duschen gehen. Dann habe ich sie gebeten, die Tür leicht aufzulassen, da ich bereits am Kochen war>>, erklärt sich Rias.

<<Ihr habt euch also nichts weiter gedacht...>> Rias Gesichtsausdruck ist jedoch alles andere als rational. Viel eher scheint sie gekränkt vor Sorge und Schuldgefühlen. Ihre Augen, ebenfalls verweint und ihre Wangen errötet. Ganz anders, als ich sie kennengelernt habe.

<<Bin ich jetzt Schuld, dass das alles passiert ist? Was war überhaupt?>>

<<Jemand hat sich Zugang durch die offene Haustür verschafft und hat sie gesucht. Wahrscheinlich sogar versucht ...>>

Sie hält sich die Hände vor den Mund. Erneut fängt sie an zu weinen.

<<Nein! Wegen mir?!?>>, ihre Frage verstummt teilweise durch die Hand vor dem Mund und der weinerlichen Tonlage ihrer sanften

Stimme. Sie geht auf August zu.

<<Es tut mir so leid...>>, sagt sie, während sie ihre Arme ausbreitet und ihr in die Arme laufen will.

<<Bleib bloß fern von mir!>>, schreit August auf, so laut, dass auch ich erschrocken zurücktrete.

<<Was ist denn?>>, fragt Rias, während auch sie einen Schritt zurückmacht, total verweint. Ihre Augen sagen mehr als Worte. Denn auch wenn sie welche im Sinn hatte, würden sie unaussprechbar sein. Sie fängt an zu weinen, ein weiteres Mal. Hält ihre Hand an den Mund.

<<Verschwinde!!!>>, schreit August mit weit aufgerissenen Augen und eindeutiger und zugleich nichtssagender Gestik.

Sie geht einen weiteren Schritt rückwärts und dann noch einen, ganz behutsam, dann dreht sie sich um und läuft heulend die Treppe hinunter. Wie ein kleines Mädchen weint sie. Immer noch – ganz anders, als ich sie kennengelernt habe.

<<Was sollte das?!>>, versuche ich bei vollem Bewusstsein herauszufinden.

<<Es war eine weibliche Person.>>

<<Und? Was hat das zu bedeuten?>>

<<Ich habe die Tür offengelassen, weil sie es so wollte.>>

Sie steht auf. Taumelnd bewegt sie sich in Richtung des Zimmers, in dem sich eben Rias begeben hat.

<<Warte doch, wo willst du hin?>>, sage ich ihr hinterher, als ich ihr an ihr Oberteil fasse, das an ihrer Schulter etwas verrückt ist.

<<Mir ist schlecht.>>

Auf dem Zimmerboden liegen Klumpen, grüne, gelbe, braune.

Inmitten von einer stinkenden, schleimigen Flüssigkeit. Rias Erbrochenes hat sich auf dem ganzen Boden breit gemacht. Bereits in die Fliesenrillen eingedrungen, fließt es in Richtung Flur.
<<Wer sonst sollte es gewesen sein? Es passt alles so perfekt zueinander>>, sagt sie ganz rational, während sie unkommentiert das Erbrochene auf dem Boden betrachtet, als sei es das beste Theaterstück.
<<Denkst du, ihr würde es so schlecht ergehen, denkst du, sie würde anfangen zu weinen und enttäuscht wegzurennen, wenn sie es gewesen wäre?>>, widerspreche ich ihr.
Ihre Haare hängen in ihrem Gesicht und nun übergibt auch August sich auf den Fußboden des Elends.
<<Ich bin nicht tot. Denkst du, ich würde dann kotzen?>>, sie dreht sich zu mir, zeigt mir zwei Finger. <<Es gebraucht nicht viel, Jack. Nur zwei Finger>>, spricht sie mir zu.
<<August, hör auf!>>, rufe ich halblaut und schüttele sie ordentlich durch. Etwas Speichel läuft ihr den Mund hinunter, tropft auf den Boden.
<<Ich habe heute Nacht nicht geschlafen, Jack. Ich lag im Bett, aber ich konnte nicht schlafen. Ich hatte viel zu viel Angst.>>
<<Soll ich den Arzt rufen?>>, frage ich sie.
<<Niemals! Du weißt nicht, was er mir verabreichen würde. Vielleicht ja einen Drogencocktail getarnt als - Was weiß ich...>>
<<Du kannst bei mir schlafen, wenn du willst...>>
<<Nein, nein, das geht schon. Ich schlafe hier. Ich verriegle nachts einfach alles>>, spricht sie plötzlich ganz sicher. Wieso klingt sie so sicher? Will sie mir vielleicht einfach nicht zur Last kommen?

<<Denkst du denn, dass du schlafen kannst?>>, frage ich.

<<Ich werde es versuchen.>>

<<Wenn etwas ist, kannst du jederzeit anrufen.>>

Ein Szenario das sich in meinem Kopf abspielt. Tausende Fragen, die sich mir stellen. Warum sollte Rias so etwas tun? Ich verstehe nicht, aber ich verstehe nie viel. Es sind alles unerklärliche Sachen, die sich hinter weiteren ungelösten Türen verbergen. Aber Rias? Niemals könnte es ein solches Mädchen tun.

<<Ich gehe dann jetzt...>>, spreche ich, bevor ich mich schwer bedenklich durch die Eingangstür fortbewege. Noch einmal drehe ich mich zu ihr um, doch die Tür ist schon zu. Ich höre noch ein kurzes Klicken und schon ist sie wie verschwunden, ganz unerreichbar. Auch ich wage es, zu bedenken, ob es nicht gefährlich sei, in einer solchen Nacht auch nur ein einziges Auge zuzumachen. Ich denke nämlich langsam, dass sich selbst die Natur gegen einen aufspielt, gegen einen Sünder wie mich. Denn ich stehe noch nicht lange hier und schon wandelt sich der sommerblaue Himmel in ein herbstliches Wolkenwetter. Ein solcher Himmel, der aussieht, als müsse er gleich weinen. Es ist wie der Klang in der Stimme eines Menschen, dessen erste Träne sich jeden Moment von den Augenlidern löst. Genau so betrübt scheint der Himmel. Ich warte so lange auf den Regen, genau an dieser Stelle. Während sich Rollladen hinter mir in schiefen Tönen schließen, schaue ich ihm tief in die Augen. Dem Erhobenen über mir. Keine Antwort ist zu erwarten, von dem Gott, der mich hasst. Nicht einmal der Regen kommt, wenn ich ihn mir wünsche. Ein solches Leben bringt bloß einer mit sich, der sich einen Sündiger nennt. Darum sagt es mir

doch, warum seid ihr alle hier keine Sünder? Wieso seid ihr es nicht, aber ich bin es? Es ergibt doch alles keinen Sinn. Wieso habt ihr keine Angst vor der Macht, von der ich erst seit Kurzem weiß, dass es sie gibt? Wieso bin ich Sünder? Vielleicht ist es diese Frage, die mich zu einem macht.

Der ganze Tag vergeht, aber kein Tropfen elendes Wasser fällt vom Himmel.

Kapitel 19

I dare you, I dare you

Langsam und betrübt gehe ich Stufe für Stufe hinauf in mein Schlafzimmer. Ein einziger Mondlichtstrahl scheint durch die Gardinen direkt auf mein Bett. Und in diesem Lichtkegel liegt ein Umschlag, nicht neu und nicht alt, jedoch platziert, als habe man mich hier genau zu diesem Zeitpunkt erwartet. Die Ecken des Briefes grenzen den Lichtstrahl perfekt ein, sodass ich es kaum wage, diese Perfektion eines Streiches anzufassen. Es ist so perfekt anzusehen, dass ich mich nicht darum kümmere, dass jemand ohne mich in mein Haus gelangen konnte. Doch dann öffne ich den Brief. Nicht einmal den Umschlag beschädige ich. Doch darin befindet sich nichts Weiteres als einige Bilder, Bilder von mir und August als wir noch klein waren. Beim Spielplatz, auf einer Wiese, alles Bilder, die sie mir hatte zeigen wollen. Ich schaue mir die Bilder alle an und das letzte Bild ist die Mühle, an der ich vor Tagen zusammen mit Dina war. Eine Uhrzeit. 1:00 Uhr. Raus aus den ekligen Klamotten. Heute schlafe ich auf dem Sofa und versuche mich ein weiteres Mal zuzudecken, in der Hoffnung ich werde warm, aber wieder nützt es nichts, denn ich bin kalt. Mental fühle ich mich so tot, so nutzlos, dass ich nicht einmal daran denke, die Tür von innen abzuschließen.

Und während ich mich wälze, in dieser Pfütze aus Elend und Traurigkeit, verloren in Gedanken, schlafe ich nicht ein.
Die Gardinen wehen am Fenster. Das dunkle Blau färbt sich in der Nacht zu einem tiefen Schwarz.
Und plötzlich fängt es an zu regnen. Dabei habe ich gerade aufgehört, daran zu denken. Vielleicht ist es das, was es ausmacht. Der Regen prasselt von außen an das Fenster und hinterlässt eine Melodie, die sich wiederholt, ständig von neu.
Ich stehe auf, am Fenster schaue ich hinaus auf jenen Berg aus Bäumen und Dreck, hinter welchem Dina lebt. Aber es ist nichts zu sehen. Die Berge sind in der Nacht verhüllt und eingedeckt in Nebel, als würde die Nacht die sein, die dem Dorf ein Ende bringt. Ein dunkles Schwarz. Ja, ein solches Schwarz, auf dem Globus ist Lilia ein schwarzer Klecks. Wie Tinte auf weißem Papier. Der Nebel nähert sich aber scheint vom Regen erdrückt zu werden, als er sich auch bis auf den Berg ausbreitet. Ich klettere aus dem Fenster und laufe dem kalten, überdachten Balkon entlang, sodass ich auf das gesamte Dorf blicken kann. Die Lichter im Dorf leuchten nicht mehr, die Laternen auf den Straßen jedoch schon. Der Boden ist kalt, aber es scheint mir, als sei es nicht sonderlich unnormal, nicht sonderlich kalt, sondern ziemlich warm an meiner nassen Haut. Die Bettdecke schleift auf dem Boden entlang und trocknet ihn von einigen Tropfen Wasser. Ich fühle mich trotz der Decke über meiner Schulter kalt an. Das Licht meines Nachbars leuchtet nicht. Hier auf der Straße ist es dunkel. Weder eine Straßenlaterne noch bei mir Zuhause brennt das Licht. Weiter abgelegen, also Schule,

Mühle, Berge, Wälder, sind alle Lichter aus. Die Mühle befindet sich ganz vereinzelt weiter hinten, direkt neben dem Wald.

Ich denke nicht sehr vertieft darüber nach, wie die Bilder hierher gelangt sind, dabei sollte ich das doch eher tun. Und dann passiert es auch schon. Nicht einmal eine halbe Minute denke ich nach und ein fürchterlich abartiger Gedanke trifft mich wie der Blitz, dass ich beinahe kotzen muss.

Meine Augen, so groß. Für einige Sekunden bleibt mir die Luft weg und jedes Licht der Stadt scheint eingeschaltet. Der Himmel scheint mir plötzlich riesiger und die Sterne nicht wie Freunde, sondern wie Feinde. Ich sehe sie nicht als Gottes Schöpfung, welche er errichtet hat, um den Himmel zu verschönern, sondern als zerstörerische Planeten. Brennende, Zersplitterte. Ich hole mit einem Ruck tief Luft.

August wird doch nicht bei der Mühle sein, oder? Nein, das ginge zu weit. So teuflisch ist kein Mensch.

<<*Spiel doch das Spiel. Wenn du nicht mitspielst, bist du Verlierer. Ein Verlust meint ein Opfer.*>> *Ein Opfer. Ein Opfer. Ein Opfer. Ein Opfer.*

Doch es gäbe Menschen, die wären dazu in der Lage.

Ich schrecke auf, springe halbnackt wieder durch das Fenster rein wie ein mörderischer Stalker oder ein verwirrter Fan oder wie ein verwirrter Stalker und *ein mörderischer Fan.*

Meine Klamotten werden nass, draußen regnet es noch. In den Klamotten laufe ich die Treppen hinunter, in Fünferschritten, als würde ich verfolgt. Die Tür schlage ich hinter mir zu, aber sie springt wieder auf. Egal. Das Wasser, durch das ich wie ein Verrückter laufe, macht, dass meine Schuhe einen Abdruck im

Dreck und im Kies der Straße hinterlassen. Der Regen hingegen macht, dass dieser innerhalb von Sekunden unter Matsch verdeckt ist. Ich atme wie ein Tier, mit offenem Mund und wedelnden Armen laufe ich die Straße hinab und falle öfters beinahe, wenn meine Schuhe im Schlamm stecken bleiben. Aber ich errege keine Aufmerksamkeit, denn alles ist tot. Eine Straßenlaterne leuchtet. Nicht weit weg, nur eine Straße weiter. Der Regen verursacht so laute Geräusche, dass ich mich wundere, wie Menschen bei einem solchen Geräusch einschlafen können. Als würden Elefanten auf einer Blechplatte über Hohlraum tanzen. Und durchrennend fühlt es sich so groß an, das ganze Dorf. Ich stütze mich an der Laterne ab, verschnaufe einen Bruchteil einer Sekunde und laufe weiter. Ich will ankommen, aber lebendig. Ich ersticke nicht an der Erschöpfung, nein, ich ertrinke an dem Regen, der mich die letzten paar Meter taumeln lässt. Ich laufe und laufe, so schnell. Schneller als die Züge die weit hinter den Bergen durch Länder fahren. Und es ist nicht mehr weit, ich kann sie schon sehen.

<<August!?>> rufe ich in voller Lautstärke. Ich schreie so laut, es kostet mich Mühe danach weiter zu atmen. <<August!? Bist du hier!?>>, rufe ich. Ich kotze es aus. Hechelnd wie ein Hund düse ich zur Mühle und reiße die Tür auf, aber keiner ist da. Nicht hinter, nicht neben, nicht auf, nicht in der Mühle, nirgends eine Spur von August. Nicht einmal eine Spur vor der Mühle, keine Fußabdrücke oder Ähnliches.

Doch eine Sache ist da. Ein Kanister, so rot, wie der Lippenstift der Frau aus dem Restaurant. Er hebt sich von dem überdunkelten Schwarz um sich herum ab. Ein roter Kanister. Er stand hier heute

Mittag noch nicht. Was ist es? Ich rüttele an diesem Kanister. Wasser. Oder irgendetwas Flüssiges. Ich schraube den Deckel auf und wage daran zu riechen. Benzin. Es handelt sich eindeutig um Benzin. Aber warum Benzin? Ich drehe ihn um, um zu untersuchen, ob irgendeine Aufschrift daran ist. Und tatsächlich.
'August'. Hektisch schaue ich in die Runde. Überall sind Spinnennetze und alte, kaputte Balken, schon angerissen. Es ist nur eine Frage der Zeit, wie lange dieses Gebäude noch die Last des Wasserrades mit sich tragen kann und dann endgültig zu einem Haufen Staub zerfällt. Nicht weiter weg vom Kanister liegt eine kleine Schachtel aus Pappe. Nicht groß, wirklich klein. Ich rüttele dran, aber ich will nicht nur hören was es ist, ich will es wissen. Ich reiße daran rum, ein Mal, zwei Mal, beim dritten Mal reißt die Packung und Streichhölzer verteilen sich explosionsartig überall auf dem Boden. Das ein oder andere fällt in die Ritze auf dem Holzboden, ein anderes verfängt sich im Höhenflug im Spinnennetz an der Wand, doch ein einziges bleibt in meiner Hand liegen. Was soll ich damit? Ein verblüffter fraglicher Blick von mir. Ich starre auf das Streichholz auf meiner linken Handfläche und auf die Packung auf meiner rechten. Meine Knie zittern so sehr, dass ich auf den Boden falle. Das Streichholz fällt mir bei dem Aufprall aus der Hand. <<Was zur Hölle ist hier los?>>, spreche ich unkontrolliert vor mich hin. Meine Hände zittern, mein Kopf schmerzt, meine Arme zittern ebenfalls, meine Beine, Füße, mein ganzer Körper ist wie geschmolzen, alles fühlt sich so zerbrechlich an. Ich starre auf die leere Handfläche, auf der eben noch das Streichholz lag. Was will die Person von mir? Und auch wenn es so offensichtlich ist, will

ich es nicht wahrhaben. Die Zikaden lachen mich aus, sie schreien lauter als die Gedanken in meinem Kopf. Der Fluss, komplett vermoost, fließt an dem kaputten Rad entlang und plätschert ebenfalls mit einer Lautstärke wie aus Lautsprechern. Noch immer starre ich auf meine leere Handfläche, bis ich sie zum Streichholz bewege, um es wieder aufzuheben.
Soll ich etwa?
Niemals. Niemals könnte ich einen solchen Ort in Flammen setzen und zusehen, wie ich meine Würde in Flammen untergehen lasse. Ich denke nicht lange darüber nach, wie es sein würde. Nein, viel mehr denke ich darüber nach, was sein würde, täte ich es nicht. Was wäre dann? Müsste August darunter leiden? Müsste sie ... im schlimmsten Fall ... *sterben?*
Mittlerweile bin ich überzeugt davon, dass August sich bei jemandem befindet. Dass diese Person irgendetwas vorhat, würde ich es nicht tun. Aber ich will es mir nicht ausmalen. Ich will mir gar nicht erst vorstellen, was passieren würde, wenn ich nicht dieses verdammte Benzin auf dem Boden, den Wänden und auf dem Dach verteilen würde und es mit diesen verfluchten Streichhölzern anzünden würde. Der Gedanke lässt mich nicht los. Nicht eine Sekunde, nicht einen Bruchteil davon. Vielmehr denke ich daran, es tatsächlich zu tun. Im Unterbewusstsein plane ich schon, wo ich wie viel Benzin hingieße, damit auch alles wegbrennt. Nicht gewollt, nein. Denn nichts verstoße stärker gegen meine eigenen Prinzipien, als etwas so Falsches, etwas so Unmenschliches. Aber ... Ist es unmenschlich? Rette ich damit nicht Leben? Würde ich dann tatsächlich als ein schlechter Mensch abgestempelt, von mir selbst?

Die Waage würde dann auf der Seite der positiven Gründe mehr wiegen als auf der anderen, oder etwa nicht? Nichts rührt sich mehr. Nichts außer dem Fluss und den kreischenden Zikaden. Mein Körper bewegt sich nur leicht, auch wenn sich dieses Zittern stärker anfühlt als ein gewöhnliches Zittern. Ich spüre, wie meine Gedanken sich gegen mich stellen, sie wenden sich, drehen die Idee um und schmieden einen Plan. Ich drehe den Deckel des Kanisters auf und rieche noch einmal dran. Ich inhaliere den Geruch, bis er mir ganz tief in den Gedanken schwebt. Ein genussvoller Riecher und eine Mimik ebenfalls voller Genuss. Eine solche Sinnesweide, eine solche Erotik. Mit geschlossenen Augen schnüffele ich noch einmal. Noch einmal und noch einmal. Der Geruch erfüllt mich in jenem Augenblick so sehr, er löst ein Gefühl der Euphorie in mir aus. So ausgelassen und beglückt, meine Mundwinkel fahren hoch. Ein kleines kurzes Kichern mit geschlossenem Mund, als lache ich über einen kurzen, spontanen Witz. Dann einmal lauter, mit offenem Mund. Und lauter, lauter und lauter. Immer lauter. Auf den Knien recke ich meinen Hals in die Luft, während ich lache, mit dem Gedanken vollkommen zu sein, alles loszulassen. Ich habe nicht einmal Angst, man könne mich hören. Ich will nicht aufhören. Nicht jetzt. So verrückt und schizophren das alles sein mag, dieser Moment gibt mir das, was ich seit Langem brauche. Meine Hände verkrampfen sich bei dem Gelächter, welches ebenfalls von Sekunde zu Sekunde immer intensiver und abartiger wird, wie in einem Horrorfilm. Ein hysterisches Lachen. Als ich das bemerke, macht sich mir ein Gedanke auf, der mich erinnern lässt, warum ich hier bin. Ich bin hier, um auszuführen. Ich gebe mir selber den Auftrag es niederzubrennen. Die ganze Mühle, damit auch keiner nachweisen kann, dass ich hier gewesen bin. Mit mir zusammen. Mit mir zusammen werde ich diesen Drecksort in einen scheiß Haufen Asche verwandeln! Dann kann mir keiner mehr was, niemand, niemals! Ich schaue mich etwas um. 'August' auf dem Kanister. Langsam kommt mir der Gedanke, der mir schon längst hätte kommen sollen. Was tue ich nun? Ich lache nicht aus Genuss, nicht aus Freude oder etwas ähnlichem. Nein, eigentlich ist es nur Angst. Pure Angst. Ein Schrei der Ausweglosigkeit, ein unwissendes Gejammer nach Hilfe von oben. Ich lass meine Knie locker und sitze auf ihnen, anstatt mich mit ihnen abzustützen. Mit einem Mal verstummt mein Lachen.

Man wird sich im Dorf wundern, die Feuerwehr anrufen. Dann werde ich im Wald verschwunden sein. Ich renne einfach in eine unbestimmte Richtung. Irgendwohin, ist egal.

Ich greife nach dem offenen Kanister. Stehe auf, schwanke zum Eingang der Mühle. <<Ich lasse niemanden sterben. Nicht ich>>, spreche ich vor mir hin, ich weiß nicht zu wem, vielleicht zu Gott.

<<Lass das Spiel beginnen.>>

Ich kippe den Kanister auf 40 Grad und die erste Menge an Benzin tröpfelt auf den trockenen Boden vor der Mühle. 50 Grad, 60, 70. Gegen alle Wände, erst von innen. Die Spinnennetze verschwinden im Benzin und alles riecht so versündet, so verschwendet. Ich klatsche das Benzin gegen die Wände, auf den Boden und etwas auf die Treppe. Keine Gedanken durchströmen mich in diesem Moment, ich alleine fungiere als rationale Verbrennungsmaschine. Ich bin nur eine Spielfigur. Ich habe kein Recht, Gefühle zu haben.

Ich bleibe kurz in der Mitte des Raumes stehen und atme noch einmal tief ein, noch einmal will ich dieses Gefühl spüren. Dann von außen, erst die eine Wand, dann die andere. Das Regenwasser plätschert so laut, es knallt sogar. Es wäscht das Benzin nicht von den Wänden, da diese einige Zentimeter überdacht sind, aber ich werde nass. Einige Milliliter Benzin tröpfeln in den Bach, welcher es mit sich reißt. Gegen das hohle Holz, das schon bei dem Zusammenprall mit dem Benzin beinahe einbricht, gibt die Flüssigkeit einen erfüllenden stumpfen Ton ab. Noch einige Milliliter, ungefähr 300. Ich nehme etwas Abstand zur Hütte und hole Schwung, reiße meine Arme so hoch, um auch noch etwas auf das Dach zu kriegen. Aber vergebens, ich mache mich lediglich selbst nass.
Ich ziehe noch eine lange Spur in die entgegengesetzte Richtung des Waldeingangs mit Benzin auf dem Boden, noch die letzten Tropfen schöpfe ich aus den Kanister und werfe ihn in die Mühle. Ein Stöhnen von mir befreit mich von der seelischen Last, dieses Benzin zu verteilen, aber der schwierigste Teil steht noch an. Mein Arm schwankt und ich bilde den Quasimodo-Buckel als ich auf den durchnässten Boden schaue. Nur einige Sekunden, dann richte ich mich auf und greife nach den Streichhölzern in meiner Tasche. Die Schachtel ist auch schon ganz durchnässt. Ich ziehe ein einzelnes Stück heraus und reibe es hoffnungsvoll an der Schachtel. In diesem Moment erhöht sich mein Herzschlag um das tausendfache, meine Augen reißen auf und ich höre auf zu atmen. Ausgegangen. Es hat einmal gefunkt, aber ein Feuer ist nicht entfacht worden. Ein zweites und ein drittes Streichholz missglücken und jedes Mal bleibt die

Welt um mich herum stehen, bis dann ...
Es brennt. Nun merke ich nichts mehr. Die Zikaden hören auf zu kreischen, das Wasser zu plätschern, der Regen hört auf und das flammende Stück fällt in gefühlter Zeitlupe auf den Boden, während ich dort stehe und starr glotze. Als es klappte, bei dem vierten Streichholz, verspürte ich plötzlich nicht solch ein Gefühl der Aufregung. Nein, ich fühlte etwas, das man mit Erleichterung oder Befreiung vergleichen kann. Es hört sich an, wie ein penetrierender Schuss. Wie zwei Monsterwellen, die zusammenkrachen als das Streichholz den Boden berührt. Das Feuer zieht seinen Weg zur Mühle und innerhalb von einigen Sekunden steht alles in Flammen. Ich schaue nur zu, ganz rational. Ich stehe vor dem Feuer mit ausdruckslosem Gesicht, ohne jegliche Gedanken, die meinen Kopf durchströmen. Da fällt es mir ein. Die primitivste Emotion eines Menschen ist Angst. Ist es die Angst in mir, die mich so lahmlegt? Das Feuer ist heiß, das Holz knistert und eine riesige Rauchwolke zieht in die Richtung des Dorfes. In diesem Moment komme ich wieder zu Sinnen. Ich muss hier weg. Noch bevor man mich sieht. Das Feuer muss mittlerweile Aufsehen erregt haben, aber es wird niemanden möglich sein, das Feuer rechtzeitig zu löschen. Einige Holzbalken fallen schon zu Boden und brennen dort weiter, bis sie ganz zu Asche werden. Ich drehe mich um und laufe los in den Wald. Wie ein Verrückter hechle ich, schleudere meine Arme hinter mir her als seien sie taub. Ich laufe immer schneller und der Wald wird immer dichter. Gegen gefühlt jeden zweiten Baum laufe ich einmal, aber ich werde nicht langsamer. Ich stolpere über den Ast und mein Gesicht landet auf dem nassen Boden. Blut, Dreck und

Schmerz in meinem ganzen Gesicht, meine Beine und Arme gefühlslos, total taub. Aber ich stehe auf und renne weiter, tiefer ins Schwarz, bis ich sicher bin, bis ich langsam geschmeidig eine Kurve mache und in die Richtung des Dorfes laufe. Noch einmal drehe ich mich um. Durch die Schlitze, die sich durch die Bäume des Waldes ergeben, kann ich noch rot-orange loderndes Feuer erkennen. Dann laufe ich weiter bis ich nicht mehr kann. Auch wenn ich nicht weiß, wo ich ankommen werde. Ich muss zu Hause ankommen, bei meinem Garten. So habe ich vielleicht noch eine Chance unbemerkt davonzukommen. Aber wer weiß, wer mich schon alles erkannt haben mag. Eine Silhouette vor dem Feuer, welche man von überall betrachten konnte. Ein weiteres Mal wurde ich öffentlich zur Schau gestellt. Zum zweiten Mal an einem Tag. Meine Augen beginnen zu tränen, denn der Gegenwind ist stark. Ist es der Gegenwind, der mich zum Tränen bringt? Ist es nicht die Angst in mir? Ich habe keine Ahnung, denn ich verliere mich in meinen Gedanken, in Gefühlen, wie in einem königlichen Palast, in dessen Garten. Ich komme dem Dorf mit jeder Sekunde näher, es sind keine 100 Meter mehr. Ich stolpere ein weiteres Mal. Außer einem Stich im Bein spüre ich nichts weiter an Schmerz, auch wenn mein Fuß verstellt ist. Mit erstreckten Armen und einem lauten Stöhnen aus unendlichem Schmerz, welcher sich in in unter einer Sekunde gebildet hat, ziehe ich mich an den zwei Bäumen neben mir hoch. Es regnet hier nicht, die Baumkronen sind viel zu dicht aneinander. Ich humpele zu meinem Garten, die letzten paar Meter. Von hier aus kann man mein Werk sehen. Mein wunderschönes Werk. Es könnte in einem Museum stehen, dieses Meisterwerk der Gefühle, dieser Scheiterhaufen. Aber in einer Hinsicht bin ich stolz auf mich, wenn auch unbewusst. Ich habe eine meiner Hüllen abgelegt und mit dem Spiel begonnen. Schon im Kindergartenalter habe ich mir meine eigenen Regeln gemacht. Von meinem Fenster bestaune ich für einige Minuten noch das Feuer und schaue zu, wie die Feuerwehr mit lauten Sirenen auf die Mühle hinzu fährt. Mit diesen lauten Tönen dauert es auch nicht lange und da geht ein Licht nach dem anderen an, kein Haus wird ausgelassen. Einige stellen sich sogar vor die Tür, andere steigen sogar in ihr Auto und fahren in Richtung Mühle, um sich das alles aus der Nähe anzusehen. Bei August zu Hause klingelt es in der Leitung, aber sie geht nicht ran.

<<Wie kann das denn passiert sein?>>, spricht die Nachbarsfrau mit lautem Entsetzen.

<<Na, die Jugend. Die und ihre dummen Streiche. Haben wohl nichts besseres zu tun!>>, schreit der Mann.

<<Hier aus dem Dorf? Nein, unmöglich, die sind doch alle ganz nett.>>

<<Ach was>>, spricht er und verschwindet im Flur des Hauses. Sie jedoch bleibt stehen, beobachtet das Geschehen noch etwas länger.

<<Oh Mist, die gute alte Mühle>>, spricht die eine Nachbarin zur anderen.

<<Gearbeitet hat sie ja jetzt eh schon seit der Bürgermeisterwahl nicht mehr...>>, erwidert diese.

<<Hast Recht, vermoost war se auch schon und alles. Trotzdem schade drum, war ein schönes Stück.>>

<<Ja, schade drum. Veränderungen sind wir nicht sonderlich gewohnt, nicht wahr, El?>>, fragt Ms. Nate mit entzückter Mine.

<<So ist es, so ist es>>, lacht diese zurück. Ich habe Leben erweckt. Alle Augen auf den, der nicht sichtbar ist. Alle Augen auf mich und meine Poesie, mein Quartett, meine Sinfonie, meine Melodie.

Kapitel 20
Suffer killing arc

In verirrten Gedanken ertrinke ich in dem nassen Bettzeug bei Nacht. Zusammengerollt liege ich krampfartig in der Mitte. Wie ein Igel im Winterschlaf. Denn wie er auch, weigere ich mich, mich in irgendeiner Art und Weise fortzubewegen.
War es überhaupt richtig, was ich getan habe? Vielleicht ist all das, was heute passiert ist, wie ein Schlüssel gewesen, der schon immer da war, doch erst seit heute so sichtbar. Ein Schlüssel, der mir möglicherweise die Türen zu allen Antworten öffnen kann. Aber auf wessen Kosten geht das alles? Bin ich es, der für all das zahlen muss? Für den Preis des Schlüssels? Ich greife nach meinem Kissen, während ich wie in einer Winterstarre auf mein Fenster blicke, als sei der Regen ein Theaterstück und jeder einzelne Tropfen ein Schauspieler.
Habe ich es für sie getan? Oder für mich? Vielleicht ist es besser, es nicht zu wissen.
Das Telefon klingelt, aber ich fühle kein Anzeichen von Erlösung oder Angst oder andere minderwertige Gefühle eines Menschen. Nur langsam stehe ich auf, bewege mich Schritt für Schritt in Richtung Abstellkammer, wo noch immer das Telefon steht.
<<Hallo?>>

<<Jack, ich kann nicht einschlafen>>, spricht Augusts Stimme aus dem Hörer.
Ich atme einmal aus, ganz sachte, als ich mich an das Regal lehne und aus dem Fenster den vergifteten Himmel betrachte. Dann lege ich auf, ohne auch nur ein kostbares Wort zu verschwenden.
Draußen geht der wärmende Rauch, der Duft des Feuers über das ganze verfluchte Dorf und bedeckt es in dieser kalten Nacht. Schlaft schön, Sünder.

Am nächsten Morgen.

Ich bin wach, aber nur geistig. Mein Körper tut sich schwer auch nur eine Bewegung zu machen. Die ganze Last liegt nun auf mir. Ich habe mich erdrückt, nun bin ich noch instabiler als zuvor.
Durch das Fenster zieht noch immer das leichte Aroma von verbranntem Holz. Nicht mehr der Tau ist es, der den Morgenduft prägt. Der Tau spiegelt keine Strahlen der trüben Sonne, sie strahlt nicht. Ein giftiger Nebel hat sich über das Dorf gelegt, in der Nacht, in der ich meine Hülle abgelegt habe. Es ist nebelig schwarz, als ich aus dem Fenster schaue und kein einziger Mensch befindet sich auf der Straße. Es ist, als wolle die Rauchwolke das Dorf nicht verlassen. Oder als wolle sie, aber sie könne nicht. Sie ist hier eingesperrt, genauso wie jeder einzelne von uns Sündern.
Der Kaffee schmeckt besser als an jedem anderen Morgen und der Morgenmantel ist um einiges gemütlicher. Ich kriege mein Lächeln nicht ausgewaschen.
Es ist 13 Uhr, aber es fühlt sich wie ein eiskalter Morgen an, im

Spätsommer.

Das Telefon klingelt. Es ist ein kahles Geräusch in meinen Ohren, das tatsächlich nichts Weiteres ist als ein zappelndes Metallstück zwischen zwei kleinen Glocken.

<<Ja, Jack am Apparat.>>

<<Hi, hier ist August, du hast gestern einfach aufgelegt, was war los?>>, fragt eine Stimme, die die Begleitung zu meinem Quartett singt.

<<Du warst das? Ich habe mich schon gewundert. Ich habe keinen sprechen gehört und dann habe ich aufgelegt. Tut mir leid. War es was Wichtiges?>>, spreche ich eiskalt, rational, komplett lügnerisch.

<<Nein, eigentlich nicht. Aber jetzt muss ich dir was Dringendes erzählen. Hör zu ...>>

<<Ja?>>, frage ich.

<<...Also, Rias war eben hier, um sich zu entschuldigen.>>

<<Und? Dann ist ja alles gut.>>

<<Nein, im Gegenteil. Ich habe die Entschuldigung nicht angenommen>>, sagt August ganz bestimmt.

<<Wieso nicht?>>

<<Warte, es geht noch weiter. Sie hat mir dann einen Kuchen angeboten, den habe ich angenommen und die Tür zugemacht, vor ihrer Nase. Man muss bedenken, dass ich einen Hunger hatte, Oh Gott, einen solchen Heißhunger auf einen Schokoladenkuchen.>>

<<Komm zum Punkt, August...>>

<<Als sie dann noch 5 Minuten vor meiner Tür stehenblieb und klopfte und klopfte, riss ich irgendwann mein Fenster auf und befahl ihr, dass sie endlich verschwinden soll. Dann ist sie gegangen. Ich

war am überlegen, ob ich den Kuchen wegschmeißen sollte oder nicht. Ich meine, es wär schon ein bisschen komisch gewesen ihn zu essen, oder etwa nicht? Du verstehst, was ich meine. Also dann nahm ich mir letztendlich doch eine Gabel und stocherte etwas auf dem Kuchen herum, aß ein Stück ...>>, August schluchzt einmal kurz auf und unterbricht sich selbst.
<<Und dann?>>, frage ich, damit sie endlich zum Punkt kommt.
Sie fährt fort: <<Eine Nadel.>>
<<Was?>>, frage ich schockiert. <<Eine Nadel?>>
<<Ja, Jack, eine Nadel. Es war eine Nadel im Kuchen, ich habe dann gar nicht mehr gezögert und den Kuchen direkt weggeschmissen. Ich wäre beinahe gestorben, wenn du bloß wüsstest, wie sehr mich das getroffen hat. Meine eigene Freundin...>>
<<Ich verstehe nicht ganz, wieso sollte Rias deinen Tod wollen?>>
<<Ich weiß es nicht, vielleicht wegen der Sache mit Jaina, als wir im Wald waren?>>
Ich überlege kurz und doch erinnere ich mich nur schwach an das, was passiert ist.
<<Niemals würde das ein Grund sein jemanden umbringen zu wollen, August, glaub mir. Ich glaube nicht, dass das der Grund ist. Wenn du recht haben solltest, und sie dich wirklich umbringen will, dann muss es einen anderen Grund geben.>>
<<Jack, nicht mal mehr meinen besten Freunden kann ich vertrauen. Ich muss raus aus diesem Dorf und Mirai nehme ich mit.>>
<<Wieso Mirai?>>

<<Sie ist die kleine Schwester von Jaina und Rias. Was ist, wenn ihr sowas Schlimmes passiert? Ich finde nicht, dass sie mit sowas groß werden soll. Soweit ich weiß, soll sie von ihren Eltern sowieso nicht gut behandelt werden. Es geht alles zu weit.>>
Das Klingeln an der Tür unterbricht unser Gespräch.
<<Hat es eben an der Tür geklingelt?>>, fragt August.
<<Ja...>>, sage ich, beinahe in Flüsterlautstärke.
<<Was ist, wenn es Rias ist...>>
<<Ich lege jetzt auf, August, überlass das alles mir.>>
Langsam wandere ich die Treppe hinunter und noch einmal klingelt es. In der Tür steht die Silhouette eines Mädchens. Eines Mädchens, dessen Kleid im Winde weht. Es kann nicht Rias sein. Ich kenne sie gerade mal zwei Tage und ich weiß, sie würde nie freiwillig ein Kleid tragen.
<<Hi, Jack.>>
Ein verlegener Blick zieht durch die aromatische Herbstluft.
<<Jaina, was machst du denn hier?>>, frage ich, als ich sie verblüfft von oben nach unten anschaue.
<<Kann ich reinkommen?>>, sie schaut mich noch immer nicht an, nur einmal, ganz kurz, bis sie ihre Aufmerksamkeit dann wieder der Fußmatte schenkt.
<<Klar, komm rein.>>
In ihrer Hand hält sie eine Tüte, genau wie August es mir gesagt hatte. Nur meinte August, es handele sich um Rias, und nicht um Jaina.
<<Also>>, spricht sie, als sie durch den Türrahmen eintritt und sich in Richtung Flur mit dem Rücken zu mir stellt.

<<Wegen Rias>>, fährt sie fort <<Sie ist am Boden zerstört>>.
Mitfühlend antworte ich: <<Ich glaube, ich weiß, wie sie sich fühlen muss.>>
<<Sorry, Jack, aber ich glaube, das weißt du nicht. Sie ist neu hier im Dorf. Sie hatte so eine schwere Vergangenheit hinter sich, es war einfach alles so schwer für sie. Und dann kommt sie hierher und wird als eine Mörderin abgestempelt. Ich will ihr das alles nicht antun. Das hat sie nicht verdient>>, sagt sie mit einer leicht angebrochenen Stimme.
<<Komm doch erstmal rein.>>
Unkommentiert betritt sie den Flur und schlendert mit der Tüte in beiden Händen in das Essenszimmer.
<<Ich habe etwas zu Essen gemacht.>>
<<Oh, wie aufmerksam. Aber so einen Hunger habe ich nun auch nicht.>>
Sie schweigt einmal kurz, setzt sich an den Tisch und legt die Tüte darauf.
<<Wieso nicht?>>, fragt sie erstaunt.
<<Ach, ich habe schon was gegessen, danke. Aber wenn du jetzt extra für mich was gekocht hast, kannst du das auch gerne hier lassen und ich esse es, wenn da unten wieder etwas Platz ist, okay?>>
<<Hm? Aber da steht ja nicht einmal eine Pfanne auf dem Herd. Nicht einmal eine Fertigsuppe sehe ich.>>
Ich gucke mich peinlich berührt um, und ergebe mich.
<<Nicht so bescheiden, komm schon, iss etwas.>>
<<Alles klar. Aber nur, weil du's bist.>>

<<Also, wegen Rias…>>, schlägt sie an <<Wie schon gesagt, sie ist noch nicht lange hier.>>

<<Aha...>>, antworte ich mitfühlend.

<<Und August wird es dir schon erzählt haben, was mit dem Dorf so los ist. Hier ist einfach nichts so, wie es scheint. Nichts ist hier nett oder gar fröhlich. Eigentlich zieht ein ständiger Nebel von Depressionen und mörderischen Gedanken über das Dorf. In der Zeit, in der man hier lebt, hält man es einfach nicht aus. Ich dachte, August wär mental sehr stark, aber irgendwie hat die Psyche dann wohl doch nachgegeben. Rias ist eine ihrer besten Freunde. August weiß ganz genau, dass sie so etwas nicht tun könnte.>>

<<Aber meintest du nicht, in diesem Dorf würde bei jedem nach der Zeit die Psyche nachgeben?>>

<<Das ist es ja. Wieso dann Rias? Sie ist nicht lange genug hier. Vielleicht gerade mal zwei Jahre>>, antwortet sie etwas verwirrt.

<<Aber vielleicht ist es gerade das. Diese schockierende Veränderung, die es ihr antut>>, antworte ich nachdenklich.

Sie steht auf, bewegt sich zur Küche direkt nebenan.

<<Wo finde ich die Gabeln?>>, fragt sie ablenkend.

<<Warte, ich hole sie.>>

<<Also, ich wollte zum Punkt kommen>>, sagt sie, während ich die Gabeln heraus krame.

<<Gut, ich habe ein offenes Ohr.>>

Sie setzt sich elegant auf den Stuhl.

<<Warum ich hier bin, ist, dass ich gerne wissen würde, ob du August glaubst...>>

Sie kramt die beiden Boxen mit Essen raus. Gebratenes Gemüse.

Mit einer Soße, wie ich sie noch nie gesehen habe.
<<Ich weiß es nicht genau, sie scheinen mir beide etwas verwirrt, oder etwa nicht?>>, frage ich.
<<Ach, ich weiß auch nicht. Was ich weiß, ist, dass Rias so etwas nie im Leben machen würde. Nein, sie würde nicht einmal darüber nachdenken. Nie im Leben, nicht sie.>>
<<Dafür kenne ich euch doch zu wenig, um das zu beurteilen.>>
Nervös stochere ich im Essen rum, um zu gucken, ob sich irgendetwas Tödliches darin befindet.
<<Was ist, magst du das nicht?>>
<<Doch, doch, es ist nur...>>, antworte ich noch bevor sie mich unterbricht.
<<Iss ruhig. Das wird noch kalt.>>
Das lauwarme Essen guckt mir tief in die Seele.
Ich spieße ein geschnittenes Karottenstück auf und beiße nervös drauf herum. Keine Nadel. Mein Herz rast wie noch nie zuvor.
<<Wo ist die Toilette, wenn ich fragen darf?>>
<<Komm mit, die ist oben, ich zeige sie dir.>>
Unkommentiert folgt sie mir nach oben, sagt nicht ein Wort. Der Kopf stets gesenkt und jeden Schritt beobachten.
<<Hier>>, sage ich, als ich die Toilettentür öffne.
<<Ah ja, danke>>, bedankt sie sich und betritt das Bad. Direkt nebenan das Zimmer mit dem Telefon und dem verstaubten Baseballschläger.
Baseballschläger. Was ist, wenn sie mich tatsächlich töten will? Mit einem Blinzeln kommt mir die Idee. Ich schnappe den Baseballschläger und renne die Treppen hinunter, durch den Flur in

das Esszimmer. Hinter der Ecke im Esszimmer verstecke ich den Schläger, noch kurz bevor ich die Gerichte vertausche.
<<Ich hoffe das geht nicht in die Hose>>, flüstere ich leise vor mir hin, wie ich es noch nie zuvor getan habe. Meine Hände zittern und mein Gesicht ist weißer als ein leeres, sauberes Blatt Papier.
Ich höre sie die Treppen runtergehen. Und mit jedem Schritt steigt meine Körpertemperatur. Meine Hände zittern, meine Beine ebenfalls. Meine Gänsehaut verteilt sich auf meinem ganzen Körper und als sie den Raum betritt, droht mir der Zusammenbruch.
<<Sorry, da bin ich wieder.>>
Unkommentiert stochere ich in meinem Essen herum.
Sie auch. Unbekümmert kaut sie darauf herum, stützt sich auf ihren Ellbogen und hält die Gabel ladylike nach oben.
<<Ach und Jack, was ich dir noch sagen wollte>>, schlägt sie an. Doch mit dem nächsten Atemzug passierte das, was mir hätte passieren sollen. Nicht ein Augenblinzeln vergeht und ich muss gestehen, es zaubert mir fast ein Lächeln aufs Gesicht.
Ihre Augen werden ganz groß, ihr Mund reißt sich auf und sie beginnt zu kreischen.
<<Jack!!!!!!>>, kreischt sie verbittert, als ihr die eine eiserne Träne die Wange runterläuft. Ich sitze und schaue mir das Schauspiel an. Verzweifelt nach Luft schnappend greift sie sich an den Hals, reißt ihre Augen so weit auf. Sie hustet. Blut verteilt sich auf dem verdreckten Fußboden.
Auch ich reiße meine Augen auf, aber ich fühle mich nicht mehr schlecht. Nein, das Geschreie und Geheule, das sich vor meinen Augen abspielt, ist wie ein Schauspiel, wie eine Oper, wie ein

Musikstück komponiert von dem besten Komponisten der Zeit.
Nun fällt sie auf die Knie, beide Hände am Hals. Verzweifelt schnappt sie nach Luft, wieder und wieder. Nun auf den Bauch. Sie hustet auf, einmal und noch einmal. Der ganze Boden, voller Blut. Bis plötzlich... Eine Nadel. Jämmerlich hustet sie eine verblutete Nadel aus.
<<Jack...>>, stottert sie unverständlich, als sie vom Boden sklavengleich zu mir nach oben aufsieht. Mit verweinten Augen, blutigem Mund und rotem Hals. <<Ws mcht du mt mr?>>, nuschelt sie heulend vor sich hin, als sie ruckartig nach meinem Bein packt.
Keinerlei bemitleidenswerte Tränen laufen ihr die blutrote Wange herunter, die im Kontrast zum weißen Gesichtston ein künstlerisches Bild hergeben.
<<Hilf mir doch!>>, kreischt sie kläglich und voller Elend.
Unkommentiert bewege ich mein Bein nicht von der Stelle, erst als ich aufstehe. Es gibt keinen anderen Weg hier raus.
<<Jaina. So ist's besser für uns alle.>>
Ich begebe mich um die Ecke.
<<Lass mich doch nicht .... hier sterben.>>
Ihre erbärmliche Stimme würde mich dies niemals tun lassen. Nicht so schmerzhaft.
Schlendernd ziehe ich den Baseballschläger zu ihr. Stelle mich groß vor ihr hin.
<<Nein>>, sagt sie abscheulich leise. <<Nein!!!>>, dann lauter, öfter <<NEIN! NEIN! NEIN! NEIN! NEIN>>, schreit sie und krabbelt wie eine ekelige Spinne in die Ecke des Raumes, kauert sich

dort zusammen.
<<Geh weg von mir!!!!!!>>, schreit sie so laut.
<<Was sollte das, wieso war die Nadel in meinem Essen?>>, frage ich rational, in einer solch emotionslosen Stimme, ich fürchte mich vor mir selbst.
<<Ich schwöre es dir, ich weiß es nicht!>>, sagt sie ohne mir in die Augen zu schauen. Ihren Arm hält sie schützend vor ihr Gesicht, ihre Beine liegen lasch auf dem Boden.
<<LÜGNERIN!>>, schreie ich auf.
Ein Schlag. Ein Schrei.
<<LÜGNERIN!>> Ein Schlag. Ein Schrei.
<<LÜ...>> Ein Schlag, ein stöhnen.
<<GNER...>> Ein Schlag.
<<IN!>> Ein Schlag.
Vergeblich nimmt sie den Arm vor dem Gesicht weg und lässt ihren Kopf nach vorne hängen. Als sei sie tot.
Blut tröpfelt von ihrem Gesicht auf meinen Boden, so viel, mein ganzer Körper wird darin widergespiegelt, zusammen mit dem Schläger. Stinkend versickert es in den Rillen des Bodens.
Ein Lächeln. Ich erkenne ein Lächeln auf meinen Lippen. Woher es kommt, ist mir unerklärlich. Und je mehr ich darüber nachdenke, umso schlechter wird mir. Das Lächeln vergeht mir, mein Körper wird locker und der Schläger fällt aus meinen laschen Fingern als wär er Seife. Der verstümmelte Körper in der Ecke sagt nichts, dabei habe ich ihn doch gerettet.
Das Lächeln ist vergangen und mir wird mir schwindelig. Es ist, als sei alles doppelt. Das Licht spielt verrückt. Oder bin es bloß ich? Ich

weiß es nicht, aber ich zerfalle. Ich zerfalle in eine Pfütze aus Blut, die sich unter meinen Füßen bildet. Vom Baseballschläger, von ihrem Gesicht tropft es mehr und mehr und erfüllt das Wohnzimmer mit einem Aroma des Teufels, in ein Parfüm, so wundervoll, ja, besser als das Beste aus Paris.

Krabbelnd krieche ich zu dem Körper, der noch immer jämmerlich in der Ecke hockt. Setze mich daneben.

<<N-Na?>>, frage ich mit zittriger Stimme.

<<D-Du wolltest mich doch ... Es war doch berechtigt, richtig? Jeder Mensch hätte das Gleiche getan>>, stottere ich mit meinen Knien angezogen, als sei sie meine beste Freundin <<Es wird doch alles wieder gut, nicht wahr?>>

Keine Antwort. Es scheint, als fühle sie sich unwohl. <<Alles wird wieder so wie früher, richtig?>>, frage ich bedrückt. Noch immer wagt sie es nicht, zu antworten.

<<Hey, alles wird gut>>, flüstere ich leise stotternd vor mir hin. <<Alles>> ... <<Alles>>. Und neben diesem Mädchen, dem ich alles anvertraue, werde ich müde. Die reine Luft zerdrückt meine Lunge und meine Augen werden schwer. Schwarz.

Kapitel 21
Beauty in a grave

Als ich aufwache, spüre ich Druck auf meiner Schulter. Es riecht nach vergammeltem Fleisch, es sticht in der Nase. Mein ganzer Körper eingeweicht in warmen, stinkendem Blut. Mit einem Atemzug wird mir so schlecht, dass ich mich übergeben muss. Alles kommt raus. Alles, was ich gegessen oder getrunken habe. Dabei habe ich schon lange nichts mehr gegessen. Der Boden, dort vermischt sich Blut mit Erbrochenem. Meine gesamte Kleidung, meine Hand, meine Haare, und eine tote Person lehnt sich mit dem Kopf an meine Schulter, während ich paralysiert daneben sitze. Wie ein aufgeschreckter Hund springe ich ruckartig zur Seite und atme hektisch. Was habe ich getan? Jaina liegt tot in meinem Esszimmer. Überall ist Blut und Kotze. Was tue ich nun? Draußen ist es nicht mehr hell, der Mond bewegt sich langsam Richtung zentraler Mitternachtsposition. Ich stehe auf, reiße mir Hose und Shirt vom Leib, renne die Treppen hinauf und schmeiße sie in die Wanne. Als ich das Wasser einlasse, färbt sich alles intensiv blutrot. Ich wasche mein Gesicht mit kühlem Wasser, um wach zu werden. Bald gehen die Straßenlaternen aus. Ich stehe auf, beobachte das Geschehen auf den Straßen. Eine leere Bühne, nur die Motten tanzen im Lichterschein.

Holzdiele für Holzdiele knarrt der Boden unter meinen Füßen mit jeden Schritt, den ich den schattigen Treppenaufgang hinunter gehe. Mit jedem Schritt wird das Knarren lauter und die Raumtemperatur kühler.

Sie liegt da noch. Das Aroma ihres Blutes verteilt sich im ganzen Zimmer. Nein, im ganzen Haus riecht es nach Verwesung.

Die Straßenlaternen erlöschen.

Mit einer Sekunde scheint es so als sei das Dorf ausgestorben. Die Lichter, die als einziges sichtbare Wärme im Dorf verbreiten, erlöschen und es ist kalt.

Ich schaue aus der Terrassentür. Der Wald vor meinen Augen schaut mir mit scharfen Blicken tief in meine Seele. Ich ziehe die feinste Seide, die sich am Boden schon etwas mit Blut vollgesogen hat zu und es streift über meinen Fuß. Das Blut ist kalt, eiskalt.

<<Wir müssen nun gehen, ok Jaina?>>

Sie ist noch immer stur und am Boden.

<<Ich werde dich tragen.>>

Ich packe sie über meine Schulter, als sich ihr Körper in meinen eindrückt und ihr Blut aus dem offenen Mund läuft.

Es läuft ihr von der Stirn runter an die Fingerspitzen von der Hand, die lasch von ihrem Oberkörper liegend auf meiner Schulter herunter kullert.

Hinter den Bäumen erstrahlt der Mond schon in kalter Farbe, getaucht in ein leichtes Blau, das mit einem eiskalten Ton über meinen Nacken haucht, als ich die Terrassentür öffne und mein rechtes Bein auf die Terrasse setze.

Ich dachte es sei eine Stunde vergangen, dabei waren es bestimmt

40 Sekunden, die ich halb-blind durch den Wald schlendere. Und mit jedem Schritt, den ich mache, wird sie schwerer. Vielleicht ist es überhaupt nicht der leblose Körper auf meiner Schulter, der so schwer ist.
Es ist kalt aber meine und ihre Haut schützt mich vor Kälte. Über uns in den Baumkronen strahlt der dominante Mond auf ihren Körper, als würde ihre Seele eingesaugt.
Ich muss zu dem Platz, an dem August, Jaina und Rias eindeutig zurückschreckten, damals, als wir in den Wald abgehauen sind. Es wäre zu gefährlich, sie hier einfach liegen zu lassen. Ich muss sie dorthin bringen, wo alle anderen sich fürchteten hinzugehen. Vielleicht ist dies die einzige Möglichkeit um Jainas Tod unauffällig zu verbergen.
Ich wandere noch etwas weiter als der Wind beginnt eine Symphonie zwischen den engen Spalten von Baum zu Baum zu spielen. Es ist, als streifen Stimmen durch die Nacht und singen.
Es sind einige Minuten vergangen seit ich diese Stelle schon aus der Ferne gesehen habe. Denn die letzten Schritte tun so weh, ein Schritt raubt mir die Kraft den Nächsten anzusetzen. Aber ich bin angekommen.
Ich lege den leblosen Körper an die Seite, mit dem Rücken an den Baum lehnend verblasst sie, doch ihre blasse Farbe stellt einen Kontrast zu den blutlosen Bäumen her. Die Farbe der Bäume dunkelblau, verschmilzt der Hinterste mit dem Vordersten und der Kleinste mit dem Größten.
Der Boden ist noch feucht von den Gewittern der letzten Tage. Langsam beginnt der Körper zu stinken und ein leicht moderiger

Geruch zieht zwischen den Bäumen her.
Wie ein Tier wühle ich wie verrückt die Erde aus dem Boden. Ich habe Angst, ich zerfalle selbst in dieses Loch, welches ich gerade buddele, denn ich bin mir nicht einmal sicher, für wen ich es grabe. Ein Grab, vielleicht nicht begraben in Ehre, sondern in Verzweiflung und Angst.
<<Nun also...>>, spreche ich unbewusst.
Ich hebe sie leicht an und lege sie in das feuchte Grab, das ich soeben für sie gebuddelt habe. Es sollte doch nie so weit kommen. Ich forme meine Hand zu einer Schaufel und schütte die Erde erst über ihre Füße. Nasse Erde. Es sollte nie so weit kommen. Dreckige Erde. Wieso bin ich hier. Beschmutzte Hände. Ich will das alles nicht. Blutige Hände. Oder etwa doch? Beschmutzte Seele. Mach doch endlich einer, dass es aufhört. Blutige Seele. Ich will sterben, ich will einfach sterben.
Am besten wäre es, ich lege mich in dieses Grab, als ich jämmerlich die Erde noch weiter anfeuchte mit meinen salzigen Tränen. Ich klopfe auf die Erde an den Füßen, damit sie wieder fest wird. Nur noch das Gesicht liegt frei. Tropfen für Tropfen landet auf ihr Gesicht, dessen Ausdruck so friedlich ist. Das sollte nie passiert sein. Nichts gibt einen Ton von sich, außer mein jämmerliches Schluchzen und das Schreien der Zikaden, die mich schon einmal auslachten. Als ich die Mühle in Flammen setzte, dessen Rauch ich noch heute in dieser versifften Luft rieche.
Ich knie nieder und kauere mich neben ihr Gesicht. <<Es musste sein!>>, schluchze ich noch einmal, bevor ich aufstehe und die letzten Hände voll mit Dreck in die weiße Visage des Mädchen

werfe, dessen Tod ich erst in letzter Minute realisiere.
Ich muss nun gehen. Ich lege mich noch einige Minuten ebenfalls halb leblos neben den begrabenen Körper und starre Statuenähnlich in den Mond, der zwischen den spitzen Baumkronen hervorguckt.
Dann stehe ich auf, schlendere zurück. Wo lang? Jeder Baum scheint gleich und so weit, wie ich mich bereits vom Dorf entfernt habe, ist kein Haus und kein Licht zu erkennen. Ich trampele also einfach nach meinem Gefühl zwischen den Bäumen umher. Ziellos. Ich weiß nicht wann, wie oder wo ich ankommen werde. Oder ob. Nach einigen Minuten Gefecht mit Ästen und Zweigen lande ich auf einer Straße. Eine kleine Straße, die als einzige rein und wieder raus aus das Dorf führt, anders kommt man hier nicht weg.
In welche Richtung nun? Ich weiß nicht, ob ich nicht einfach in irgendeine Richtung gehen sollte. Ich weiß nicht, was schlimmer wäre; endlos in eine Richtung zu laufen, die raus aus diesen Ort führt oder auf kurzer Strecke zurück in das Dorf kommen. Ich weiß es wirklich nicht. Vielleicht bleibe ich einfach hier sitzen, nehme mir Zeit für mich, wie ich es schon lange vor hatte.
Zwischen den Bäumen, durch denen das Geschrei der Zikaden nicht verstummt, blitzt es einmal hell auf. Ein Lichtstrahl, der sich durch die Bäume schlägt. Nur ein kleiner Strahl kommt noch bei mir an. Ich zögere nur den Bruchteil einer Sekunde, bevor ich einige Meter in den Wald verschwinde. Ich verstecke mich hinter einem dünnen Baum. Er ist vielleicht gerade mal so breit, wie mein Hals. Ich höre von Weitem wie sich Räder durch den eingeweichten Boden der Waldstraße quälen und ein elendes matschiges Geräusch von sich

geben. Die Lichtstrahlen der offenbaren Autoscheinwerfer werden heller und penetranter.

Das Auto nähert sich. Als es dann in meinem Blickwinkel erscheint, wird es langsamer, bis es nur einige Meter vor meiner Nase zum Halt kommt.

Nicht bewegen.

Ich höre die Fahrertür öffnen und wieder zufallen. Ich schließe die Augen, halte den Atem an.

<<Jack, komm raus!>>, ruft eine engelsgleiche Stimme. Es ist die, von einem Mädchen, dessen Namen ich vergessen habe.

<<Steig ein, ich weiß, dass du da bist. Komm schon, es ist kalt.>>

Ich schaue hinter dem Baum hervor. Ein Mädchen steht dort, ich erkenne ihre Stimme, ihre Silhouette. Die Scheinwerfer, die helles Licht auf sie werfen, ermöglichen es mir nicht, ihr Gesicht zu erkennen.

<<Na los, es ist alles gut, du hast nichts Falsches getan.>>

Langsam gehe ich auf das Auto zu, während das Mädchen noch immer ganz starr in dem Lichtkegel steht und mir in die Seele schaut.

<<Du hast mich wieder vergessen...>>, sagt sie nur halblaut, nur leise, sodass jedes zweite Wort im Winde verweht.

<<Wer bist du?>>, frage ich misstrauisch.

<<Steig ein.>>

Sie dreht sich um, greift nach der Fahrertür, aber öffnet sie nicht. Vorher richtet sie ihren Blick noch einmal auf mich.

<<Na los Jack, worauf wartest du?>>

In Schritten bloß halb so groß wie meine eigentlichen bewege ich

mich behutsam auf das Auto zu, greife nach der Türklinke und setze mich rein.
Es ist das Mädchen. Das Mädchen aus meinen Träumen.
<<Was mache ich bloß, dass du dich wieder an mich erinnerst?>>
<<Nicht notwendig Dina, schon geschehen...>>
Wortlos tritt sie auf das Pedal, als sie mit einem quietschendem Geräusch anfährt.
<<Hast du die Leiche gut vergraben?>>, fragt mich Dina, nachdem sie bereits einige Meter im Tunnelblick auf die Straße vertieft ist. Ihre Tonlage klingt, als sei ihr das egal. Total rational fragt sie, ob ich eine Leiche gut vergraben habe. Ich antworte nicht und starre geschockt aus dem Fenster.
<<Du musst tief graben, sonst wird sie wieder durch ein bisschen Regen an die Oberfläche kommen und zack, man wird sie finden>>, fährt sie fort.
<<Dina?>>, frage ich.
<<Ja?>>
<<Warum vergesse ich dich immer? Warum gehst du damit so um als sei es normal, als würde dir sowas öfter passieren. Du behandelst das Thema so, als würde man mal einfach so Menschen aus sein Gedächtnis löschen, aber so ist das nicht, das weißt du, das weiß ich. Irgendetwas ist. Warum? Warum vergesse ich dich und warum ist dir das egal?>>, im Verlauf der Aussprache werde ich lauter im Ton.
Ein paar Sekunden Bedenkzeit und sie antwortet: <<Mir ist das nicht egal...>>
Sie äußert sie sich diesmal nicht rational, denn ich höre einen

leichten Hauch von Traurigkeit darin.
<<Aber was ist das dann? Damals, als ich mich verirrt habe im Wald. Ich landete auf der gleichen Straße, wahrscheinlich am gleichen Ort. Dann kamst du und nahmst mich mit deinem Auto mit. Ich erinnere mich, wie du meintest, es sei nicht schlimm, dass ich es dreckig mache, da du sowieso vorhattest es zu säubern, dabei sehe ich doch denselben festgetrockneten Dreck an der Lehne. Sag es mir doch einfach.>>
<<Was soll ich dir denn sagen? Was willst du hören?>>, erkundigt sie sich.
<<Die Wahrheit!>>, rufe ich laut.
<<Da gibt's nichts zu hören, ich weiß nicht, was du von mir willst. Was weiß ich, warum du mich vergisst?>>
<<Woher weißt du denn, dass ich... dass ich hier eben ... jemanden begraben habe?>>, befrage ich sie misstrauisch. Es dauert keine Sekunde und ihre Antwort kommt, als habe sie gar nicht erst darüber nachgedacht.
<<Man, deine Hände sind total dreckig, deine Augen sind verweint. Du kommst mitten aus dem Wald. Es ist fast Mitternacht. Noch offensichtlicher geht's doch wohl nicht, oder?>>
Sie redet noch immer mit mir als seien wir vertraut miteinander.
<<Und was war dann die Sache eben? Woher wusstest du, dass ich hinter dem Baum stand?>>
<<Man konnte dich sehen>>, fasst sie sich knapp.
Einige Sekunden Stille in denen ich nicht einmal über ihre Antwort nachdenke, denn sie ist zu banal, zu sinnlos.
<<Lass mich raus.>> Ein kalter Ton schwindet aus meinem Mund

und ich gucke sie an. Doch sie kann nicht. Sie kann mich nicht angucken, denn sie muss ihren Blick auf die Straße fokussieren, die nur ein wenig von den Scheinwerfern beleuchtet werden.
<<Was? Wieso?>>, fragt sie noch einmal nach, in der scheinbaren Hoffnung, ich würde ihr ein Argument geben.
<<Lass mich sofort raus.>> Ich werde lauter, aber nur ein bisschen. Gerade mal so, dass man nicht das Klirren der Autoteile hören kann, die bei jeder kleinen Schwelle auf dem Boden auseinander fallen zu scheinen.
<<Lass es sein, Jack. Wir fahren weiter.>>
<<Lass mich raus, oder ich springe halt raus.>>
Schallend wie in der Stille ertönt ein Geräusch, nämlich das, was die Türen verschließt.
<<Lass mich dir erstmal was erzählen>>, ertönt es aus ihrem Mund.
<<Du bist so verlogen, als ob ich dir irgendwie Glauben schenken könnte.>>
Das Auto wird langsamer, rauschende Töne geben sich noch hin und wieder von der angefeuchteten Erde unter den Rädern ab, als das Auto nun rollend im Mondlicht anhält. Das Geräusch ertönt ein weiteres Mal. Die Türen sind auf.
<<Wenn du willst, geh. Wenn du wissen willst, was du eben gemacht hast, dann bleib.>>
Und obwohl wir stehen, ist ihr Blick noch immer auf den glänzenden Boden gerichtet, nein, nicht ein einziges Mal wagt sie es auch nur in meine Augen zu gucken. Und tatsächlich, sie hat recht. Ich weiß nicht, was ich soeben getan habe. Ich sollte sie mir

anhören, vielleicht würde mich das einen Schritt nach vorne bringen.

Einige Sekunden Stille bis sie anfängt zu reden. Noch immer auf die Straße schauend fragt sie mich: <<Du hast doch eben Jaina dort im Wald vergraben, habe ich recht?>>

Ich schweige, denn warum sollte ich reden.

<<Jaina hatte nie die Absicht dich zu töten>>, haut sie raus, ohne auch eine einfache Einleitung. Und es trifft mich wie ein Blitzschlag, mein Herz rast so fürchterlich schnell und mein Atem beschlägt die Türfenster.

<<Wieso sollte sie nicht?>>, stottere ich unter meinem Atem und fahre kurz darauf hin fort <<Rias ist doch vorher bei August gewesen und hatte dasselbe bei ihr versucht. So hat sie es mir gesagt. Das muss doch stimmen.>>

<<Denk doch mal nach Jack. Wie kannst du bloß so naiv sein? So naiv! So naiv, so naiv!>>, schreit sie, während sie mit ihren Händen krampfhaft das Lenkrad umfasst und die Augen aufreißt. So groß, als würden sie gleich platzen, jedoch guckt sie mich nicht an. Sie schaut mir nicht in die Augen.

<<Rias liegt noch in der Klink. Ihr Bein… sie hatte irgendwas am Bein, du müsstest davon wissen.>>

Und es trifft mich mit einem Schlag.

<<Du hast recht, sie sollte laut Angaben noch bis übermorgen dort liegen ... Noch zwei ganze Tage...>>

Und plötzlich legt sich diese Wut und Angst, die in der Luft liegt. Sie wird schwerer, setzt sich zu Boden. Stille erfüllt den stehenden Innenraum des Autos, der noch immer ein bisschen nach altem Stoff riecht.

<<Fahr mich doch eben nach Hause, okay? Das wäre super nett ...>>, spreche ich in Starre auf den Boden guckend so rational, denn die Explosion in meinen Gedanken hat alles lahm gelegt.

<<Gerne>>, antwortet Dina, als sie den Schlüssel dreht und der Motor mit einem Laut anspringt. Beim Start höre ich die Reifen noch einmal quietschen, bevor ich anfange, nichts mehr wahrzunehmen. Alles verstummt, die Zikaden, die Motorgeräusche, unsere Atmungen. Ich höre nichts mehr, außer Stille. Nur Stille.

Kapitel 22

Wasteful insanity

Warmes Wasser strömt durch meine Haare, über meine nackte Haut, runter an meine Füße. Die Augen schließend lehne ich mich nach hinten als würde ich senkrecht in einen Himmel schauen und ein Wunder beobachten, das sich am Himmel abspielt. Jedoch sehe ich nur eine weiße Decke, dessen einzelne Stücke mir aufs Gesicht zu fallen drohen. Mein Gesicht ist starr, das warme Wasser fühle ich nicht, es taut nicht meinen rationalen Gesichtsausdruck auf, der doch von einer Brise Traurigkeit betont, sich von den weißen Bodenfliesen und der weißen Wand abhebt. Mein Gesicht ist rot, die kälteste Farbe.

Meine Füße, kühl und doch glühend, von der bereits durch das blutige und dreckige Wasser erhitzten Wanne. Der weiße, grau befleckte Umhang, der verhindert, dass das Wasser aus dem rostigen Duschkopf auf den nicht spiegelnden Marmorboden aufkommt, hebt sich mit seinem ein oder anderen braunen Erdfleck von all dem ab, was in diesem Raum noch genauso ist wie bei meiner Ankunft vor einiger Zeit. Waren es Wochen? Waren es Monate? Jahre?

Im warmen Regen unter dem Duschkopf wird mein Kopf schwerer und schwerer aufgrund der vielen Gedanken, die sich bekämpfen, mit Messern und Peitschen. Der Schmerz sticht und die Wärme lindert. Ich drehe mich zur Wand, nur mit dem Kopf. Die Marmorfliesen schauen mich an. Ein hässliches Gesicht, so ausdruckslos.

Meine Lippen beginnen aufzutauen, dabei waren sie nie kalt, bloß erfroren. Sie beginnen zu zittern als ich dem Menschen in der Marmorfliese tiefer in die Augen schaue. Lehne meinen Kopf noch etwas zurück, damit mir keine Haare in die Augen hängen, die so schon zu brennen anfangen. Ich weiß nicht, wie ich es spüre, wo ich doch gar nichts spüre, aber eine Träne kämpft sich den Weg durch meine Emotionslosigkeit. Schnell verwischt von dem strömenden Wasser, ist sie wie nie da gewesen, also ist sie nicht echt. Doch es kommt eine weitere und eine weitere, allesamt wärmer als die Dusche. Ein leicht salziger Geschmack auf der Zunge, als eine Träne nach der anderen die Flucht vor dem Abfluss in meinem Mund findet.

Ich schaue hinab auf meine Hände, die mittlerweile schon ganz rot sind. Nicht von dem Blut, sondern allein von dem heißen Wasser, welches von der Schulter bis zu den Fingerspitzen hinab fließt und dort verschwindet. Ich höre das Plätschern der einzelnen Tropfen. Höre meinen Atem, doch sehe ihn nicht in der nebelgleichen Luft. Wieso stört es mich nicht, dass das Wasser so heiß ist. Wieso ändert es bloß die Farbe von blassem Weiß zu Rot, als seien sie überhitzt. Doch ich spüre es nicht. Vielleicht liegt es daran, dass es die Temperatur ist, die der Teufel auszuhalten versteht? Aber niemals bin ich der Teufel, nein, dafür wäre ich viel zu schwach. Eher wäre ich ein Vasall des Teufels, denn dessen Tod wäre ohne Bedeutung. Meine Hände führe ich zu meinem Mund, dessen Lippen in einem glühenden Rot aufgehen. Und langsam öffnet er sich weiter und weiter, ohne dass sich ein weiteres Gesichtsglied bewegt und lediglich der Mund ein größeres Loch öffnet. Bis ich plötzlich ein elendiges Geräusch von mir gebe, ein weinerliches Jammern. Ich schaue mich wieder in der Marmorfliese an und bemerke, dass das Gesicht da drin das Gleiche tut. Und ich weiß nicht, ob es noch immer das Wasser des Duschkopfes ist, das meinen Körper in warmes Wasser einhüllt oder ob es bloß die Tränen sind, die einer Sintflut gleichend meinen Körper erfüllen und mich auftauen.

Ich fange an zu schreien, doch ist es nicht der Schmerz des heißen Wassers, der mich leiden lässt. Und so falle ich auf die Knie, doch schaue nicht einmal hinab. Mein Blick, auch im Fall, dem Gesicht in der Fliese gewidmet.
Mit einem Mal spüre ich die Hitze, wie sie förmlich auf meinem Rücken aufschlägt und ich spüre Wassertropfen, welche wie Pfeile durch meinen Brustkorb schießen. So heiß penetriert mich die Hitze des Wassers, die ich bis eben noch auszuhalten schien. Ich reiße den Vorhang auf und erhoffe mir einen kühlen Windstoß, doch alles ist wie unter Wasser. Es hat offensichtlich nicht einmal was gebracht, den Vorhang in die Wanne zu lassen, denn es tropft von der Decke. Der Spiegel ist so beschlagen, aus meiner Entfernung kann ich nicht unterscheiden, ob es sich tatsächlich um den Spiegel handelt, abgesehen davon, dass die nebelgleiche Luft mir die Sicht versperrt. Jämmerlich heulend hänge ich mit dem Oberkörper und mit meinen beiden Armen baumelnd aus der Badewanne, als ich vergebens versuche, auch meine Beine dazu zu bringen,

aufzustehen, um mich wenigstens auf den Fliesenboden legen zu können, der von einer Schicht etwas kühlerem Wasser bedeckt ist. Kläglich spritze ich mir etwas von dem kühlen Wasser in mein Gesicht, mit langsamen Handbewegungen.
So erfrischend.
Zähne zusammenknirschend strecke ich meinen Arm nach dem Temperaturregler aus, strecke meinen Arm einmal komplett durch das glühend heiße Wasser, dann falle ich. Ich falle und reiße den Regler mit in meine Richtung, dass plötzlich kaltes Wasser aus dem Duschkopf strömt. Und nun liege ich auf dem Bauch in der Wanne, lasse kaltes Wasser über meinen Körper prasseln und wälze mich darin. Ich wälze mich in der mit kaltem Wasser gefüllten Wanne, schließe meine Augen, als noch einige Tränen mit dem Schließen der Augen meine Wange herunterlaufen.
Meine Füße und Beine tanken etwas Energie, sodass sie hinten im Wasser einige Bewegungen machen können, ohne jeglichen Sinn. Ich lehne meinen Kopf nach hinten, als ich auf dem Bauch liegend mit meinen Händen an die Schwellen der Badewanne greife und mich aufstütze. Ich stehe auf und erkenne den Spiegel hinten an der Wand. Ich sehe eine Person, verschwommen in der Beschlagenheit dessen. Ich stehe auf, ruckartig und vorsichtig bewege ich mich über den kühlen Boden hinüber und schweife einmal mit meiner Hand über den Spiegel.
Das bin ich nicht.
Geschockt schaue ich in den Spiegel. Naja, schon. Das bin ich, aber ich bin das nicht. Ich bin nicht diese Person. Ich will nicht diese Person sein. Oder, Moment, wer bin ich eigentlich? Ich bin ein

Mörder, oder bin ich ein Helfer? Bin ich ein schlechter oder ein guter Mensch? Ein Engel oder Dämon? Gott oder Satan? Ein Vogel oder eine Made? Wer war ich nochmal? Wer war ich vorher?
Ich fange an zu schreien, denn ich verstehe nicht, wer diese Person ist, die mir jede Bewegung nachahmt. Ich schreie sie an, schreie ihr ängstlich ins Gesicht, wie von einem immer näherkommenden Mörder eingekesselt.

Kapitel 23
Lucifer's army of angels

Es scheint alles so falsch. Menschen kreuzen in schwarzen Klamotten auf, unterhalten sich als seien sie beste Freunde. Dabei ist es doch ein Freund, der gegangen ist. Zumindest mein Freund.
Es scheint, als sei ihnen der Auftritt wichtiger als der Abschied. Die teuersten Kleider für die ärmsten Bürger. So prunkvoll in schwarz und elegant und schlicht sind die Männer in schwarzen Anzügen. Sie heben die Nasen hoch, als seien sie unter Wasser und müssten um Luft kämpfen. Wie ich in jenem Moment, denn der Geruch von tausenden Parfüms macht mir zu schaffen. Es ist alles so falsch, auch die Luft, die ich einatme, ist ein künstliches Aroma, das mich nun endlich zur Einsicht bringen sollte.
<<Hmm, hmm>>, räuspert sich ein Mann auf dem Altar stehend. <<Ich bitte um Ruhe, hallo>>, spricht er als sei er eine Art Bändiger der Menschen. Jedoch ist er ein einfacher Bürgermeister, scheinbar eher von Inkompetenz erfüllt, als von irgendeiner Form von politischem Wissen. Weder vom Politischem, noch vom Menschlichen. Ausgesogen ist ihm, wie den Meisten hier, seine Moral, als sei es genau das, was niemand bräuchte.
Nach einigen misslungenen Versuchen, die Menschenmasse aus

dem Tratsch an diesem Ort zu bringen, ihnen Respekt einzuflößen, den sie anscheinend nie besaßen, scheitert er noch kläglicher als zuvor. Wie auf einem Konzert benehmen sie sich, während ich hinter dem Getue stehe und das Geschehen beobachte. Schon fast amüsiert blicke ich rüber zu dem kleinen Mädchen, das neben dem Podest steht. Mindestens genauso unbeteiligt wie ich.

<<Wir sind hier heute zusammengekommen, um einen Freund von uns zu verabschieden. George Andrew White verstarb vor einigen Tagen eines natürlichen Todes. Und mit diesem Tod entstand gleichzeitig eine Lücke. Eine Lücke, die nicht ausgefüllt werden kann. Nicht von dem dicksten Beton und auch nicht von den teuersten Diamanten. Dabei haben wir doch alle gehofft, niemals diese lange, scheinbar endlos dunkle Gasse alleine gehen zu müssen, dass Gott das helle Licht am Ende dieser Gasse ist. Ja, dass Gott uns endlich von unseren Sünden erlösen wird, um uns zu ermöglichen, bei ihm einzukehren. Genau so, wie George Andrew White es tat.>>

Im Laufe der Rede wird es leiser, die Menschenmasse lauscht dem Bürgermeister. Sie hören zu, langsam, aber vollkommen.

Neben mir: Eine Frau im prunkvollen Schwarz. Ein aufgebauschtes Kleid, verziert mit einigen diamantenähnlichen Steinen und einem großen schwarzen Hut mit Spitze. Sogar der Regenschirm ist verziert mit kleinen, teuren Details, dabei regnet es noch nicht einmal. Bloß ihre Augen. Sie scheint mit einem Mal, mit der Stille nach der Rede vertieft in ihren Gedanken zu Sinnen gekommen zu sein, als ihr eine Träne nach der anderen über die Wange läuft. Schniefend tupft sie sich die Tränen mit einem Taschentuch vom

Gesicht. Und dieses Gesicht... Es kommt mir vor, als habe ich es schon mal gesehen. Die Augen und ihr Muttermal erinnern mich stark an die Frau, die in dem Restaurant saß als ich auf August wartete. Ich hatte es schon beinahe verdrängt, aber offensichtlich ist es unmöglich, das Schlechte zu verdrängen.

<<Dabei war er doch so unschuldig...>>, schluchzt sie vor sich hin als sei sein Tod eine Bestrafung.

<<Er war ein wunderbarer Nachbar>>, spreche ich ihr zu.

<<Ach, Mr. Lewis. Wie ist es ihnen ergangen in den letzten Tagen?>> Eine Träne rutscht in ihren Mund, als sie redet und dann versucht sie ein salziges und gefälschtes Lächeln aufzuspielen.

<<Ich kann nicht klagen. Und Ihnen?>>

<<Miserabel. Aber es wird hoffentlich nicht lange dauern, bis ich darüber hinweg gekommen bin. Ein Mann, dessen Tod so viel mehr bedeutet als ein einfacher Verlust an Mitbürgern. Ich hatte ein Gefühl in mir, er könne das Dorf erlösen.>>

<<Erlösen? Wovon?>>

<<Mr. Lewis, wir sind nur arme Landsleute. Aber das sind wir nur, weil Gott das so wollte. Und ich war nicht die einzige, die so denkt. Mr. White unter anderem auch. Aber seine Akzeptanz dem Fakt gegenüber, dass wir alle verdammt sind, hat mir immer und immer neue Hoffnung geschenkt, dass ich auch einmal ohne Trauer und Sünde leben kann. Mein Mann und ich, wir sind sehr streng gläubig. Deswegen macht uns das umso trauriger.>>

<<Ich verstehe Sie gut>>, spreche ich.

<<Wir hatten einmal im Frühling vor einigen Jahren angefangen eine kleine Kirche zu erbauen aber als es dann im späten Frühling

fast fertig war, da wurden wir am Weiterbau gehindert. Es hat gedonnert, geblitzt, und geregnet. Ja, nachts hat es sogar geschneit. Im späten Frühling. Und das war für mich das Zeichen. Das eindeutige Zeichen dafür, dass wir verdammt sind.>>

Ihre verbitterten Blicke stechen einige Male in meine, bis eine Hand die Schulter der Frau anfasst. Eine Hand mit schlimmen Ausschlag, tiefrot.

<<Mr. Lewis, was für eine Freude sie hier anzutreffen>> Der Bürgermeister gibt mir die Hand. <<Wie traurig es ist, nicht wahr? Ich bete schon die ganze Zeit für ihn. Es ist immer wieder traurig anzusehen, was in diesem Dorf passiert. Deswegen trage ich auch immer ein Kreuz mit mir rum, in meiner rechten Jackentasche. Da habe ich es immer griffbereit, sehen Sie!>>

Mit seiner geschwollenen Hand holt er ein kleines, hölzernes Kreuz heraus <<So eines bräuchten Sie auch! Total praktisch!>>

Seine Frau lächelt mich an und nickt bestätigend, als sie sich an seine Schulter lehnt.

<<Sollten wir uns das nächste Mal treffen, bringe ich Ihnen eins mit, das verspreche ich!>>, spricht die Frau aus dem Restaurant, dessen Name mir bereits entfallen ist.

<<Vielen Dank, das schätze ich sehr.>>

Der alte, schlanke Mann fragt mich daraufhin die Frage, vor der ich mich schon immer fürchtete. Nicht, sie zu beantworten, sondern für mich selbst keine Antwort treffen zu können.

<<Glauben Sie an Gott?>>

<<Nun ja, ich wurde christlich erzogen, damals bei meinen Eltern. Aber mittlerweile habe ich den Glaube an eine höhere Macht

verloren. Ich bete noch, in der Hoffnung es hilft mir eines Tages doch.>>

Und ihr Lächeln verzieht sich zu einer verunsicherten, beinahe verletzten Mimik.

<<Meine Frau und ich müssen gehen, vielleicht sehen wir uns ja später noch>>, stottert der Bürgermeister, ihr Mann.

Währenddessen wendet das kleine Mädchen ihren Tunnelblick am Podest vom schaulustigen Publikum ab und steigt eine Treppenstufe hinauf auf die Tribüne.

<<Es folgt nun eine Rede von Mirai Young>>, kündigt der Bürgermeister an, welcher sich in der Zwischenzeit zügig nach vorne gedrängt hat. Nun steht sie vor dem Mikrofon, kaum groß genug streckt sie sich nach dem Griff, um ihn tiefer zu legen. Aus ihrem Rock holt sie einen kleinen Zettel heraus. Zwei Mal in der Mitte geknickt. Sie entfaltet ihn.

<<Wir sind heute hier beisammen, um den Tod von meinem besten Freund zu trauern.>>

Auf meinem Nacken legt sich ein kalter Windzug nieder, der mich schneidet wie eine Rasierklinge. Meine Haare an Arm und Nacken, Hals und Beine sind steif, wie bei einer Gans aus Eisen.

<<Ich habe hier eigentlich einen Zettel vorbereitet, aber hier steht nur drauf, was wir damals gemacht haben. Deswegen werde ich lieber frei darüber sprechen.>> Sie schaut auf den Zettel, zerreißt ihn einmal waagerecht und einmal senkrecht. Diese Aktion löst eine kleine Unruhe in dem Publikum aus, schon fast eine Art Jubel oder das Gegenteil, ich kann es nicht identifizieren.

Die Frau neben mir scheint noch immer überwältigt. Nicht nur sie, nein, das Seufzen einzelner Dorfbewohner dringt zu mir durch wie Geflüster der Menge. Ein Geflüster, eine Falschheit, etwas Hinterlistiges, etwas Gemeines und Verderbliches.

<<An dem Tag, an dem ich in das Dorf zog, da bin ich mit ihm und seinem Hund spazieren gegangen, weil er mir auf der Straße begegnet ist. Meine Eltern meinten, ich habe keinen Grund fremde Leute in diesem Dorf zu scheuen und scheinbar hatten sie recht. Der Mann, den ich kennenlernte war so nett, er erzählte mir von seiner Frau und von seiner Jugend. Es ist einfach so ein unbeschreibliches Gefühl gewesen, wenn wir zusammen durch Lilia wanderten, einfach, um uns etwas zu unterhalten. Wir haben viel gelacht. Und Tage gab es, da wollte er nicht alleine zu dem Grab seiner Frau und er nahm mich mit. Seine Mimik und Haltung, oder die Blumen oder einfach die Situation brachte es immer so weit, dass ich die Erste war, die zu weinen begann und nicht der Mann, dessen Frau gestorben ist. Hier, an demselben Grab, in dem wir ihn heute begraben werden, sodass er in Frieden ruhen kann. Wir haben oft zusammen gemalt, gebaut und gebastelt. Ich erinnere mich auch noch daran, wie er mir ein eigenes Buch geschrieben hatte, einfach weil ich ihn darum bat. Ich habe es nie verstanden, um ehrlich zu sein. Aber ich habe es geliebt. Ich habe immer zugehört, auch wenn er es bis heute noch nicht fertig geschrieben hat. Es fehlten noch 2 Seiten, vielleicht auch nur eine. Er meinte, eines Tages würde dieses Buch mir gehören und ich würde es meinen Kindern vorlesen, meinem Mann und wir würden es verstehen. Und weder halte ich dieses Buch hier in meinen Händen, noch ist es in meinem Besitz. Und das ist das Traurigste, was hätte passieren können. Die

wahrscheinlich einzige Sache wäre es gewesen, mit der er sich nicht bloß gedanklich in mir verewigt hätte, sondern auch materiell. Ich hätte es weitergeben können, von Generation zu Generation, sodass vielleicht eines Tages dieses Buch gelesen würde, von Kindern aus aller Welt. Kritikschreiber oder Interpreten, die alles nochmal aufschnappen würden, was in diesem Buch geschrieben war. Aber ich habe es mir versprochen. Ich habe es mir versprochen, den Abschied, den keiner von uns akzeptieren will, in die Augen zu schauen. Ja, eine Art Anstarrwettbewerb, in welchem ich mir vorgenommen habe zu gewinnen. Wer zuerst weint, ist der Verlierer. Und ich weiß, dass das ein endloses Spiel sein wird, denn gegen das Schicksal zu gewinnen mag keine Leichtigkeit sein, jedoch ... Jedoch werde ich es nicht alleine tun. Ich hoffe, dass ihr mir versucht zu helfen, dem Schicksal ins Auge zu schauen und es ein für alle Mal aus diesem versündeten Dorf zu vertreiben, sodass nicht wir diejenigen sind, die fliehen müssen. Danke.>>
Arm in Arm liegen sich die Menschen des Dorfes Lilia, total verweint und verzweifelt, jedoch scheint es bloß so unschuldig. Eigentlich sind es Tränen der Unvernunft, Tränen des Verrats, die sich zu Boden legen und den Samen des Dorfes einfach weiter begießen, um die Blume des Bösen wachsen zu lassen. Vielleicht bewusst, vielleicht unbewusst. Es scheint mir einfach alles so falsch, so gespielt.
<<Ich möchte Sie nun bitten, in der Dorfhalle die vorgeschriebenen Plätze einzunehmen, damit wir das Buffet eröffnen können>>, spricht der schwarz gekleidete Bürgermeister.

Gruppenartig begeben sich alle in Richtung Dorfhalle, ich jedoch bleibe stehen. Sie wollen den Sarg hier liegen lassen und ihn dann später begraben. Es ist, als sei ihnen das Essen wichtiger als eine ordentliche Bestattung. Aus der Menge, die langsam wie ein Tausendfüßler hinschwindet, bleibt nur eine Person stehen. Eine schwarz gekleidete Frau, mit zwei Krücken. Aus einer Entfernung von einigen Metern guckt mir diese Person so tief in die Augen, dass ich ein stichartiges Gefühl verspüre. Es ist Rias. Das heißt ... Tatsächlich. Es war tatsächlich Jainas Leiche, die ich gestern mit mehr Fürsorge und Beileid bestattet habe, als man es bei Mr. White heute getan hat. Ob sie mich damit konfrontieren wird?

<<Ich brauche deine Hilfe, Jack>>, spricht sie.

<<Wobei kann ich dir helfen?>>, erkundige ich mich.

Wir setzen uns auf die Bank neben dem Sarg.

<<Jaina ist seit gestern Abend verschwunden, hast du sie gesehen?>>

Solange ich nicht weiß, was sie von mir will, kann ich auch nicht offen sein.

<<N-nein, habe ich nicht. Was ist passiert?>>, stottere ich vor mich hin.

Sie seufzt einmal laut vor sich hin.

<<Ich mache mir Sorgen. Keiner hat sie gesehen, weder du, noch August oder unsere Eltern oder Mirai.>>

<<Was soll ihr denn passieren?>>

<<Ich weiß es nicht, aber das ist nicht das größte Problem. Also, für mich schon, aber für uns nicht. Ich denke es ist eine Andeutung. Du musst wissen, solche Vorfälle sind schon öfter passiert, jedoch

vereinzelt. Seitdem du in das Dorf gezogen bist, wurde es schlimmer und schlimmer. Erst Mr. White, dann Jaina. Es muss einen Grund haben, warum das alles passiert. Es wird sowas wie eine Warnung sein. Stell dir mal vor, morgen oder übermorgen könntest du das nächste Opfer sein, oder ich, vielleicht sogar Mirai oder August. Ich will nicht so sterben wie Mr. White. Ich will, dass ich in positiven Erinnerungen schwebe, nicht in verblassten, verstehst du, was ich meine? >>

<<Ich verstehe.>> Zwei Sekunden Stille. <<Nun, wobei brauchst du meine Hilfe?>>, frage ich Rias.

<<Nun ja, zuerst möchte ich Mirai in Sicherheit bringen und dann brauchen wir das Buch, von dem sie eben gesprochen hat.>>

<<Wie stellst du dir das vor?>>

<<Ich werde Mirai irgendwo in Sicherheit bringen und du wirst in das Haus von Mr. White einbrechen und das Buch hervor holen. Zumindest war das der Plan, jetzt bräuchte ich nur noch dein Okay.>>

Einbrechen? Den Frieden eines toten Mannes stören. Ich soll den Frieden eines toten Mannes stören?!

<<Wieso sollte ich das tun? Was ist an dem Buch so besonders? Es waren einfache Geschichten oder nicht?>>

<<Du hast Mirai doch zugehört, oder etwa nicht? Sie meinte, sie habe das Buch nicht verstanden. Zuhause hat sie mir erzählt, dass es viel mehr als nur das war. Das Wort ‚Sünde' soll wohl sehr oft in diesem Buch aufgetaucht sein. Allgemein hat sie das Buch gar nicht so sehr gemocht, als sie behauptet halt. Zumindest nicht inhaltlich. So hat sie mir es gesagt. Ein zweiter Hinweis ist, dass er ihr es geben

wollte, damit sie es verbreiten würde und es verstehen könne. Stell dir vor, Mr. White war ein sehr weiser Mann. Allein der Gedanke daran, dass in dem Buch eine Antwort auf alles zu finden sein würde. Ich denke, schon alleine das macht es wert, dieses Buch zu lesen. Aber das, was mir am meisten Sorgen bereitet ist der Tod. Es wird wahrscheinlich irgendeiner von dem Buch erfahren haben, konnte es aber nicht finden. Es spricht so viel dafür. Jack, du musst das machen, bitte!>>

<<Ich bin noch nicht überzeugt.>>

<<Ich bin ja auch noch nicht ganz fertig. Jack, wusstest du, dass man im Dorf munkelt, Mr. White habe eine psychische Störung gehabt? Er rief öfters nachts die Polizei, weil er Schritte hörte, aber die meinten dann, es sei nichts passiert. Er hat sich darüber aufgeregt, da sich auch durch medizinische Hilfe rein gar nichts an den Schritten hat. Er rief beinahe jede Nacht die Polizei, wegen der Schritte. Ich denke, dass es ein Einbrecher war im Auftrag von irgendjemandem. Er suchte scheinbar jede Nacht nach diesem Buch, aber fand nichts. Aus diesem Grund werden sie ihn getötet haben. Ich hatte bis eben nicht einmal vor mit dir darüber zu reden, aber...>> Sie guckt mir in die Augen. Ihre sind komplett glasig, als müsse sie gleich anfangen zu weinen. Sie fährt fort <<... aber sie sie hat trotzdem den Text vorgelesen. Ich habe ihr gesagt, sie solle den Teil mit dem Buch rauslassen, habe ihr aber keine Gründe genannt...>>, sie wird immer lauter und lauter und taucht ein in die tiefen meiner Augen <<Und wenn das die Person gehört hat, die das Buch geheim halten wollte... Ich bin davon überzeugt, dass Mirai die Nächste sein wird. Tu etwas, hol das Buch. Dort wird

garantiert drin stehen, was wir wissen wollen.>>
Ihr läuft eine Träne über die Wange, jedoch erkenne ich hier, anders als bei der Rede von Mirai, dass sie aus echten Gefühlen, aus Angst, Verzweiflung, Traurigkeit und gleichzeitig auch aus Wut besteht.

<<Bitte, Jack!>>, weint sie bitterlich <<Bitte!>>, flennt sie mir an die Schulter.

Und ich gebe nach. Um den Frieden aller zu sichern, müssen wir den Frieden des Einen stören. Tief in mir schlummert dieses Gefühl, dass ich ihr was schuldig bin.

<<Ich werde es tun>>, spreche ich, als ich ihr über die Haare streichele.

Ihr Geheule eskaliert. <<Oh danke, danke, danke! Vielen Dank!>>, weint sie intensiv, ohne ein Taschentuch. Wir bleiben noch einige Minuten in der Kälte sitzen, bis auch wir uns in die Dorfhalle begeben.

Kapitel 24

Vanished secrets

<<Das Buffet ist eröffnet. Ich bitte nun Tisch A, sich zu bedienen, danach Tisch B und so weiter. Vielen Dank!>>

Lauter Leute, die ich nicht kenne. Nicht vom Namen und kaum vom Aussehen. Aber sie reden miteinander. Neben mir sitzt rechts ein Mann und links von mir eine Frau. Der Mann scheint nicht zu reden, er starrt auf den leeren Teller und schrubbt ihn noch ein wenig mit seiner Serviette ab. Er guckt mich kurz an, während ich verwirrt seine Aktion beobachte.

<<Sie sind Jack, richtig?>>, spricht er mich an <<Der, der neu eingezogen ist.>>.

<<Eh, ja. Genau der bin ich>>, antworte ich leise.

<<Man spricht viel über Sie, wissen Sie?>>, sagt er, während er weiter seinen Teller schrubbt.

<<Ehrlich? Ist das so? Was denn?>>

<<Wenn ich Ihnen das jetzt sage, wundern Sie sich bitte nicht, die Leute hier im Dorf sind alle etwas crazy.>> Ich nicke. <<Nun gut, man sagt, dass man sie töten will.>>

<<Was?!>>

Eine kurze Stille. Er schrubbt den Teller weiter. Seine Augenbrauen ziehen sich hoch. Er lacht kurz auf, reicht mir die Hand.

<<Marc, ich heiße Marc.>>

Verwirrt schüttele ich seine Hand. <<Jack...>>, spreche ich leise und verwirrt.

<<Und weiter? Wie heißen Sie weiter?>>, frage ich.

Der Mann lächelt.

<<Sonoz. Marc Sonoz.>>

Na klar! Der Polizist, mit dem ich zusammenarbeite. Dass ich nicht weiß, wie er aussieht ist eigentlich komisch. Aber wieso ist er denn so offen? Er meinte doch immer stets es vermeiden zu müssen, dass wir uns gegenseitig in die Quere kommen.

<<Du fragst dich bestimmt, wieso ich schon lange nicht mehr angerufen habe>>, spricht er zu mir.

<<Um ehrlich zu sein, habe ich das total verdrängt. Ich habe aber mehr rausgefunden, falls Sie mehr wissen wollen.>>

Und ein weiteres Mal lacht er leicht auf.

<<Es hat doch keinen Zweck, gib doch auf, es hat alles keinen Sinn mehr>>, redet er vor sich hin mit einem Hauch von verlorener Hoffnung.

<<Was meinen Sie?>>, erkundige ich mich neugierig und verwirrt.

<<Dass man uns hier nebeneinander setzt und das, was letztens bei der Arbeit vorgefallen ist ... Sie wissen von unserer Zusammenarbeit. Seit gestern fehlt ein Mädchen aus diesem Dorf, seit gestern Abend. Genau ein Abend vor dem Tag, an dem wir uns zum ersten Mal in die Augen sehen würden. Es sind Warnungen, Drohungen. Also lassen wir es. Guck doch rüber, an den Tisch B. Dort sitzt meine Frau, neben ihr ist noch ein Platz frei. Ich glaube sie haben mich hier hingesetzt, um das mit dir zu klären, sodass ich mich danach

umsetzen kann. Und das alles auf einer Beerdigung.>>
Ich antworte nicht, ich bin verwirrt. Er fährt fort <<Nun gut, ich werde mich dann mal umsetzen. Ich wünsche Ihnen noch einen angenehmen Abend, Mr. Lewis.>>
Er lächelt mir ins Gesicht, dann steht er auf, schaut sich um und geht.
<<I-ihnen auch noch einen schönen Abend>>, spreche ich leise vor mich hin, stotternd.
Vorne am Mikrofon räuspert sich jemand.
<<Liebe Mitbürger, da wir schon alle heute hier vereint sind, nutze ich die Gelegenheit, um eine kleine Ankündigung zu machen. Wenn ich vorstellen dürfte: Officer Light, zeigen Sie sich mal.>>
Ein Mann in einem schwarzen Anzug und grauer Krawatte steht von Tisch B auf, schaut in die Runde und hebt grüßend seine Hand.
<<Officer Light wird sich in der nächsten Zeit mit dem Fall der brennenden Mühle auseinandersetzen. Einige von ihnen haben sich gemeldet. Sie fühlen sich unwohl in der Anwesenheit eines Störenfrieds. Denn uns muss eines klar bleiben, liebe Mitbürger. Der Täter ist ein Sündiger. Dem Täter wird ein Verbot ausgesprochen, mit Hilfe dessen er oder sie sich nicht mehr in der Nähe oder innerhalb des Dorfes Lilia aufhalten darf. Soweit der Plan. Für Neuigkeiten schauen Sie doch auf das schwarze Brett vor dem Rathaus. Dort werden Sie einiges Aktuelles zu dem Fall finden, wenn es zur Veröffentlichung von Officer Light freigegeben wird. Wir bitten jedoch die Hobbydetektive unter Ihnen sich zurückzuhalten und keine eigenen Untersuchungen durchzuführen, aufgrund möglicher Verfälschungen. Das Gebiet oben wird die

nächsten Wochen abgesperrt sein. Vielen Dank für Ihre Aufmerksamkeit. Ich wünsche Ihnen noch einen guten Appetit.>>

Der Mann mit schlanker Figur, grauen Haaren setzt sich wieder. Er scheint mir einiges älter als ich. Er sieht sogar aus, als sei er in etwa eine Generation über mir. Ich stochere etwas in meinem Essen herum, aber die Lust ist mir vergangen.

Eine Stunde später:

Draußen hat es mittlerweile begonnen zu regnen.

Alles Gäste sind weg, nur ein Mann steht unter der Bushaltestelle, an der noch nie ein Bus gehalten hat.

<<Ist alles okay bei Ihnen?>>, frage ich höflich.

<<Ja, es ist alles gut>>, zittert der Mann vor sich hin, in dünnem Mantel. Officer Light. Ich sollte ihm aus dem Weg gehen, sagt mir mein Gedächtnis.

<<Es ist einfach schon zu lange her seitdem ich hier das letzte Mal war, aber ich kann mich noch an jedes einzelne Gebäude erinnern. Die Dächer sind alle noch gleich.>>

Es scheint mir als sei er ein ehemaliger Bewohner des Dorfes. Und für den Bruchteil einer Sekunde frage ich mich, ob es also tatsächlich möglich sei, diesem Dorf zu entfliehen, aber im Endeffekt sehe ich doch, dass er hier vor mir steht.

<<Kommen Sie von hier?>>, frage ich, denn nicht zu fragen wäre auffällig gewesen.

<<Ja, ich habe hier früher gewohnt, als ich noch klein war>>, antwortet er mir.

<<Ach, so. Interessant>> eine kurze Sprechpause <<Nun dann, ich werde mich mal auf den Weg machen>>, spreche ich, als ich

mich kurz darauf von dem Mann wegdrehe und beinahe einen Schritt wage.

<<Moment, einen kurzen Augenblick noch.>>

Erschrocken drehe ich mich zurück, in der Hoffnung, man würde mir keine Fragen stellen.

<<Wie standen Sie im Kontakt zu Mr. White?>>, erkundigt sich der Mann, dessen Gesicht verdunkelt ist durch den Schatten der Überdachung.

<<Nun ja, er war ein einfacher Nachbar, ab und zu haben wir uns unterhalten. Wieso fragen Sie?>>

<<Und, hat er oft von seiner Frau geredet?>>

<<Ab und zu, nicht all zu oft. Was ist denn?>>, wage ich erneut zu erfragen.

<<Und hat er auch über seine Tochter gesprochen?>>

Verblüfft. Meine Knochen beginnen zu zittern und meine Hände zu schwitzen, aber weshalb?

<<Hat er, oder hat er nicht?>>, wiederholt er.

<<N-nein, ich weiß nichts von einer Tochter.>>

<<Na, wusste ich's doch. Vielen Dank.>>

Der Mann in dünnem Mantel steht auf und geht einige Schritte durch den Regen den Berg hinab, in Richtung Dorf. Er bleibt noch einmal kurz stehen als seine Schritte im Kies knirschen.

<<Auf Wiedersehen.>>

Im Regen nach Hause wandernd legen sich meine Haare über meine Augen und Wasser dringt durch, zwischen meine Zehen. Mit jedem Schritt wird der Abend dunkler und dunkler, bis ich dann komplett durchnässt vor meiner Haustür stehe. Ich öffne die Tür

und schon den ersten Schritt, den ich in mein Haus setze löst eine Reaktion in mir aus, die den Stresspegel steigen lässt. Vor meinen Füßen liegt ein kleiner Zettel, den ich beim Verlassen meines Hauses nicht gesehen hatte. Schon beinahe zu offensichtlich erkenne ich die Intention. Ich hebe ihn auf, drehe ihn um.
<<Mirai ist in Sicherheit. Fang am besten jetzt damit an, Pläne zu schmieden. - Rias.>> Neben den Wörtern ein misslungenes Telefon, durchgestrichen wie bei einem Verbotsschild. In der Hoffnung, heute Nacht erfolgreich zu sein, lege ich mich hin, um Energie zu sparen. Die Regentropfen prasseln an mein Fenster und hinterlassen eine melancholische Melodie im Mondenschein.

Kapitel 25

<<I love you.>>

Ein Klopfen weckt mich. Ein Klopfen an meinem Fenster. Im Glauben, ein Vogel oder Äste, oder einfach Regentropfen seien schuld an diesem Lärm, der meine Ruhe stört, schließe ich wieder meine Augen und versuche wieder einzuschlafen. Jedoch jetzt, wo ich wach bin und der Regen eine gewisse Tiefe in die Nacht bringt, überkommt mich der Gedanke, wer die Tochter von Mr. White gewesen sein mag oder ob es alles bloß Unsinn ist. Ich drehe meinen Kopf zur Seite. 2 Uhr Nachts. Ich habe tatsächlich bis in die Nacht geschlafen, dabei wollte ich abends schon wieder aufstehen. Noch in Klamotten liegend, zwinge ich mich aus dem Bett. Noch ein Klopfen und noch eins. Mit jedem Klopfen wird es immer etwas lauter. In kurzen Schritten begebe ich mich zum Fenster, um einen Blick in die wütende Nacht zu wagen.

Anstatt, dass Vögel oder Äste an meinem Fenster für Unruhe sorgen, sind es Steine. Kleine Kieselsteine, abgeworfen von einer Person in meinem Garten. Ich öffne das Fenster.

<<August?!>>, rufe ich im Flüsterton hinab.

<<Mach mir schnell die Tür auf!>>, ruft sie ebenfalls leise und verschwindet schon in Richtung Terrassentür, aus meinem Blickfeld.

In meinem Kopf spielen sich viele Gedanken gleichzeitig ab. Was würde August um diese Uhrzeit von mir wollen?
Schleichend gehe ich die quietschenden Treppenstufen hinab, ohne ein Licht anzuschalten. Im Wohnzimmer ist die Terrassentür, vor ihr eine lange Gardine. Hinter ihr würde sich in jenem Moment August befinden, die mir offensichtlich etwas mitteilen will. Aber ich zögere. Ich zögere, um nachzudenken, was sie mich fragen wird und was ich antworten würde, denn mit der Situation bin ich sowieso viel zu überfordert.
Und in dem Moment, in dem ich die Gardine bloß anfasse wird es mir klar. Wie ein Blitzschlag schlägt eine Idee, eine Ahnung, ein Voraussehen in meinen Gedanken ein, sodass ich einfach nur froh bin, diese Erkenntnis rechtzeitig gemacht zu haben. Sie war heute nicht auf der Beerdigung. Doch das ist nicht das Einzige, das mir einfällt. Es ist also wahr. Ich habe einen Menschen getötet. Nämlich Jaina, nicht Rias. August hat mich vorher angerufen, um mich zu warnen, jedoch sagte sie mir den falschen Namen...
Ich schiebe die Gardinen etwas zur Seite und als hätte ich es nicht geahnt, erschrecke ich mich so sehr, dass mein Herz für eine ewige Sekunde zu schlagen aufhört. Ihr Gesicht ist an dem Fenster, als wolle sie eins mit ihm werden. Ihre Augen lichtreflektierender als jedes Meer und jeder Spiegel.
Ich greife durch den freien Schlitz der Gardinen zum Griff und öffne die Tür auf Kipp, sodass sie nicht eintreten kann.
<<Was ist?>>, frage ich, nur meine Augen zeigend.
<<Lass mich herein, ich muss dir was zeigen.>>
<<Was denn? Zeig es mir hier>>, antworte ich, in Tönen mit

einem solch heftigen Atemstoß, dass das Fenster etwas beschlägt.
<<Vertraust du mir etwa nicht?>> Ihre Stimme klingt mit einem Mal so tief und rational. Sie entfernt ihre Hand vom Türgriff und macht einen Schritt rückwärts.
<<Ich muss selbst erst mal verstehen, was hier vor sich geht.>>
Sie entfernt sich noch einen Schritt rückwärts und schaut auf den Boden. Langsam führt sie ihre Hände an ihr Gesicht, fängt an zu weinen, so bitterlich zu weinen, dass sie auf die Knie fällt, als sie zusammen mit dem Regen im Kanon zu singen beginnt.
<<W-was ist, steh auf! Steh gefälligst auf!>>, rufe ich ihr zu. Dem Mädchen, welche pitschnass gefühlt eine halbe Ewigkeit hinter meinem Haus Steine an mein Fenster warf.
<<Wenn du mir nicht hilfst, wer dann?>>, stottert sie heulend in ihre Hände.
<<Steh endlich auf, dann reden wir!>>, sie steht auf, bewegt sich plötzlich total unscheu zwei Schritte auf die Tür zu, greift wieder an den Türgriff. Mit der linken Hand reibt sie sich noch Tränen von ihrem Gesicht, welche im Regen sowieso unerkennbar sind. Aber sie weint noch, man kann es hören und auch spüren.
<<Jack, du musst bei mir bleiben. Ich brauche deine Hilfe, was kann ich tun, damit du mir vertraust?>>, fragt sie weinend. Sie weint schon beinahe so laut, dass Mr. White es mitgekriegt hätte, würde er noch unter uns weilen. Mein einziger direkter Nachbar.
<<Ich weiß wie>>, antworte ich rational <<Beantworte mir einfach eine Frage.>>
Schockiert schaut sie mir in die Augen.
<<Alles, was du willst!>>, ruft sie schon fast laut genug, um die

Krähen aus den Baumkronen zu scheuchen.

<<Als du mich angerufen hast, sagtest du Rias sei bei dir gewesen. Erinnerst du dich? Du hast mich gewarnt.>> Ihre Augen werden größer, als müsse sie sich konzentrieren.

<<Ja, das habe ich. Und ich bin froh, dass dir nichts passiert ist. Aber wegen Jaina, sie ist ...>>, scheint sie von meiner Frage ablenken zu wollen.

<<Hast du gelogen?>>

Einige Sekunden Stille, ich höre kein Weinen mehr, keinen Versuch, mich irgendwie von einer Meinung zu überzeugen, oder von einer scheinbaren Tatsache.

<<Nein! I- ich weiß nicht, was du meinst>>, stottert das Mädchen im leisen Ton vor sich hin, mit weinerlicher Stimme.

<<Hast du mich angelogen, habe ich gefragt. Du müsstest doch gewusst haben, dass Rias noch in der Klinik lag. Wegen ihres Beines. Du weißt schon, als wir im Wald waren. Bestimmt war das alles nur Show, habe ich Recht?>>

Erneutes Schweigen. Die Bäume im Hintergrund wedeln im Wind wie Weizenfelder.

<<Sag's schon!!!! Ich habe Recht!!!!>>, rufe ich.

<<Mach die Tür auf, Jack>>, spricht sie, erneut mit tiefer, emotionsloser Stimme. Sie ist unberechenbar.

<<Sag mir erst, was Sache ist!>>, erwidere ich.

Sie greift mit ihrer Hand durch den Türschlitz, versucht vergebens an die Klinke zu greifen.

<<LASS MICH REIN JACK!>>, ruft sie wie eine Verrückte, rüttelt an der Tür. Ich bin im Schock. Ich zittere so sehr, dass meine

Füße beinahe zusammenklappen. Aber niemals würde ich es zulassen. Ihre weinerliche Mimik verzieht sich in ein krampfhaftes Lachen, ein ganz hysterisches Lachen. Sie lacht, lauter und lauter, reißt den Mund auf. Ich habe keine Zweifel mehr daran, dass jemand sie gehört haben muss. Ihre Hand rüttelt noch immer krampfhaft an der Terrassentür.
<<Verschwinde!!!!!>>, schreie ich, als ich die Tür ruckartig zudrücke. Ihre Hand wird rot, beginnt zu bluten. Blut tropft auf den Boden meines Hauses.
Das krampfhafte Lachen legt sich in der Stille der Nacht. Es verschwindet, ähnlich wie die Krähen in den Baumkronen bei dem jämmerlichen Schrei der aus ihrem Mund ertönt. Stöhnen und Schrei überkommen nun das Dorf, anstelle des hysterischen Gelächters.
<<Lass das! Das tut weh!>>, meckert sie bemitleidenswert.
<<Hör auf damit! Jack! Das tut weh!>>, ein weiteres Mal.
Ich lasse locker, damit sie ihre Hand rausziehen kann. Dann schließe ich die Tür mit voller Wucht und ziehe den Vorhang zu, sodass ich nicht mehr in diese mörderischen Augen gucken muss. Aber ich muss es verdrängen. Ich muss verdrängen, was ich soeben sah, fühlte, hörte. Aber wie? Wie? Ein Muster brennt sich in mein Gedächtnis ein. Ich renne wieder die Treppen hinauf in einem solchen Tempo, ich würde nicht einmal zum Stehen kommen, bevor ich in mein Zimmer renne. Aber ich greife noch einmal kurz um die Ecke in mein Nebenzimmer, wo der Baseballschläger steht.
Ich höre wieder Steine. Steine klopfen an mein Fenster. Ich wage es kaum auch nur einen Schritt in Richtung des Fensters zu gehen,

aber ich habe keine Wahl. Keine Wahl. Gewagt lehne ich mich über die Ecke des Fensters, um mit meinem linken Augen einen Blick nach unten werfen zu können. Und dort steht sie noch immer. Steine werfend auf meinem Grundstück. Und ihre Lippen bewegen sich. Sie scheint irgendetwas zu sagen, in einer solch ausdruckslosen Miene. Sie redet mit mir. Eine sich ständig wiederholende Lippenbewegung und ihr Gesicht ist so rational, dass alles so monoton einfältig rüberkommt. So unecht, ganz paradox. Wer ist dieses Mädchen? Was ist sie?
Sie wirft noch einige Minuten regungslos Steine gegen meine Scheibe und dieser sich ständig wiederholende Ton zerstört die Melodie des Regens der Nacht, welche ich langsam zu lieben lerne. Aber die Takte zerfallen zu Rhythmusstörungen und schiefen Noten. Diese Nacht ist alles andere als eine Symphonie der Wälder. Sie ist der Gesang der Teufels höchst persönlich. Und aus einem unbekannten Grund fühle ich mich nicht wohl in meinem Bett. Also rolle ich mich auf den Boden. Krieche in die Ecke, ziehe meine Knie an meinen Körper, in der Hoffnung sie würden mich wärmen, oder mir in irgendeiner Form Schutz gewähren. Aber stattdessen lege ich meine Decke über sie, denn sie sind kalt. Meine Augen gehen nicht zu, nein, sie werden nicht einmal schwer. Diese unmonotone Gleichheit tötet meinen Willen, in jenem Moment zu existieren. Ich denke nur an das, was sein würde, hätte ich ihr geöffnet. Ich schaue es an, führe es mir vor die Augen. Ich starre ins Nichts. Die ganze Nacht, bis die Sonne die Dämonen in ihre Höhle verdrängt.

Kapitel 26

Light in your dead eyes

Ich spüre schon bei dem Aufwachen in der Ecke, überdeckt mit einer beinahe zu knappen Bettdecke, aus der meine Füße vorne herausragen, dass es nicht ohne weiteres sein wird, dieser Tag nach dem Gesterigen. Wie in einem Albtraum verbrachte ich meine Nacht, gefangen in den bösesten Gedanken eines endlosen Paradoxon, das sich Sünde nennt.

Nach zwei Kaffees scheint mir der Tag schon heller als er eigentlich ist, leichter benebelt als er eigentlich ist, wärmer als er eigentlich ist. Dann bleibe ich stehen. Vor der Terrassentür.

Getrocknetes Blut haftet am Türrahmen und Blutflecken beschmutzen den bereits verstaubten Boden.

Ich werde das Haus von Rias aufsuchen müssen, ihr mitteilen, dass ich es nicht geschafft habe, in der Nacht einzubrechen. Aber wie soll ich mich rechtfertigen? Werde ich ihr von August erzählen, dann würde sie – da bin ich mir sicher – mich ausfragen. Sie scheint nicht zu ahnen, wer August eigentlich ist. Jedoch will ich es auch nicht wahr haben.

Eine Stunde später:

<<Hast du das Buch?>>, fragt mich das Mädchen eifrig.

<<I – ich bin eingeschlafen>>, ich lasse meinen Kopf hängen und

so sie ihren.

<<Ich werde mitkommen.>> Ihre Antwort verblüfft mich aufgrund dessen, dass ich eine komplett andere Antwort erwartet hatte.

<<Wieso das denn? Bleib doch einfach lieber hier. Das ist viel zu riskant.>>

<<Hör auf zu weinen wie ein kleines Mädchen.>>

Sie zieht ihre Jacke über ihre Schultern, streckt ihre Arme in die Ärmel hinein.

<<Wie? Jetzt schon, oder was?>>

<<Nein.>>

In der Hektik des Sich-Anziehens hält sie ihren Atem für eine Sekunde oder weniger an <<Ich muss nur eben in den Garten.>>

Sie dreht sich um, greift nach einer Mütze und einem Schlüssel. Ich trete zur Seite, um ihr nicht im Weg zu stehen.

<<Okay, ich werde dann mal gehen ...>>

<<Alles klar, sagen wir 1 Uhr? Ich werde in deinem Garten stehen. Erwarte mich>>, lächelt sie mir ins Gesicht, verlässt überzeugt das Haus und verschwindet durch ein hölzernes Tor in einen traumhaften Garten.

Ich drehe mich um, denn ich will einfach nur nach Hause. Darüber nachdenken, wofür ich nie Zeit habe. Schlafen wäre eine Option, das würde mir gefallen. Aber knapp 10 Minuten später fällt mir auf, dass das gar nicht in Frage kommt. Ein Mann steht vor meiner Tür, es ist der Mann, der gestern mit mir geredet hat, an der Bushaltestelle. Wie hieß er noch gleich? Light oder so. Aus sicherer Entfernung spreche ich im Gehen den auf meiner Treppe stehenden Mann an, während ich nach meinem Schlüssel krame.

<<Mr. Light? Was ist denn passiert?>>

<<Nichts, ich wollte nur mal eben mit Ihnen reden. So unter vier Augen.>>

Ich trete die Treppenstufen vor meiner Eingangstür hinauf und öffne uns beiden die Tür. Sein aromatischer Geruch nach einem starken Gewürz sticht in der Nase. Sein Schweigen verteilt einen nebeligen Hauch von Mysteriösität und Seriosität im Flur. Er will seine Jacke nicht ausziehen.

<<Kommen Sie doch herein, setzen Sie sich. Kann ich Ihnen etwas anbieten?>>

<<Ein Wasser bitte>>, ganz rational. Ein Wasser.

<<Mit oder ohne Sprudel?>>, frage ich.

<<Überraschen Sie mich.>>

Eine Überraschung ist es also für einen Mann wie ihn, wenn man ihm sein Wasser nach seiner Vorliebe bringt. Doch ich nehme das mit Sprudel, denn der Mann sieht aus wie einer, der sein Wasser gerne mit Sprudel trinkt.

Er nimmt einen Schluck. Ganz ruhig.

<<Aaaaaah>>, ein erfrischender Klang. <<Ich habe heute den ganzen Tag noch nichts getrunken, entschuldigen Sie mich.>>

Ich schaue ihn nicht an.

<<Nun, was ich mit ihnen besprechen wollte ...>> Seine Stimme wird ernster.

<<Man hatte bei mir angerufen, behauptet man hätte Schreie bei ihnen gehört. Gestern Nacht.>>

<<Schreie?!>>, hinterfrage ich skeptisch.

<<Richtig. Aber... Ich schenke dem keinen Glauben. Um ehrlich zu

sein, glaube ich nicht, dass das stimmt. Ich habe mich ein wenig bei den Nachbarhäusern umgehört und keiner meinte dasselbe. Ich frage mich außerdem, wieso der Anrufer so sicher war, dass die Schrei genau von dieser Adresse kommen sollten.>>

<<Ich schwöre Ihnen, ich habe nichts mit irgendeinem Geschrei von gestern zutun>>, spreche ich und fasse mich kurz, in der Angst, ich würde unausgesprochene Informationen ausplappern und mich somit verraten.

<<Wie dem auch sei, ich werde Ihr Haus leider einmal auf alle Zimmer überprüfen müssen, einschließlich Garten und Umgebung. Wären Sie damit einverstanden Mr ... ?>>

<<Ehh, ja...>>, stottere ich <<Lewis. Ich bin Jack Lewis.>>

Stille.

<<Jack Lewis ... Wie vertraut>>, spricht er vor sich hin. Und als sei er in einem Film, steht er auf, zieht seine Jacke aus und spricht:

<<Jack Lewis. Ach, was war das für ein Mann damals…>>

Ich habe keine Ahnung, wovon er redet. Er muss eine Art Flashback oder so haben, sich an irgendetwas erinnern, egal ob real oder nicht.

<<Unmöglich>>, fährt er fort <<Wahrhaftig, unmöglich.>> Seine Augen glänzen, er streckt mir seine Hand hinaus. <<Nett dich wiederzusehen>>, spricht der Mann, der in etwa meinem Alter entspricht <<Mein Name ist Riley Hanninghan.>>

Und da, da ich Jahre gewartet habe und gehofft habe, meine Vergangenheit würde mich nie mehr in meinem Leben einholen, machte ich wahrscheinlich einen fatalen Fehler, als ich nach Lilia zog.

<<Du lebst.>>

Er steht vor mir, hat seine Hand schon längst wieder eingezogen nachdem ich erst einige Sekunden Zeit brauche um zu realisieren, was hier vor mir vorgeht.
<<Ja, verwundert dich das?>>
<<Sie sagten alle, du hättest Selbstmord begangen. Bei deinen Verwandten in der Stadt.>>
<<Tja Jack, da siehst du mal. Spielen sie ein Spiel mit mir, so spiele ich eins mit ihnen. Sie wissen nicht, worauf sie sich mit mir eingelassen haben.>> Er scheint sehr überzeugt in seiner Stimmlage, ich jedoch eher weniger.
<<Was meinst du?>>, frage ich.
<< Ich will wissen, wer für den Tod meiner Eltern verantwortlich ist und ich will sie einfach rächen. So, wie ich es schon seitdem sie gegangen sind wollte.>>
Als er redet, als seien wir nie getrennt voneinander gewesen, frage ich mich, wie es dazu kommt, dass er mir alles anvertraut.
<<Wieso verrätst du mir das? Du kennst mich doch gar nicht>>, frage ich ihn skeptisch.
<<Man hat mich nicht angerufen, Jack. Ich habe alles selbst gehört und beobachtet. Ich weiß, was dich plagt. Ich weiß, dass dir so viele Fragen offen stehen und dass du willst, dass man sie alle löst, aber du ... Du alleine bist zu schwach. Könntest es nie mit dem ganzen Dorf aufnehmen. Niemals. Sie sind alle gesandte des Teufels und jeder von ihnen individuell, was ihre Vorgehensweisen angeht.>>
Ich verstehe einfach nicht. Er ist ein anderer Mensch. Noch eben war er der seriöse Cop und schon jetzt ein einfacher Träumer. Er redet mit mir, als sei ich sein Tagebuch, dabei deutet er doch selber

an, dass in diesem Dorf niemandem zu trauen sei. Was ist er. Er ist kein normaler Kriminalpolizist. Er ist auch nicht erst seit Kurzem hier.

<<Riley, das gestern alleine würde dir nie ausreichen um zu sagen, was dein Anliegen hier ist. Es muss einen anderen Grund geben.>>

Riley nickt leicht.

<<Es ist nicht so, als hätte ich nicht schon vorher gewusst, wer du bist, ich gebe zu…>>

Ich gucke ihn in seine Augen und mein Blick erfriert sein unverändertes Gesicht.

<<Du denkst, du kamst mit Lügen weit, was? Das bist du. Das ist so typisch. Wieso hast du mir nicht schon gestern die Wahrheit gesagt?>>

<<Was meinst du mit ‚typisch du'? Du kennst mich doch gar nicht. Deine Worte.>>

<<Oh Riley, ich kannte dich besser als deine Eltern selbst.>>

Seine Mine verzieht sich und er wird wütend.

<<Lass meine Eltern aus dem Spiel!>>

<<Welches Spiel, Riley?>>, frage ich ihn, doch er antwortet bloß nervös.

<<Du weißt schon, was ich meine…>>

Ich fahre fort: <<Das hier ist kein Spiel. Es mag dir vielleicht so einfach rüberkommen, als könne man mal so eben das Spiel durchspielen und zack, gewonnen. Aber nein. So wie du hier vorgehst, wird dein Bildschirm schon beim Start auf Game over schalten.>>

<<Du und deine albernen Vergleiche. Ich dachte, du seist doch gerade derjenige, der darauf besteht, alles Ernst zu halten>>, spricht der Mann empört.

<<Es ist ja nicht so, dass ich nicht weiß, was hier los ist. Nun ja, zumindest noch nicht ganz. Ich weiß es einzuschätzen, Riley, verstehst du das?>>, keine Reaktion. Ich fahre fort <<Deine Vorgehensweise treibt dich in den sicheren Tod. Es ist schon ziemlich riskant von dir gewesen so offen mit mir zu reden. Sprich hier mit niemandem offen. Sprich nicht einmal deine Gedanken laut vor dir her, wenn du alleine in deinem Zimmer sitzt.>> Der Mann namens Riley schreckt leicht zurück.

<<Jetzt übertreib nicht direkt!>>, spricht er und haut dabei auf den Tisch.

<<Sag mal…>>, spreche ich <<Wie lange beobachtest du mich schon?>>

<<Seit knapp 3 Tagen. Aber nur wenn du zu Hause warst.>>

<<Das meine ich. Sag nicht einfach heraus, was du zu sagen hast. Denk nach, vor jedem Schritt, den du im Freien vor deiner Haustür machst. Das ist der Sinn hier. Das ist ihr Ziel.>>

Seine Augen suchen etwas in meinen, als stelle sich ihm noch eine Frage.

<<Finde heraus, wer Mr. Whites Tochter war. Wenn du doch so ein Genie bist, dann wirst du das wohl schaffen, oder etwa nicht?>>

Ich denke nicht einmal darüber nach, da antwortet der Reflex in mir.

<<Ich werde es tun, mach dir darum keine Sorgen. Ich tue das alles hier nicht einfach so aus Prinzip, Riley, ich will einfach, dass sowohl

das Dorf, die Unschuldigen, als auch du und ich in Sicherheit bleiben. Es tut mir ehrlich Leid, dir das sagen zu müssen, aber … Ich sehe in dir eine potentielle Gefahr. Es ist einfach zu riskant dich das alles übernehmen zu lassen, du verstehst mich doch, oder?>>

Im Verlauf des Gesprächs wird seine Mimik weicher und seine Faust auf dem Tisch formt sich um zu einer flachen, sanften, den Tisch streichelnden Handfläche. Auch sein Blick scheint mir eher einfühlsam als erklärungsfordernd oder wütend.

<<Nun gut, ich akzeptiere deine Entscheidung, aber lass mich dir helfen, irgendwie.>>

<<Warte erstmal ab, es wird vielleicht später noch irgendetwas geben, wobei du mir helfen könntest.>>

Ich senke meinen Kopf, stehe auf.

<<Ich schätze mal, das soll bedeuten, dass ich jetzt gehen soll?>>, fragt er und schaut mir tief traurig in die Augen.

<<Besser wäre es.>>

Er steht auf, begibt sich langsam in Richtung Tür. Dort dreht sich der Mann noch einmal um, als wolle er etwas sagen und tatsächlich:

<<Bei all dem Tumult, einfach alles. Die momentane Situation, die vergangene… Wollte ich nur klarstellen, dass du hoffentlich nicht vergisst, dass …>>

<<Sag es nicht…>>, unterbreche ich ihn und richte einen kalten Blick auf den Boden. <<Ich bitte dich jetzt, zu gehen.>>

Wortlos dreht sich der Mann zur Tür und geht. Er verlässt den Raum und hinterlässt einen starken, würzigen Geruch.

Ich werde mich noch hinlegen. Es ist noch Zeit bis Rias kommen wird. Es ist noch so viel eigentliche Zeit. Der Schlaf ist begrenzt, ich kann ihn gerade gebrauchen. Vielleicht flüchten in eine andere Welt. Noch bevor ich vor der Haustür von Mr. White stehe und den Hausfrieden breche, den ich mir schon immer gewünschte habe.

Kapitel 27

My girl was vanished and now she's back

<<Also, bist du bereit?>>, fragt sie mich, das Mädchen, das mit einem schwarzen Schal umwickelt in der farbgleichen Nacht vor mir steht. Durch den Schal sehe ich nur ihre Augen, auch nicht die Augenbrauen. Die Farbe der Nacht verbietet es mir, ihre Augenfarbe zu analysieren. Weder dessen Tiefe, noch dessen Ausdruck.

<<Ja.>>

Auch ich stehe hier, mit einer schwarze Kapuze und einer Taschenlampe in der Tasche meines zu langen Kapuzenpullovers. Schwarze Hose, wie auch sie sie trägt. Vielleicht etwas lockerer. Schwarze Schuhe. Aber wären sie auch blau, ein Unterschied wäre in dieser Nacht nicht auszumachen, auch nicht bei den stärksten Anstrengungen.

<<Na dann, wollen wir es beenden.>>

Ich bin mir nicht sicher, ob es Rias Idee oder Gedanke ist, dass wenn sie sich das Buch schnappt, das alles hier ein Ende haben würde. Dafür verlangt es mehr. Das habe ich im Blut.

Mein Garten ist baulich nur leicht von Mr. Whites Garten getrennt. Bloß mehrere aneinandergereihte Büsche, welche mit Leichtigkeit zu übersteigen sind. Man müsste sie nicht einmal berühren.
Die Blumen in Mr. Whites Garten sind so tiefrot. Ich erkenne ihre Farbe trotz der kontrastierenden Farbe, die alles andere mit sich in das Schwarze reißt. Es sind Lilien. Es sind die Blumen, die er des Öfteren nach draußen zum Friedhof brachte, wo er sie seiner Frau hingelegt hat. Aber ich habe nie ahnen können, dass er selbst sie in seinem Garten züchtet. Ich habe mich nie auf das konzentriert, was sich außerhalb meines Grundstücks abspielt, außer wenn mal Ms. Barrymore von gegenüber ihre Blumen gegossen hat.
Ich war scheinbar nie dazu in der Lage, das Wesentliche zu sehen, das Vergängliche.
<<Was ist? Worauf wartest du? Los jetzt. Gib mir die Taschenlampe.>> Das Mädchen streckt ihre Hand aus, in welche ich ihr kurz daraufhin die Taschenlampe drücke. Ich weiß, dass sie meine zitternden Hände gespürt hat. Sie hat meine Angst gespürt. Sie nähert sich dem Terrasseneingang des Hauses von Mr. White.
<<Wie willst du es öffnen?>>, frage ich, als auch sie scheinbar ahnungslos die Tür anstarrt. Doch dann zückt sie einen Hammer. Scheint als habe sie keinen Schimmer, dass jeder aufwachen würde, würde sie das Fenster jetzt einschlagen. Oder es ist ihr einfach egal.
<<Du willst da doch jetzt nicht einfach so draufschlagen?>>, frage ich verblüfft, jedoch leicht zurückhaltend.
<<Sehe ich tatsächlich so doof aus, oder bist das nur du?>>, antwortet sie frech, ohne mir dabei in mein Gesicht zu schauen.

<<Ich kenne einen Trick. So wurde damals bei uns eingebrochen.>>
<<Was? Hier in Lilia?>>
<<Nein, damals habe ich noch woanders gewohnt, nicht bei Jaina in Lilia. Ich bin hier doch erst seit Kurzem. Also... Drück so feste wie du kannst hier unten gegen den Fensterrahmen, unten rechts. Ich werde oben rechts dann leicht mit dem Gummihammer gegenschlagen, damit uns keiner hört. Hast du verstanden?>>
<<Ja.>>
Und unwidersprochen fange ich an mit meinen Handschuhen auf den Fensterrahmen neben der Terrassentür zu drücken. Sie fängt an zu klopfen und der Fensterhebel verstellt sich Stück für Stück. Mit jedem Schlag des Gummihammers auf den hölzernen Türrahmen bewegt sich der Fensterhebel immer weiter in die Mitte, bis wir das Fenster problemlos nach innen öffnen können.
<<Wow, ein Profi>>, spreche ich beeindruckt in ihren Rücken.
<<Da sage einer, Mädchen seien zu sowas nicht in der Lage.>>
Sie gibt noch ein gelächterähnliches <<Tze>> von sich und steigt daraufhin geräuschlos durch das nun offen stehende Fenster.
<<Also, wo würdest du ein Buch verstecken?>>, frage ich in die Stille hinein.
<<So dachte er bestimmt nicht, Jack.>>
Sie schaut in Regale, durchsuchte alle Bücher, ob sie nicht doch handschriftlich geschrieben sind. Das Regal ist verstaubt, er wird sich auch vor seinem Tod nicht sehr darum gekümmert haben. Ja, nicht bloß das Regal, das gesamte Wohnzimmer ähnelt einem verstaubten, jedoch ordentlichen Dachboden. Bloß der Kamin ist

nicht verstaubt, dort stehen Bilder. Bilder von zwei Personen. Ich schau sie mir an. Sie sind bereits alt auf den Bildern. Die Bilder entstanden hier auf dem Grundstück. Eins der Bilder zeigt eine Frau, wahrscheinlich seine Ehefrau. Stolz zeigt sie einen Strauß Lilien in die Kamera und lächelt tief. Das andere Bild zeigt ebenfalls Mr. White und seine Frau. Sie sitzen beide auf dem Sofa, vor dem ich grade stehe. Ein altes Sofa aus unechtem Leder. Auch ein Schaukelstuhl steht daneben, sein Stoff ist bereits abgenutzt und der Fußboden weist Spuren von regelmäßiger Benutzung dieses Stuhls auf. Ein alter, teuer aussehender Kronleuchter wirft einen Schatten des Mondlichts, welches mittlerweile den Weg durch die Wolken fand und sich auf der altmodisch bemusterten Wand niederlässt. Auch dort hängt ein Bild von seiner Frau. Das Bild ist ganz alt, sie legt ihren Arm um eine Person. Die Frau sieht noch immer der Frau auf dem anderen Bild ähnlich, jedoch um einiges jünger. Auch die Bildqualität lässt zu wünschen übrig. Ein für die damalige Zeit üblicher Schnappschuss.

Die Frau legt einen Arm um eine Person. Die Person ist jedoch nicht mehr auf dem Bild drauf, sie wurde ausgeschnitten. Als strahle das Lächeln der Frau nicht schon genug Liebe aus, ist in der unteren linken Ecke des Bildes ein Herz gezeichnet.

<<Hör auf dir Bilder anzugucken, such lieber weiter>>, spricht sie zu mir und leuchtet mir mit ihrer Taschenlampe in mein Gesicht.

<<Wo suchen wir am besten?>>

Ich halte meine Hand vor die Augen, um zu symbolisieren, dass mich ihr Licht blendet.

<<Hmmm...>>, nuschelt sie <<Er wird gewollt haben, dass jemand das Buch findet. Such nach Hinweisen oder so. Es wird offensichtlich sein, aber nicht einfach.>>
<<Ich verstehe>>, sage ich sicher, dann drehe ich mich wieder zum Bild um.
<<Dieses Bild, schau es dir an.>>
Und wortlos schleicht sie zu mir rüber.
<<Ja, das ist Ms. White. Was ist damit?>>
<<Guck mal, ihr Arm. Sie hat ihn um eine Schulter gelegt, wie es aussieht. Die Person ist aber ausgeschnitten. Es nimmt die Ästhetik des Bildes. Es muss einen Grund geben.>>
<<Ja.>> Sie schaut es sich näher an <<Dreh' es mal um.>>
Meine Hände verursachen einen Staubsturm als ich das Bild umdrehe und auf die Rückseite puste.
<<Nichts. Nur ein kleines Herz in der Ecke der Rückseite, unschön verschmiert mit Tinte.>>
<<Los, weitersuchen. Such du oben.>>
Im Dunklen wandere ich durch einen verstaubten Flur mit lauter Jacken und Schuhen. Es gibt bloß einen Treppenaufgang, es scheint keinen Keller zu geben. Auch das Treppengeländе hinterlässt einen trockenen Staubfilm auf meinen Fingern. Ich leuchte die Wand neben mir stets leicht an. Dort hängen einzelne Bilder, aber bloß Gemälde.
Meine Hände zittern so sehr wie sie es noch nie zuvor taten. Ja, sie schwitzen so sehr, man könne beinahe aus meinen Handschuhen trinken. Es ist nicht bloß, dass ich Angst habe, erwischt zu werden. Nein, es ist die allgemeine Angst vor dem Tod in diesem Moment.

Wer weiß, was mich oben erwartet. Und in genau diesem Moment bleibt mein Herz für eine weitere Sekunde stehen, denn aus dem Untergeschoss kommt ein lautes Geräusch. Es ist, als sei etwas zersprungen, ein Spiegel oder irgendetwas glasiges. Ich bewege mich nicht. Schalte die Taschenlampe aus. Ich bin noch nicht einmal ganz oben angekommen, da zücke ich bereits das Messer aus meinem Pullover.

<<Rias?>> stottere ich <<Ist alles okay da unten?>>

Ein kurzes Schweigen, dann folgt die Erlösung meiner Sorge.

<<J-ja, es ist alles gut. Mir ist bloß etwas runtergefallen.>>

Unkommentiert drehe ich mich wieder in Richtung Treppenaufgang und marschiere die zwei letzten Stufen im Schleichschritt hinauf.

Links von mir befindet sich ein Badezimmer. Dort stehen nicht mehr als ein Waschbecken, eine Toilette und ein Dusche. Nur ein Regal über dem Waschbecken bietet Raum für Hygieneprodukte, jedoch nur begrenzt und das durch einen ziemlichen kleinen Rahmen. Wie man es manchmal in Badezimmern sieht, sind die Regaltüren ein Spiegel. Ich erschrecke mich so sehr, als ich mein Spiegelbild sehe. Ein in schwarz gekleideter Mann, wie aus meinen Albträumen in der Kindheit.

Nichts. In dem Schrank ist nichts zu finden, außer einem Kamm und einigen benutzten Zahnbürsten, ein Becher und einige Tücher. Der dunkle kleine Flur, das schwarze Nichts, welches sich hinter mir in meinem Spiegelbild befindet, jagt mir eine solche Angst ein, dass meine Körpertemperatur sich um einiges erhöht.

Ich verlasse den Raum und schiebe die Tür bei dem Verlassen des Raumes etwas zur Seite. Dann, ein dumpfes Geräusch, gefolgt von einem splitternden Knall. Eine Fliese von der Wand muss abgefallen sein, als die Türklinke diese berührt hat. Gewagt blicke ich hinter die Tür und leuchte auf die zerstörte Stelle. Die Fliese, die auf den Boden gefallen und zerschmettert ist, hinterlässt eine Delle, ähnlich einem Krater auf dem nun ebenfalls zerstörten Fliesenboden.

<<Ist dort oben bei dir alles okay?>>, ruft es leise von unten.

<<Ja, alles okay.>>

Keine Antwort.

Ich mache mir nicht viele Gedanken darüber und wandere unkommentiert durch den Flur weiter, bis ich nach 5 Metern vor einer verschlossenen Tür stehe. Abgeschlossen. Nicht das stärkste Drücken öffnet die Tür, aber das Zimmer daneben.

Das Zimmer daneben steht offen, ein Doppelbett und ein Schrank, ganz schlicht. Jeweils rechts und links vom Bett ein kleines Nachtschränkchen. Scheinwerfer-leuchtend öffne ich die Garderobe. Auch dort nur ein paar alte Mäntel, Hemden und Hosen. Ein stechender Duft nach Parfüm. Ein nostalgischer Geruch, auch wenn ich Mr. White nicht oft traf. Aber wenn er an mir vorbeiging, oder auch ich an ihm, dann war es genau dieser Geruch, der in meine Nase stach. Der Geruch, der sich für mehrere Sekunden scheinbar in meiner Nasenschleimhaut abgesetzt hat, denn dieses Aroma wollte nicht aus meinem Kopf. Aber keine Hinweise, nichts. Auch in den Manteltaschen findet sich nichts bis auf ein paar Packungen von Taschentüchern.

Das Bett ist gemacht und wahrscheinlich einer der wenigen Orte, wo nicht viel Staub zu sehen ist.

Im Laufe der Zeit frage ich mich, ob es wirklich ein Buch gibt ...

Und wenn es eins gibt, wird es tatsächlich irgendetwas beinhalten, was uns weiterhelfen könnte?

Eine Stunde vergeht und noch immer haben wir beide nichts gefunden, dabei haben wir die Hoffnung doch hier verloren, sie muss hier irgendwo sein.

Ich stöbere in einer Schublade des Mannes. Einige Bilder von seiner Frau und ihm, ein paar in seinem Garten. Auch welche mit fremden Personen, wahrscheinlich bereits Verstorbene. Die Bildqualität ist mit einem SV-Filter farblich überdeckt. Ein braunes Foto, so wie es die Kameras damals ausdruckten. Viele von ihnen sind auf der Rückseite beschriftet. Einige Daten, manchmal nah beieinander und ab und zu mit mehreren Jahren Unterschied, aber alle hier gesammelt, in einer Schublade.

<<Alles Liebe, Deine Frau.>> und verziert mit einem Herz. Eine Rückseite eines Bildes mit einer mir fremden Frau darauf liest sich: <<R.I.P. Mathilde Greenheart. Tot in der materiellen, lebend in der spirituellen Welt. Tot durch die Natur, lebendig durch Erinnerungen.>>

Weitere Bilder zeigen eine schwarz durchgestrichene Person. Im Laufe der Zeit, die vergeht, schaue ich mir vertieft die Bilder an. Auf dem Grund der Schublade liegen viele solcher Bilder. Ms. White mit einer anderen Person, jedoch durchgestrichen. Oder auch Mr. White, aber diese Person entspricht nicht den Körpergrößen der

Frau oder des Mannes. Die Rückseiten bleiben allesamt unbeschriftet.
Es ist so paradox, diese Bilder. Man sieht nichts, kein Körperteil. Man kann sich nicht einmal hundertprozentig sicher sein, dass es sich hier tatsächlich um eine Person handelt. Aber was sollte man sonst verstecken, hinter einem Schleier dunkelschwarzer Farbe.
Ich versuche sie mit meinen Fingernägeln abzukratzen, aber als ich das tue, realisiere ich noch früh genug, dass ich damit auch das eigentliche Bild abkratze. Es bringt also nichts.
Die Bilder sind zu alt und instabil, als dass man daran einen solchen Schaden anstellen kann.
Ich kann es mir nur schlecht vorstellen, dass Mr. und Ms. White eine Person so sehr verabscheut haben müssen. Sie haben nicht gerade wenige Fotos zusammen gemacht. Hier sind viele.
Ich schaue mir die Rückseiten der Bilder mit der durchgestrichenen Person an aber bei ihnen ist keine Art von Aufschrift zu erkennen.
Es ist so bizarr. Was wenn es doch tatsächlich so ist, dass Mr. White gewollt hat, dass man die Bilder findet.
Wer ist diese Person auf den Bildern?
Nicht etwa ... Doch. Es muss sie sein. Alles andere wäre einfach banal. Es muss Mr. Whites Tochter sein, von der Riley mir erzählt hat. Ich habe daran nicht geglaubt, schon alleine aus dem Grund, dass Riley zu unseriös an die Sache ranging.
Die Tochter, von der ich noch keine einzige Spur hatte. Nicht eine Andeutung und niemals hätte ich gedacht, dass sie es gewesen ist, die eine wichtige Rolle spielt in diesem sündigen Sumpf und dafür, dass er immer tiefer und dichter wird.

Das Bild unten wird höchstwahrscheinlich ein Bild sein, auf dem die Tochter wieder durchgestrichen wurde. Bedeutet demnach, dass es keine Aufschrift hat.

Aber was wäre es für ein Versagen gewesen, hätte ich nicht nachgeschaut.

<<Rias, ich hab' was!>>, rufe ich im Flüsterton die Treppe hinunter und schleiche die Stufen beinahe streichelnd hinunter.

<<Was ist, was hast du?>>

<<Dreh das Bild um, nimm den Rahmen ab. Wenn es stimmt, was der Officer gesagt hat, dann... >> Ich greife nach dem Bild mit dem Arm der Frau um die scheinbar ausgeschnittenen Person.

<<Dieses Bild>>, ich drehe es um, entferne den Rahmen <<Muss irgendeine Nachricht für uns haben.>>

In aller Hektik nehme ich den Rahmen auseinander als sei es ein Geschenk, eingewickelt in Geschenkpapier.

<<Da steht ja wirklich was. Was steht da?>>, fragt sie mich als wir beide fokussiert auf die Rückseite des Bildes starren.

Tatsächlich, es liest sich Folgendes:

<<Liebe Elisa, gib nie auf zu suchen, denn nur wer suchet, der findet.>>

Dieses Bild ist zwar noch von früher aber es hat mehr Bedeutung, findest du nicht? Grüß' deinen Mann und ...>>

Ein oder zwei mit dickem schwarzem Stift durchgestrichene Wörter.

Der Schluss:

<<Alles Liebe, Luana Lewis.>>

Unter dem Text ein Kussabdruck in tiefem Rot. Shyvanna Lewis.

Meine Oma. Luana Lewis war meine Großmutter. Aber was hat

meine Großmutter mit Mr. und Ms. White zutun? Ich wünschte, es gäbe auch noch eine Person in meiner Familie, die ich befragen könnte.

<<Das ist mir unheimlich. Wer ist diese Shyvanna?>>, fragt Rias.

<<Meine Großmutter...>>

<<Was?!>>

Stille.

<<D-das ist doch eine Anspielung. Das mit dem Suchen.>>

<<Es wäre kein Zufall...>>, antworte ich dem Mädchen <<Es war schon von Anfang an so klar, dieses Bild. Er wusste, ich würde es finden. Die Frau auf diesem Bild ist nicht seine Ehefrau. Sie ist meine Großmutter. Er hat gedacht, ich würde es bemerken und dann auf die Rückseite schauen. Er hat damit gerechnet, dass wir einbrechen würden und nach dem Buch suchen würden.

<<Du, Rias?>>

<<Ja?>>

<<Ich weiß jetzt, warum Mirai von dem Buch erzählt hat, auch wenn du ihr es verboten hast.>>

<<Warum denn?>>

<<Mr. White wollte es so. Er wollte, dass wir es finden.>>

Aber genau so wollte er, denke ich, dass nur ich es finde.

<<Das ist absurd, Jack. Wieso sollte er das wollen?>>

<<Erzähle ich dir ein andermal>>, antworte ich nach der Realisierung, dass Mr. White niemals gewollt hätte, dass jemand davon mitkriegt, der nicht Ich ist. Ich darf sie das Buch nicht finden lassen.

<<Keine Hinweise, weitersuchen.>> ich drehe mich bereits um, aber sie ...

<<Halt. Sieh mal, unten auf dem Bild ist noch ein umgeschriebenes Datum>>, spricht sie.

<<Aber warum sind da viele Zahlen durchgestrichen?>>

<<Ich weiß es nicht. Ist wahrscheinlich ohne Bedeutung. Los Rias, weitersuchen, wir verlieren Zeit. Deine Worte.>>

<<Die erste Zahl besteht aus vier Ziffern, das wird wohl die Jahreszahl sein. Aber nur eine Zahl ist sichtbar, die Letzte. Es ist eine Drei. Auch die Monatsangabe ist umgeändert. Auch hier fehlt die erste Ziffer. Es steht dort nur noch eine Eins es könnte sich also sowohl um den Januar als auch um den November handeln. Die letzte Ziffer ist eine Fünf>>, stellt das Mädchen fest.

<<Drei, eins, fünf...>> Sie flüstert leise vor sich hin.

<<Was ist mit drei, eins, fünf? Was sollen wir damit anfangen?>>, hoffentlich ablenkend frage ich.

<<Kein Ahnung, vielleicht eine Art Zahlencode, oder so?>> Roboterähnlich bewegt sich Rias rechts in Richtung Flur, in welchem sie dann auch wortlos verschwindet. Ich höre sie die Treppenstufen hinaufgehen und laut zählen:

<<Eins, zwei, drei, vier, fünf. Hier! Jack, komm her!>>, ohne überhaupt darüber nachzudenken, was in sie gefahren sein mag oder was ihre Idee gewesen sein mag, folge ich ihr. Sie steht im Dunklen auf einer Treppenstufe.

<<Hier. Drei Schritte rechts, einen geradeaus und 5 links die Treppen hinauf. Das wäre die einzige Kombination die möglich wäre, wenn es um Schritte geht. Außerdem sind diese Holztreppen

sowieso total morsch und schon beinahe am Zerfallen. Das Buch wird hier drunter sein, ich bin mir sicher.>>
Plausibel. Jetzt gibt es keinen Ausweg mehr für mich.
<<Klingt etwas zu kompliziert gedacht, findest du nicht?>>
<<Jack, wenn es zu einfach ist, würde jeder Bewohner dieses Dorfes, erst recht die Polizei in der Lage dazu sein, es zu finden. Aber wir ...>>, sie macht eine Pause, dreht sich im Kreis <<... wir sind auserwählt, dem Leiden ein Ende zu setzen, verstehst du das?>>
<<Alles klar.>>
Sie zischt an mir vorbei und durchwühlt direkt die ersten Schubladen im Flur. Ich renne die Treppen hinauf und in dem Zimmer neben dem Badezimmer finde ich viele alte Geräte, einige Werkzeuge. Hier wird etwas Nützliches liegen, ich bin mir da sicher. Das Zimmer ähnelt schwer meiner Abstellkammer neben meinem Schlafzimmer, bloß fehlt das Fenster an der Wand gegenüber.
Alles scheint surreal. Es ist tatsächlich so, als würde er gewollt haben, dass ich das Buch finde. Mir ist nicht klar, woher ich den Gedanken nehme, er wolle, dass nur ich alleine das Buch finde. Vielleicht liegt es an dem Fakt, dass es meine Großmutter ist, welche auf dem Foto zu sehen ist. Es ist einfach eine Intuition, ein Instinkt, den mein tierisches Existieren an sich hat.
Vertieft in unbegründbaren Gedanken krame ich in den Boxen auf den Regalen, welche ähnlich wie eine Dampfmaschine Staub erzeugt. Sich durch den ganzen Raum erstreckend und keinen Ausweg findend, legt sich der Staub zu Boden. Es ist so verstaubt, man könne beinahe darin ertrinken.

Ich ziehe meinen Kragen hoch über Mund und Nase. Meine Augen kneife ich zusammen, sodass ich wenigstens noch eine Ahnung von dem haben kann, was sich vor mir befindet. Natürlich nur in Kombination mit meinem Tastsinn.
Ich könnte es verhindern, indem ich doch einfach nicht wühlend, sondern Schritt für Schritt vorgehen würde. Jedes Objekt einmal untersuchen und es auf dessen Tauglichkeit für einen Aufbruch der Treppenstufe analysieren. Doch dazu ist keine Zeit, gegeben von derjenigen, die mir mit höchster Wahrscheinlichkeit alles versauen will. Ich darf mir nicht zu sicher sein, Sieger zu sein. Wenn Rias das Buch in die Hände kriegen sollte, weiß ich nicht, beziehungsweise kann ich mir nicht sicher darüber sein, was sie damit anstellen wird. Man solle keinem trauen. Das hat man mir tausende Male erzählt und diesen Satz so oft gepriesen, dass es wahrscheinlich der Letzte ist, an den ich denke bevor ich einschlafe und der Erste, wenn ich aufwache. Mein Gebet vor dem Essen und das Dankeschön an mich selbst, wenn ich damit fertig war. Aber wieso führe ich es nie so aus, wie es mir mein Unterbewusstsein einflüstert?
Die Teufel, verkleidet als Engel, die mir das einflüstern und mein Teufel auf der linken und Engel auf der rechten Schulter, die aus Spaß mal Plätze tauschen, um für Abwechslung zu sorgen.
Wie ein Chor erschallt es im endlosen Kanon in meinem Kopf, ich dürfe nicht auf Rias vertrauen. Es ist noch nicht zu spät. Ich realisiere, dass ich diesen Gedanken genau in dem Moment bekomme, als sich eine Art Brechstange in meinen Händen befindet. Nicht direkt eine Brechstange, aber ein ähnliches Gerät welches mit Sicherheit tauglich für ein solches Vorhaben ist.

Noch schnell sprinte ich in das Schlafzimmer, denn ich habe dort etwas gesehen. Keine Zeit. Runter zur Treppenstufe. Die fünfte von unten. Es benötigt nicht einmal viel Kraftaufwand, sie zu zerstören, aber Konzentration, keinen Fehler zu begehen. Alles muss schnell gehen und an meinem Bauch spüre ich nun einen leichten, kalten Druck. Würde meine Welt zerstören, würde Rias mich bloß benutzt haben? Würde sie es zuerst gefunden haben, dann wäre alles schief gegangen. Ich vertraue ihr nicht. Niemandem. Nein, nicht einmal mir selbst.

<<Ich hab's!>>, rufe ich in das Wohnzimmer. Nur eine Sekunde oder weniger dauert es, bis man mir antwortet <<Zeig mal!>> Verwirrt über den Fakt, dass sie nicht selber kommen würde, um es sich anzusehen, gehe ich langsam. Das Buch fest im Arm haltend gehe ich Stufe für Stufe hinunter, abzählend, langsam im Sekundentakt. Mein Selbst schonend lehne ich mich über die Wandecke, dort ist sie auch nicht. Sie wird sich das Bild anschauen, es genauer analysieren und sich vielleicht etwas Gedanken darüber machen, doch als ich den Schritt wage, scheint es mir absurd, unrealistisch. Ein Stuhl und ein weiblicher Körper, verbunden mit lauter Seilen. Ein weinerliches Gesicht und zitternde Beine, Hände, Arme. Arme hinter der Lehne, Beine an den vorderen beiden Stuhlbeinen, so feste zugeschnürt, dass man sich wundern sollte, dass sie noch jämmerlich ihre Zehenspitzen zu bewegen versucht. Verweinte Augen, die die zitterhafte Stimme und ihren Ton unterstützen, als sie nuschelt: <<Es tut mir leid.>>

Das Band um ihrem Mund lässt eine klare Aussprache nicht zu.

Ich habe nicht einmal die Chance, mir darüber Gedanken zu machen, was mit ihr passiert ist und was ihr Satz zu bedeuten hat. Ja, ich weiß nicht einmal, ob ich noch immer am Schlafen bin. Aber dann spüre ich es, höre und spüre die Stimme, als sie leise von Hinten über meinen Nacken, vorbei an meinen Ohren haucht.
<<Gib mir das Buch.>>
Es ist beinahe wie eine Engelsstimme, die zu mir spricht, hinter meinem Rücken, so unecht. So unecht, ich bräuchte wohl nicht einmal darüber nachzudenken mich umzudrehen, ich könne einfach weitergehen und Rias losbinden, doch in dem Kontext würde mich der Engel hinter meinem Rücken töten, denn ich spüre die Echtheit, die Echtheit des Engels mit der Pistole. Ein kaltes Rohr an meinem Hinterkopf. Ständiger Kontaktverlust, durch mein tobendes Zittern des Unterkiefers. Errötete Augen und kühle Tropfen auf der Stirn. Knochen zittern, Hände schwitzen, ein komisches Gefühl im Bauch.
<<Gib mir das Buch. Oder willst du, dass ihr beide sterbt?>>, der Schock löst ein lautes, sich als Piepsen äußerndes Gejammer in meinem Ohr aus, welches sich zu dem Moment legt, sodass ich die Stimme durch die letzten Worte als eine Frauenstimme identifizieren kann. August.
<<Niemals>>, spreche ich untröstlich vor mir hin, starre geradeaus, denn ich weiß nicht, wohin ich sonst gucken soll.
Ich kotze einen Atemstoß aus, zusammen mit einem jämmerlichen Stöhnen, als sie mich durch einen Tritt in mein Hohlkreuz ins Wohnzimmer tritt. Wortlos geht die schwarz getarnte Frau zu dem Mädchen auf dem Stuhl hinüber, hält ihr die Knarre an den Kopf,

posiert erwartend. Sie schnalzt einige Male im Sekundentakt mit ihrem Mund.
<<Die Uhr tickt.>>
<<GIB IHR DAS NIC....>>.
Ein dumpfer Schlag mit dem Pistolenlauf auf den Hinterkopf des Mädchens. Sie lässt ihren Kopf hängen, einige Tropfen Speichel lassen sich auf ihren Schoß nieder.
<<Leg es auf den Tisch, dann geh hier raus. Jack, du willst doch auch, dass das hier alles ein Ende nimmt, nicht wahr?>>
<<D... Du hast recht. Ja, das will ich...>>
<<Na siehst du? Passt doch, also los, leg das Buch auf den Tisch.>>
<<Na gut, unter einer Bedingung.>>
Sie rollt mit ihren Augen.
<<Was denn noch?>>
<<Du hast Rias, eine Unschuldige, deine Freundin bewusstlos geschlagen. Zuerst bindest du sie los. Erst wenn ich sie auf meinem Arm habe, darfst du das Buch nehmen. Du lässt uns dann selbstverständlich beide gehen.>>
<<Okay. Alles klar, so machen wir es.>>
Ich lege das Buch auf den verstaubten Tisch neben mir. August bindet sie los, auch ihr Oberkörper fällt hilflos nach vorne, sodass August sie nach hinten lehnen muss. Ihren Nacken nach hinten über die Lehne hängend, ihre Hände lose, Beine lasch nach vorne ausgestreckt. Es ist nur ihr Nacken, der sie noch vom Abrutschen hindert.
<<Nimm sie, und hau ab.>>

Unkommentiert nehme ich sie auf meine Schulter, verlasse durch das Fenster, durch welches wir hereingekommen sind das Gebäude, befinde mich wieder im Garten. Bis an meine Terrassentür, auch oben, wo ich sie behutsam auf mein Doppelbett lege, hat sie noch ihre Augen geschlossen. Es wird wohl nicht mehr lange dauern bis sie aufwacht. Doch Gott und Satan haben einen Pakt geschlossen, ihren Körper für meinen zu opfern, denn ihr Herzschlag tut in jenem Moment so viel wie der, nach dem ich mich sehne.
Ein kalter Druck übt sich noch auf meinen Bauch aus, bis ich ihn stoppe. Ich hole das Buch unter meinem Pullover hervor. Ein Buch mit metallischen Details und verstaubten, zerstörten Blättern.
<<Rias>>, spreche ich mit einem Lächeln auf dem Gesicht <<Sag deiner Schwester, wir haben es bald geschafft.>>

Kapitel 28

Hymn of the bad

Jetzt würde ich sicher sein, aber nicht körperlich. Anders als Rias und Jaina. Sie wurden Opfer eines Verbrechens, legitim in den Augen Gottes. Aber ich würde es nicht zulassen, dass das Böse gewinnt.

Ich lache einmal, als ich sehe wie sie mit ihren geschlossenen Augen auf dem Kissen liegt als würde sie schlafen, wie ein kleines Kind. Ich folge dem Kältestrom, stehe vor meinem Fenster, welches mir geöffnet einen Blick auf den Wald erlaubt und zum kleinen Teil auch über das Dorf. Beide sind schwarz. Nur anhand der Tiefe des Dorfes und dem Fakt, dass dort keine großen Baumspitzen zu erkennen sind, kann ich sie unterscheiden. Sie sind wie Zwillinge in ihren Eigenschaften. Ich lächele dem Wald zurück.

In dieser Nacht werde ich sterben. Ich kann den Tod an der Fensterscheibe klopfen hören. Aber vorher muss ich herausfinden, was hier passiert. Ich will wissen, was es mit dem Buch auf sich hat. Ich verstecke das Buch wieder unter meinem Pullover. Mittlerweile wird August sich darüber Gedanken machen, was die Bilder, die ich noch kurz bevor ich nach unten rannte in das unbedeutende Buch aus dem Schrank in Mr. Whites Schlafzimmer gelegt habe, zu bedeuten haben. Sie wird denken, sie sei richtig. Sie wird denken, sie

habe das Buch, über das Mirai bei ihrer Rede sprach. Ich habe ihr jedoch nicht das richtige Buch gegeben. Sie wird ihren Kopf daran zerbrechen, da alles so bedeutungslos und irrelevant scheint, was es auch ist. Aber sie wird versuchen den Sinn hinter den unbedeutenden Bildern herauszufinden.
Ich nehme Rias auf, von meinem Bett, lächele noch einmal in den Wald, denn ich würde ihn jetzt besuchen kommen und ihm eine hübsche Frau bringen.
Meine Schulter ist schwach, ich falle auf die Knie in den dreckigen Matsch. Atme schnell, lächele. Ich erinnere mich, als ich saß und weinte, über die Verlorenen.
Ich wühle in der Erde, wie ich es einst tat. Vergrabe das Mädchen, wie ich es einst tat. Lächele, wie ich es damals nicht tat. Dann lache ich laut auf, aus der Freude heraus oder aus der Angst, ich weiß es nicht. Ich lache den Mond an, der sich nur leicht zwischen den schwarzen Baumkronen andeutet.
Wie kann man ein solcher Mensch sein? Seine Freunde für sich selbst zu opfern? Ein Leben zu leben, das nur den Sinn verfolgt, Verzweiflung zu verbreiten? Oder bin ich es, der falsch liegt?
In jenem Moment, in dem ich den Mond anlache, nicht aus Angst oder Freude, sondern aus Verzweiflung durch mein Unwissen, sage ich mir, dass es nicht alles gewesen sein kann. Es wird noch etwas kommen. August wird einen Grund haben, warum sie um jeden Preis mit dem was sie tut weitermachen will.
Und jetzt weine ich. Bittere Tränen verwischen im verschwommenen Nachtnebel, der sich nun auch bis durch die Baumstämme gedrängt hat.

Ich schreie laut, ganz laut und eine riesige Familie von Raben erhebt sich in die Endlosigkeit der Nacht aus den schwarzen Baumkronen. Das Buch unter meinem Pullover wird verschmutzt, als ich es hervorhole, um darin zu blättern.

<<Brief an meine Tochter.>>

Das Buch, von dem Mirai sprach, scheint kein gewöhnliches Buch zu sein. Es ist ein Brief. Scheinbar hat sie jedes Mal bloß den Umschlag des Briefes gesehen, er ist als Buch getarnt. Aber es sind nur einige Seiten. Nur sechs oder sieben. Einige Seiten weiter findet man eine neue Überschrift.

<<Brief an meinen Sohn.>>

Aber ich fühle mich nicht danach, zu lesen. Ich will es erleben. Bald habe ich es geschafft. Lebendig würde ich nicht in das Dorf zurückkommen. Ich muss fliehen. Ich muss hier weg. Ganz schnell weg. Ich laufe laut atmend durch den Wald in eine Richtung, die mir nicht bekannt ist. Jedoch laufe ich in gegengesetzter Richtung zu der, welche zum Dorf führt. Ich habe ich das Gefühl, dass der Mond mich verfolgt. Ich schreie.

<<VERSCHWINDE!!!>>

Schon wieder tauchen Raben aus dem Waldmeer hinaus.

<<VERSCHWINDE!!!>>, wiederhole ich mich unbewusst. Laut atmend. Anders als in meinem Traum, ist meine Ausdauer begrenzt, aber ich muss das Mädchen abhängen, das mich im Schritttempo einzuholen droht. Ich wage es nicht nach hinten zu schauen, dort würde der Teufel stehen.

<<HAU AB! ICH BRINGE DICH UM!>> Und es schallt durch den Wald, meine Drohung an den Teufel oder an Gott, die ich dann durch ein Echo wieder zu hören bekomme.

Ich laufe auf der engen Straße aus Dreck. Kein Auto. Also renne ich wie noch nie, auch wenn meine Ausdauer um einiges niedriger ist als vor einigen Sekunden. Aber ich laufe. Meine Fußspuren erschallen im Wald und keiner hört sie, außer die Engel mit den Teufelshörnern, die um mich herumschwirren. Und vor allem das Mädchen, das hinter meinem Rücken Dinge flüstert, als stehe sie schon die ganze Zeit hinter mir, dabei laufe ich. Es ist wieder einer meiner Träume, nicht wahr? Doch, es muss so sein. Denn als ich aufschreie, so laut wie ich nur kann, zeigt von den dämonischen Figuren keiner eine Reaktion. Ich drehe mich um. Hier ist keiner. Keine Frau und kein Teufel, auch kein Baum raschelt. Kein Anzeichen für Irgendjemanden.

Wer bin ich? Bin ich tot? Ich falle auf die Knie und auch dort verspüre ich langsam keinen Schmerz mehr, auch wenn meine scheinbar bereits durch das häufige Hinfallen komplett zerstörten Kniescheiben jedes Mal einen Reflex in mir auslösen, der meinen Körper für den Bruchteil einer Sekunde erstarren lässt.

Meine Tränen vermischen sich mit dem etwas matschigen Boden und machen, dass ich eine Grimasse erkennen kann, sich bildend aus zwei Steinen und einem Stock. Aber das ist irrelevant, denn die eigentliche verzogene Grimasse ist meine, denn ich singe ein Lied, vereint mit der Melodie des Waldes in der Nacht. Meine jämmerlichen Hilferufe hören sich in Ohren von den beiden oberen Herrscher an wie Musik. Eine Melodie, die mir bekannt vorkommt.

Eine Hymne des Bösen, gewidmet dem Guten. Ich beginne zu schweigen und summe mit. Ich summe die Melodie vor mich hin und öffne ein weiteres Mal das Buch. Ich überfliege die erste Seite, die zweite Seite, dritte. Der Brief an die Tochter ist das Wesentliche. Es ist das, was mir den Weg zeigen und mir die Lösung verraten soll. Aber es verwirrt mich nur noch mehr, denn ständig wird nur von unendlicher Liebe geschrieben, in verschiedensten Arten, verkleidet als Metaphern und Symbolen, in einfachen Worten und einfachen Sätzen.

<<Ich liebe dich, ich liebte dich. Doch du sahst es nicht, also wolltest du gehen. Du hast selbst so entschieden. Nun ruhe in Frieden, mein Kind, und denk nicht darüber nach, was du hättest tun sollen. Du wusstest wie zu handeln war. Du hast stets niemandem vertraut. Das habe ich dir beigebracht. Ich wollte, dass du das Dorf verlassen kannst. Ich wollte dich nicht auf die Welt bringen, denn ich wollte dich nicht leiden sehen, aber dann warst du da. Und alles was ich tun konnte, war dich zu unterrichten, wie du du selbst bleibst. Ich wollte, dass du entkommst und frei bist von Sünden, die sie einem aussprechen wollen. Ich sehe, du liebtest mich. Ich liebe dich, ich liebte dich. Zu deinem Schutz bestatte ich dich. Nicht hier, sondern woanders, sodass du in Frieden ruhen kannst. R.I.P., mein Ein und Alles, Dina.>>

In der Stille der Nacht verstumme ich nun endgültig. Es ist, als habe man mir meine Stimme genommen.

Nun spielen die Blätter Piano. Einzelne, trübe Akkorde. Im Crescendo weht ein pfeifender Wind durch mein Haar und ich starre mit offenem Mund in die durch die Dunkelheit unendlich scheinende Straße und ertrinke.

<<Dina.>> Und ich nehme ein Schluck aus der Luft, die so verschmutzt erscheint, ersticke beinahe daran. Mit nur einem Wort zerbricht all das, worauf ich vertraute.

Doch plötzlich unterbricht mich etwas. Irgendetwas reißt mich aus meiner Welt, die ich vor Augen habe. Meine matschigen Haare hängen dreckig und nass vor meinen Augen, welche in die Leere starren, als priesen sie etwas, als liebten sie etwas, würden aber auch gleichzeitig fliehen wollen. Mein Mund steht offen, mein Kopf leicht nach hinten geknickt, denn ein Licht blendet mich. Aber ich benutze nicht meine Hand, um mich vor dem Strahl zu schützen. Nein, ich laufe nur vor ihnen weg, langsamer als Lichtgeschwindigkeit. Als mein Kopf mir jedoch sagt, ich solle nicht mehr laufen, es nütze nichts, laufe ich weiter. Ein Horizont aus vielen kleinen Lichtquellen nähert sich mir, als ich mein Bestes versuche, um mich gegen diesen Weg des Bösen in Richtung außerhalb des Waldes zu stellen. Nun höre ich Stimmen.

<<Jack>>, flüstert sie leise. Die Stimme, Dina. Aber ich weiß, echt wird sie nicht sein. <<Rette mich...>>

Ein weiteres Mal ihre engelsgleiche Stimme, dessen Schall ein Echo in den Wäldern erzeugt.

<<Lass mich in Ruhe, geh weg>>, spreche ich leise, während das Licht näher kommt und ich mit meinen Händen und Füßen spinnenartig nach hinten krabbele, meine Augen jedoch, so sehr ich es auch will, nicht aufhören können, sich von diesem Licht blenden zu lassen.

<<Rette mich...>>, flüstert sie leise, aber dann wiederholt sie sich, immer lauter und lauter.
<<Komm zurück, Jack, du kannst nicht fliehen...>>
<<VERSCHWINDE! DU BIST NICHT ECHT!>> Jämmerlich presse ich meine Handflächen auf meine Ohren, presse meine Augen zusammen und weigere mich, in das Licht zu schauen.
Und dann, ruhig. Die Stille des Waldes, seine natürliche Dunkelheit ist zurückgekehrt. Es ist, als habe meine Einsicht mich gerettet. Es scheint alles so normal, dass selbst die Raben sich wieder auf die Baumkronen gesetzt haben und die Zikaden, die schreienden Zikaden, den Ton meiner Gedanken wieder einmal überspielen.
Nun höre ich leichtes Spielen von Windglocken. Es sind Windglocken mit einem hellen und manchmal einem einzelnen, stumpfen, tiefen Ton. Sie erinnern mich an eine Melodie, die mir eines Tages Dina beigebracht hatte. Mir würde wohl bald schon der Text dazu einfallen, doch woher kommt die Melodie? Wenn die Einsicht die Lösung war, zum Verschwinden der Stimme und des Lichts, dann wird diesmal dasselbe der Fall sein, also rede ich mir ein diese Melodie sei nicht echt, doch dann ... Dann drehe ich mich um. Die dynamische Melodie stammt von einer echten Windglocke, die an einem einzelnen, dürren, beinahe abfallenden Ast hängend. Es ist nicht ein bestimmtes Glockenspiel, sondern eines, das mir bekannt vorkommt. Sie hing einst an der Hütte am Teich, wo ich und Dina im Regen tanzten und lachten, alle Sorgen vergaßen und keine Kälte spürten. Ich würde zum Dorf zurückkehren. Mit jedem Schritt, mit dem ich mich dem Dorf entferne, scheint mir alles unechter zu werden. Wie ein elastisches Band hat mein Kopf eine

Verbindung zu dem Dorf, das immer kleiner und dünner wird, desto weiter ich mich entferne. Meine Psyche.

Ich gehe zurück zum Dorf. Auch wenn es sich um einiges länger anfühlt, als der Weg, den ich zurückgelegt habe, um dort zu sein, wo auch das Glockenspiel ist, stehe ich schon bald wieder in meinem Garten. Ich drücke die Terrassentür auf und schlendere in mein Badezimmer, wo ich mich im Spiegel betrachte und schreibe: <<Rette mich...>> Dann gehe ich ins Bett und weine.

Kapitel 29

But you wanted to stay instead

Ich wünschte, ich könnte mich retten, aber dafür ist es zu spät. Schon am nächsten Morgen wache ich auf, mit einem Gedanken so schlimm, er zieht mich in den Bann der Aussichtslosigkeit.
Ich hatte ein Verlangen. Ein Verlangen zu Morden. Es ist als habe man mich verflucht. Doch niemals würde ich es dazu kommen lassen, mich in einen von ihnen zu verwandeln.
Im Dorf leben so viele Kinder, die hier zur Schule gehen. Was ist, wenn sie so enden wie jeder andere Erwachsene hier im Dorf? Was ist, wenn auch sie, sowohl die Kinder als auch die Erwachsenen, an dieses Dorf gebunden sind. Das bedeutet, ich muss den Fluch brechen. Also schlage ich das vom Matsch umschlungene Buch auf und lese mir einige Seiten weiter den Abschnitt mit der Überschrift <<Brief an meinen Sohn>> durch.
Ich habe niemals ahnen können, dass Mr. White einen Sohn hatte. Man hat mir nie davon erzählt, nicht einmal Riley hatte eine Ahnung. Es sei denn, er würde es für sich behalten wollen und mir aus diesem Grund nichts davon erzählen. Also lese ich.

<<Brief an meinen Sohn

Lieber Sohn, dessen unerkannte Liebe ich leider niemals zu Gesicht bekam. Und lieber Sohn, dessen Gesicht ich niemals sah und niemals erkennen werde durch einen Nebel der Verlogenheit, welcher so dicht ist, dass ich mein eigenes Leid und meine Gaben nicht erkennen konnte.

Ich möchte dir erzählen, dass einst ein Mann mit seiner Frau in diesem Dorf wohnte. Vor einiger Zeit ist ihnen Schreckliches widerfahren. Also beschloss der Mann, welcher zuvor seine Frau und sein einziges Kind verloren hatte, noch bevor er Selbstmord begehen würde, einen Fluch auszusprechen. Er glaubte eigentlich nicht an Gott, aber als ihm etwas so Schlimmes widerfahren war, war er überzeugt von der Existenz Satans.

Er sprach einen Fluch aus, der uns noch bis heute verfolgen würde. Doch vorerst passierte nichts. Nur einen Wirt. Der Fluch nahm sich einen Wirt. Er nahm sich das nächstgeborene Kind aus diesem Dorf. Dina, meine Tochter. Ich nahm meiner eigenen Tochter das Leben und doch bereue ich es nicht, dich nicht in die Welt gesetzt zu haben, denn was würde dir widerfahren in meiner Nähe? Wie würdest du von dieser Welt verschwinden.

Ich schreibe dir, mein Sohn, der eigentlich gar nicht mein Sohn ist, denn wenn du das liest, dann hast du die Möglichkeit den Fluch zu brechen.

Meine Tochter sprach nicht davon, sie schrie es laut aus. Sie verfluchte das Dorf ein zweites Mal in Satans Namen. Sie schrie es so laut aus, dass ihre Stimme nicht dieselbe war. Sie war tief, fast männlich und sie brach es stumpf heraus, während sie ihren Kopf nach hinten drückte, ihre Brust rausstreckte und ihre Augen verdrehte. Somit war es so weit, dass ich den Wirt des Fluches zu Grunde richtete. Ich dachte, damit sei alles vorbei. Sie würde keine potentielle Gefahr mehr für das Dorf darstellen. Ich opferte mein Höchstes. Doch es schien, als sei dies ganz und gar nicht der Fall. Ein jeder wurde verrückt, ganz komisch. Beinahe mörderisch. Es war nicht mehr ein verfluchter Körper im Bann Satans, welchen ich nahm und mir somit das Ende des Horrors erhofft hatte. Nun waren es mehrere und es wurde schlimmer und schlimmer, denn jeder, auch ich, wurde bitterlich mörderisch und verzweifelt darin diesen neu erschaffenen Trieb unter Druck zu halten. Und wenn du das liest, mein Sohn, wenn du das liest und darüber nachdenkst zu töten, dann bist auch du ein Opfer. Es war ein Fehler, den Fluch herauszufordern. Etwas Schlimmeres als den Tod kann dich nun doch nicht erwarten.

Seit diesem Tag weilt Dina unter uns, sich im Unklaren darüber, bereits tot zu sein. Sie lebt in meinen Klarträumen. Nicht besessen, sondern mit dem Gedanken ausgestattet, das Dorf sei mörderisch, denn nun ist sie als einzige frei von dem Fluch. Immer und immer wieder erscheint mir die Silhouette meiner Tochter in Träumen, welche mir so unerklärlich erscheinen. Sie sind so klar und doch kann ich vor ihnen nicht fliehen.

Erfülle das Leben meiner Tochter, mein Sohn. Erfülle es mit etwas, wonach diese Person sich sehnt. Doch dies wird noch nicht alles gewesen sein. Sieh die Unechtheit in ihr ein und erkläre ihr, dass sie nicht auf dieser Erde verweilen mag, sondern woanders ist. Denn als ein Ursprung des Wirts beinhaltet ihr spiritueller Körper den Fluch und dieser ist endlos, bis der spirituelle Körper aus der materiellen Welt verschwunden ist. Und sollte einer versuchen, sich auch nur etwas zu weit von dem Dorf zu entfernen, so wird er sich selbst in den Tod reißen. Reißen, wie das Band der Psyche, welches mit dem Dorf verbunden ist.

Mein Sohn, erkenne den Fehler deines Denkens, kombiniere deine Unwahrheiten mit dem Realen und denke. Denke daran, was das Unechte ist und was das Überflüssige ist. Dann ist der Fluch gebrochen. Entferne dich von dem Überflüssigen und Unechten und unterrichte meine Tochter darin, dass sie nicht hier sein sollte. Sage ihr, dass ich sie liebe. Ich weiß, du bist in der Lage dazu, denn wenn du dieses Buch gefunden hast, mein Junge, dann bist du derjenige, den sie sich ausgewählt hat.

Du alleine hältst das Schicksal über das Dorf in deiner Hand.>>

Und meine Gedanken verschmolzen mit dem Realen, scheinen sich nicht mit dem Bizarren dieses Schreibens zu vertragen, denn ich soll die Macht zwischen der spirituellen Welt besitzen und Gleichgewicht schaffen.

Und dass es Dina ist, die nur mir gegenüber geöffnet ist, legt einen Druck auf mich, der mich über den Gedanken verzweifeln lässt, ob ich dazu fähig bin ihr zu vermitteln, dass sie bereits tot ist. Und außerdem bin ich mir nicht im Klaren darüber, was ihr innigster Wunsch ist. Und ich bin mir sicher, dass auch sie selbst keinen Schimmer hat, welcher dieser ist, auch wenn ich mich daran erinnere, dass sie mir einst gesagt hat, sie würde gerne in ein Theater wollen, raus aus dem Dorf. Doch das ist für mich unmöglich.

Draußen regnet es bei hellem Sonnenlicht. Bei grauem Himmel rauschen die Bäume und streicheln Blätter andere Äste. Irgendwie ist es unbeschreiblich, welch eine Abneigung ich gegen den Wald entwickelt habe, schon beinahe eine Phobie. Alleine der Anblick des Waldes lässt mich zusammenschrecken, auch wenn ich mir im Klaren darüber bin, dass er schon immer da war.

Das Telefon klingelt. Das monotone Klingeln des Telefons lässt einen Schauer meinen Körper umschlingen. Auf dem Weg in den Abstellraum, um den Höheren abheben zu können, mache ich einen Zwischenstopp am Fenster und ich schaue nach draußen. Die letzten Tage ist es so dunkel und regnerisch. Es ist Herbst geworden, aber die roten Lilien, die zu meiner Ankunft täglich von warmer Luft und hellem Sonnenlicht angestrahlt wurden, sind nicht verwelkt. Der Wald tanzt nicht. Der August ist vorüber. Der September ist schon lange da.

<<Hallo?>>

<<Jack ... Es tut mir leid!>>, seufzt Augusts Stimme in den Hörer <<Das war nicht ich in dem Moment, das war nicht ich, es tut mir so leid, bitte verzeih mir.>> und tragisch weint sie mir eine Ballade mit den lautesten Tönen.

<<August ...>>

<<Jack ...>> mit schnellem Atem haucht sie so laut, dass ich beinahe einen Luftzug durch den Hörer spüren kann, der an meinen Ohren hinten hinab den Rücken rutscht und einen kalten Strom erzeugt.

<<Alles wird gut... alles wird gut...>>, flüstere ich in den Hörer.

<<Rette uns endlich, es bleibt nicht mehr viel Zeit...>>, ein klägliches Weinen.

<<Beruhige dich, August. Alles wird gut. Komm zu mir, wir werden darüber reden. Ich verzeihe dir...>>

Ein Piepsen, als zögere sie gar nicht erst, denn sie würde unbedingt kommen wollen.

Frisch steht sie vor mir, man könnte annehmen, sie habe nie geweint. Der Teufel jedoch weint nie. Alles was sie tut ist unecht, jedes Gefühl erlogen.

<<Lass uns doch einen Spaziergang machen, Jack, an den Teich. Ich wollte dir ein bisschen was über meine Kindheit erzählen.>>

<<Na klar, wieso nicht?>>

Und als habe Gott von unserem Vorhaben gehört, wird es plötzlich hell und die Sonnenstrahlen durchdringen die Wolken, verdrängen sie bis an den Waldrand und unsere Häute absorbieren die Wärme, die eigentlich nicht hätte da sein sollen. Die Blüten der Lilien, verteilt auf den Rändern der Wege und auch einige auf Wiesen, strahlen in einem solch intensiven Rot. Alles fühlt sich an, wie an den ersten Tagen.

Ich kann noch immer nicht fassen, dass ich mich mit ihr unterhalte und sogar ganz normal. Wie es Menschen miteinander tun. Es scheint mir alles vertraut. Sie erzählt mir von Wünschen, Ängsten, erzählt von ihrer Kindheit, von ihren Eltern und all das mit einem so breiten Lächeln, mir würde nie im Leben klar werden, woher sie diese Euphorie nimmt.

<<Jack, glaubst du an einen Gott?>>, ihre Augen folgen den vorbeiziehenden Wolken wie ein Kind, welches vernarrt in diese schaut, um sich Figuren in ihnen vorzustellen.
<<Ich weiß es nicht...>>, antworte ich als alles still ist und bloß der Kies unter meinen Füßen einen befriedigenden Ton von aneinander knirschenden Steinen von sich gibt.
<<Wir wissen so vieles nicht, das ist so toll>>, lächelt sie in den Himmel.
<<Was meinst du? Was ist daran so toll?>>
<<Weißt du, Jack, manchmal habe ich das Gefühl, es ist nicht das, was wir nicht wissen, was uns Probleme bereiten, sondern das, was wir wissen.>>
Und nun beginne auch ich zu lächeln und ich würde ihr tatsächlich vergeben, so abwegig wie es mir auch scheint. Am Teich setzt sie sich auf die trockenen Stufen der Holzhütte, stützt ihren Ellbogen an ihrem Bein ab und darauf ihr Kinn, lächelnd. Atmet einmal aus und wieder ein. Mit geschlossenen Augen. Ganz tief, sodass sich diese Sommerluft für immer in ihren Gedanken einprägen würde.
<<Wegen der letzten Tage ... Ich glaube ich bin frei...>>
Ist der Fluch bereits gebrochen? Habe ich mit dem Lesen des Buches das Nötige aufgeklärt?
<<Was meinst du?>>, frage ich das Mädchen, welches sich zu amüsieren scheint wie nie zuvor.
<<Ich kann wieder Ich sein, verstehst du? Es tut mir leid für die ganzen letzten Tage. Ich wollte auf keinen Fall Probleme bereiten.>>

Und sie sagt es, als sei es nichts. Als wäre es kein großes Problem, dass sie Schuld für den Tod ihrer beiden Freunde ist. Es ekelt mich an. Es beginnt, mich zu stören, dieses Lächeln auf ihren Lippen und eine gewisse, mir unbekannte Form von Aggression bildet sich in meinen Gedanken.

<<Es tut mir leid, dir das Buch entnommen zu haben, auf eine solche grausame Art, aber das war nicht ich, verstehst du das?>>, noch immer lächelt sie in den frischen Sommerwind, unerwidert.

<<Um ehrlich zu sein, nein.>>

<<Jack, ich bin wieder gesund. All das, was passiert ist, hat nun ein Ende. Ich habe das Buch verbrannt und damit einfach alles ausgelöscht, alles Negative in diesem Dorf. Ich habe Leute lächeln gesehen.>>

<<Vielleicht sahst du dein Spiegelbild, aber ansonsten sehe ich keinen Menschen lächeln, geschweige denn außerhalb ihrer Häuser.>>

Und im Laufe der Zeit, desto tiefer wir in unser Gespräch eindringen, desto mehr verblasst die leuchtende blutrote Farbe der Lilie. Desto mehr reißen die Wolken die Macht an sich. Desto mehr verschwindet der Himmel in meinen Augen und über uns brennt eine Hölle von tausenden von verlorenen Seelen.

<<Nicht, dass es gleich anfängt zu regnen, ich habe echt keine Lust krank zu werden>>, kichert sie vor sich hin, mit einer Hand vor ihrem Mund.

<<Lass uns lieber gehen, bevor es ernsthaft anfängt zu regnen>>, sage ich zustimmend.

<<Ach was ...>>, spricht sie sorglos <<Macht doch nichts. Dann werden wir halt etwas heiser. Wen stört das schon.>>

Ich kann mir einfach kein Urteil bilden, über das, was das Mädchen von sich gibt. Einerseits stört mich diese Leichtigkeit, mit der sie die Situation angeht. Andererseits ist es doch bewundernswert, wie ein Mensch das Gute in solch einem Schlechten sehen kann.

<<Ich wollte dir noch dringend etwas sagen, Jack.>> Dann steht sie auf, bewegt sich einige Schritt auf den Teich hinzu und beginnt ihr Lächeln zu unterdrücken.

<<Das kommt total komisch und vielleicht überfordert dich das etwas, aber ...>>

sie dreht sich zu mir, schaut mir tief in die Augen und sagt: <<Ich habe mich in dich verliebt, Jack.>>

Mit einem lauten Knall ertönt ein Donner, dessen Blitz man nicht gesehen hat. Aber der nächste Blitzschlag war so hell, dass er die Wolken zum Weinen zwingt und den Regen mit sich bringt.

Ich stehe nur einige Sekunden dort, total wortlos, verankert in dem Boden, welcher matschig ist. Ich würde darin untergehen, stünde ich hier noch länger wie ein Baum, welcher Wurzeln schlägt.

Nun hängen ihre Haare lasch in ihr Gesicht und sie fragt unsicher: <<Was ist, Jack?>>

Und schon wieder schreien die Zikaden, sodass ich nur einzelne, ineinander verschmolzene Buchstaben verständlich höre.

<<Du dich auch in mich?>>, fragt sie erwartungsvoll.

Doch ich weiß nicht, was in jenem Moment passiert, denn mir scheint alles zu paradox, um wahr zu sein. Alles geht zu schnell. Der

Regen und die Zikaden warnen mich vor einem fatalen Fehler, also werde ich diesen umgehen.

<<N-nein August, es tut mir leid.>>

Und sie fällt hinab auf ihre Knie.

<<Was meinst du damit?>>

Nun beginnt sie zu weinen, auch wenn man die Tränen in den Augen nicht erkennen kann.

<<Du... Du liebst mich nicht?>>

Von Weitem sehe ich ihre Unterlippe zittern und ihre Augen flattern <<Wieso nicht? Man kann das hier nur überleben, wenn man jemanden bei sich hat.>>

Ihre Tränen füllen den Teich mit solchen salzigen Tränen, man könne ihn beinahe tatsächlich einen See nennen.

In der Unsicherheit spreche ich zu ihr: <<Du hast recht ... Man braucht jemanden, ich brauche dich.>>

<<Jack, wir brauchen einander>>, schreit sie mich weinerlich an, denn durch den von tausenden Engelsstimmen überdeckenden Schauer hört man uns nicht und auch die Dichte des Regens ermöglicht maximal die Erkenntnis zweier Klumpen aus der Ferne, welche wir beide sind. Ich begebe mich vor sie und ihre Blicke verfolgen mich bis ich nah vor ihr stehe und sie mich anschaut, als sei ich die Sonne im Himmel. Ich gehe ebenfalls auf die Knie. Meine Hände verirren sich in ihren Haaren als versuche ich, meine nassen Klamotten an ihre zu pressen. Die Kälte ihres Gesichtes drückt sie an meines, sodass sie sich wärmen kann, denn sie ist kalt. Einige Minuten vergehen und ihr Körper und meiner scheinen nicht verschmolzen zu sein, jedoch ihr Tränenwasser mit meinem.

Noch immer weint sie kläglich in den reifen Boden, sodass die Lilien im ganzen Dorf sich ein weiteres Mal von ihren Tränen betrinken würden.
<<Die Lilien>>, flüstert sie mir ins Ohr und der Funken am Himmel eskaliert in ein Phänomen des Blitzes <<Du hast eine in dir>>, winselt sie.
<<Was?>>
<<Sie wächst in uns allen.>>
<<Alles wird gut, August.>> Und dann eskaliert das klägliche Weinen in zerfleischende Qualen. <<Pscht, dir wird es besser gehen...>>
Ich streichele ihr über den Hinterkopf, welcher glatt ist wie ein Gletscher. Und nun wirft auch sie ihre Arme um meinen Körper und presst ihren Kopf fest an meine Schulter.
<<Es tut mir so leid, es tut mir so leid, es tut mir so verdammt leid für alles.>>
Kopfschüttelnd wälzt sie ihr Haupt hin und her. Die Nässe, welche sich in den Schultern meines Hemdes gesogen hat, drückt sich in meine Haut.
<<Wieso weine ich? Ich verspüre keine Trauer, ich bin total glücklich>>, fragt sie mich mit einem so engelsgleichen Ton, sie würde jeden Teufel paralysieren.
<<Worüber?>>
<<Ich weiß es auch nicht. Ich weiß gar nichts. Aber irgendwie ist das schön.>> Der Regen hört nicht auf, vielmehr scheint er noch stärker auf dem Hüttendach aufzuprallen, aber das Mädchen lächelt wieder, mit ihren Lippen, die verweint nass sind, mit roten

Augenlidern und verwischter Schminke.
<<Ich meine, immerhin habe ich dich>>, sagt sie.
Sie setzt ihren Kopf von meiner Schulter ab und lächelt mir in die Augen, für einige Sekunden schaut sie mich an und es ist ein rührender Moment. Er erinnert mich an das, was ich schon längst vergessen haben soll. Dann umarmt sie mich wieder und ich schaue nur in die Leere, nicht fröhlich, denn ich weiß, der Fluch ist nicht vorbei, er ist gerade an seinem Hochpunkt. Ihr Lächeln, ihr Weinen, ihr ganzer Körper ist eine Marionette des Teufels. Ich bringe sie dazu, einen leichten kalten Druck an der Seite ihres Kopfes zu verspüren, als dieser auf meiner Schulter liegt. Das Geräusch ist nicht laut. Pulverrauch versucht in den Himmel aufzusteigen, aber kann es nicht, der Regen dominiert ihn und schlägt ihn zurück auf den Boden.
<<Jetzt bist du gerettet.>>
Ihr Kopf fällt nach hinten, ihr Rücken stützt sich nur auf meinen beiden Unterarmen. Dann beuge ich mich nach vorne, zwischen Brust und Kinn und tröste den toten Körper mit einem Kuss meiner salzigen Lippen.
Das immer dunkler werdende Dorf legt sich schlafen.
<<Nein...>> meine Augen werden groß <<Nein!>>, mein Mund geht auf und ich schreie:
<<Schwester!>>, ich weine, mich an ihren Hals beugend. <<Was habe ich getan?! Was macht ihr mit mir?! Ihr Dämonen!>>, ich weine, dabei habe ich mir geschworen, es nie wieder zu tun.
In der Ferne erklingen die Wälder, Bäume schütteln gegenseitig ihre Blätter ab. Im Wind spielt die Windglocke. Sie klingt wie die

schönste Symphonie des besten Komponisten, doch ähnelt sie noch der Melodie einer Spieluhr. Die vielen hellen Töne unterdrücken die der Regentropfen und bald höre ich nur noch eine einzige Melodie und keinen Regen, keinen Wind. Einheitlich erkennbar ist das melancholische Zusammenspiel aus Moll-Tönen. Und dazu atme ich in Adagio im Regen, Gedanken schweifen in Adagio durch die Wälder, kehren nie wieder zurück.

Ich streichele ihr noch einige Minuten über den Hinterkopf bevor das Blut auf das weiße Gesicht fließt. Ein farblicher Kontrast entsteht, als das rote Blut sich in dem weißen Kleid in rosa Flecke verwandelt.

<<Ab jetzt wird alles besser...>>

Tief im Regen begebe ich mich zu der Stelle, an welcher auch Rias und Jaina ruhen, und nun liegen sie dort zu dritt.

Betrübt wie der Regen und die Wolken, die Füße durch die Äste ziehend. Die Arme und Körperhaltung lasch und hängend, schlendere ich durch den Wald der Albträume, bis ich auf die Straße gelange, sodass sie kommen würde, wie sie es immer tat. Doch fünf Minuten vergehen und es kommt keiner. Kein Licht, welches mich bereits von Weitem blendet. Keine Geräusche von Rädern, vertieft im Schlamm und keine Hoffnung. Also gehe ich zurück zum Dorf, denn sie scheint bereits für immer verschwunden zu sein. Ich wollte sie noch verabschieden, aber es ist eigentlich egal, was ich tue. Ich denke, sie wird sich nicht mehr an mich erinnern können, genau wie ich sie mit Sicherheit auch bald vergessen würde. Doch dann tut sich mir ein Licht auf, im wahrsten Sinne des Wortes werde ich erleuchtet, auf meinem Rücken, denn ein riesiger

Schatten meines Selbst wirft sich auf den Boden, von den tiefen Scheinwerfern hinter meinem Rücken. Ich drehe mich um, und sie ist dort. Sie fährt, öffnet das Fenster, doch sagt schon gar nichts mehr. Sie lächelt mich nur an, als wisse sie, dass der Fluch gleich gebrochen würde, aber so passiert es nicht.

<<Dina...>>

Ich schaue ihr in die Augen, doch diese verfolgen wie immer die Leere des Waldes, die endlos scheinende Straße.

<<Ja, Jack?>>

Zuerst will ich mir einen Weg überlegen, das alles einfach anzustellen, doch dann erkenne ich die Sinnlosigkeit dessen. Es ist die Logik, die nicht mehr von den Emotionen kontrolliert werden soll.

<<D-Du lebst nicht mehr, du bist bereits tot.>>

In meiner Ernsthaftigkeit vergesse ich eine mögliche Folge mitzubedenken, denn sie lacht nur.

<<Nein, Jack, das zieht nicht>>, lächelt sie die Straße an.

<<Das ist mein voller Ernst, Dina.>>

<<Ach was, du versuchst dich zu rächen, weil ich dir letztens den Streich gespielt habe, als du aus dem Wald gekommen bist und ich dich gefragt habe, ob du die Leiche gut vergraben hast! Du, du, du! Darauf falle ich nicht so schnell rein.>>

<<Dina, wer sind deine Eltern?>>

Ihr Blick noch immer fokussiert.

<<Hmm, ich weiß nicht, wieso fragst du?>>

<<Und wo wohnst du? Wie ist dein Nachname?>>

<<Keine Ahnung, jetzt sag schon, wieso fragst du?>>

Sie sagt es, als habe sie tatsächlich keine Ahnung, als sei es ihr egal, oder als sei es nichts Wichtiges, etwas völlig Normales, wenn man vergisst, wer seine Eltern sind oder wo man herkommt.

<<Dina, wieso fährst du jedes Mal in das Dorf? Wo kommst du immer her? Wie kommst du aus dieser Richtung?>>

<<Weil du das Dorf und all ihre Einwohner retten sollst, Jack. Ich hindere dich daran, nicht mehr zurückzufinden. Ich hole dich ab und bringe dich zurück. Ich habe dir das schon tausende Male geschildert, was willst du noch wissen?>>

<<Eine sehr wichtige Frage... Wenn du mir das beantworten kannst, dann lass ich dich in Ruhe. Was ist hinter dem Wald?>>

<<Sorry, weiß nicht.>>

<<Ich verstehe...>>

Wir fahren in Stille weiter, schweigend, aber der Wald spricht zu uns, aber nur mit seinem Aussehen und seiner Atmosphäre.

<<Dina, bleib mal stehen.>>

Und tatsächlich, sie tut es. Sie bleibt stehen, dreht ihren Kopf angenervt in meine Richtung.

<<Was ist?>>

<<Hier, schau.>>

Ich öffne das Buch, dann verzieht sie ihr Gesicht in ein angestrengtes.

Einige Male hört man ihr unverständliches Nuscheln, denn sie liest nicht ganz leise. Nach der letzten Seite schlägt sie das Buch zu, legt es in meinen Schoß, dann bewegt sie ihre Hand wieder zu dem Zünder, wo sie den Schlüssel dreht und wortlos weiterfährt.

Aber ich erkenne, wie sie nervös mit ihren Fingern spielt, als sie das Lenkrad festhält. Mit ihrer Unterlippe, als sie ab und zu in den Rückspiegel schaut. Ihre Augen tränen, wenn sie ihr eigenes Spiegelbild in der Windschutzscheibe erkennt.

<<Na, und?>>, spricht sie, angeschlagen mit einem Ton der Traurigkeit und einem leichten Knick in der Stimme, welcher die Tränen ankündigt. Sie scheint mit einer Sekunde wieder eine neutrale Stimmung angenommen zu haben.

<<Wer ist diese Dina?>>, fragt sie mich.

Ich dachte zuerst, sie würde sich aussprechen wollen, weil sie überzeugt war, aber nicht einsichtig. Der Ton in ihrer Stimme und der plötzliche Stimmungswandel deuten auf etwas anderes hin.

<<Wie heißt du?>>, frage ich vorsichtig, ihr in die Augen schauend.

<<Hmmmm...>>, ein grübelndes Geräusch und ich weiß schon was aus ihrem Mund erklingen wird, nämlich die einfachen Worte. Sie wisse es nicht. Und tatsächlich, denn in aller Leichtigkeit spricht sie: <<Keine Ahnung, wieso?>>

All meine Planungen gehen den Bach hinunter wie tote Fische. Doch ich habe ein Ass im Ärmel. Es ist nahezu unmöglich Dina mit dieser Möglichkeit nicht zu überzeugen.

Würde sie sich selbst mit ihren eigenen Augen sehen können, aber nicht in einem Spiegel, oder auf einem Foto, sondern vielmehr im echten Leben. Sie existiert zwei Mal auf dieser Welt. Einmal davon leblos.

Dann fange ich laut an zu lachen, in der Angst, sie würde mir meinen Plan versauen.

<<Du bist einfach nicht zu kriegen!>> Meine Hände, klopfend auf ihre Schultern, sind noch immer kalt.

<<Wer gibt sich so eine Mühe mit dem Buch? Du bist so ein Dummkopf, kein Scherz.>> Auch sie beginnt zu lachen. Sie scheint es zu glauben, auch wenn ich es hinterfrage, welcher Mensch auf solch einen Trick reinfallen würde. Ihre spirituelle Uneinsichtigkeit wird wohl verhindern, zu glauben, dass sie tot ist. Ich brauche mir also nicht mehr Mühe zu geben, um mich rauszureden, aber ich tue es dennoch ein bisschen, denn ich will mir sicher sein, dass ich ungestört bin, wenn ich meinen Plan ausführe.

<<Ich habe das Buch nicht geschrieben, ich habe deinen Namen eingeklebt! Man! Wieso glaubst du mir nie?>>, wir haben schon einige Späßchen gemacht, aber nur bevor es ernst wurde.

<<Okay, lass mich dann hier raus, ja?>>

<<Alles klar, war nett.>> Auf der Straße in Lilia, mit dem Gefühl nie weg gewesen zu sein, öffne ich die Tür und verlasse das Auto.

<<Ciao, man sieht sich!>>, rufe ich ihr noch zu, bevor ich die Tür zuknalle.

Aber dann laufe ich ihr hinterher, so dass sie mich nicht sehen würde, wenn sie in den Rückspiegel schaut, doch als sie dann um die Ecke lenkt und ich nur eine Sekunde später in dieselbe Gasse starre, ist nichts mehr zu sehen. Nicht einmal der Geruch des braunen Auspuffs. Nicht einmal mehr eine Reifenspur des blutrot, kupferbraunen Autos. Ich könnte weiter laufen, aber es würde nichts bringen. Ich habe damit gerechnet, ihre Einsicht ist nicht möglich. Und trotzdem muss ich ab jetzt jede Sekunde damit rechnen, sie nie mehr wieder zu sehen.

Zu Hause sehne ich mich nach dem, was hinter dem Wald ist. Ich habe es vergessen als ich zu sehr daran dachte, Dina nicht zu vergessen.
Ich schaue aus dem Fenster und sehe keinen Horizont, nur dieselben Tannenspitzen. Ich schaue aus dem Fenster und sehe wie einzelne Vögel eingesperrt zu sein scheinen, dabei können sie doch fliegen und ich sage ihnen sie sollen fliegen aber niemals würden sie es tun. Ich sehe aus dem Fenster und sehe ein Theaterstück auf den Straßen, sehe nicht die Mühle. Es ist, als würde sich mein Horizont verkleinern und die Tannen des Waldes würden immer näher wachsen und immer schneller, sich wie wütende Bäume bei Stürmen auf uns legen. Was wohl da draußen ist, hinter dem Dorf? Tausende solcher Flüsse und Berge müssen es sein und noch mehr Bäume, aber schönere. Ob dort noch mehr Menschen wohnen, vielleicht welche wie hier, vielleicht auch einer wie ich, aber das bezweifele ich. Heute Nacht werde ich mein schon längst verlorenes Wissen zurückbekommen. Ich würde endlich alles zerbrechen. Ich würde den Plan ausführen und Allem ein Ende setzen.

Kapitel 30

A deal with the devil

Ich spüre die Kälte des Herbstes. Nein, nicht weil es kalt ist, sondern weil ein neuer Tag beginnt und ich noch dort stehe, wo ich seit Langem stehe. Es hat nun seit einer Woche nicht mehr geregnet. Das Laub ist schon ganz trocken. Ein ungewöhntes Gefühl für diese Jahreszeit.

Der Weg zur Schule ist nicht weit. Die Bäume auf der Seite des Feldweges wehen noch immer in die gleiche Richtung mit derselben Stärke. Das Weizenfeld spült noch immer kleine, einzelne Wellen an den Betonstrand. Es bringt einen Herbstgeruch mit sich und verursacht eine Explosion von nostalgischen Gefühlen, die tief in meinem Kopf schlummern.

Das Scheibenglas der Tür mit der Aufschrift 'ziehen' ist noch immer dreckig. Handabdrücke, die von der obersten rechten Ecke bis in die unterste linke eine Spur ziehen, doch der Gang ist leer.

Er riecht leicht nach Kaffee und aus den offen stehenden Türen der Klassenräume ertönen einige Kinderstimmen und auch die Stimme einer jungen Lehrerin, aber August McLeod würde heute nicht kommen. Alle anderen Räume sind leer, denn an Lehrern mangelt es. Aus diesem Grund müssen mehrere Klassen in einem Raum unterrichtet werden, in abwechselnden Stunden. Die stört das nicht.

Um ehrlich zu sein bezweifelc ich sogar, dass jemals einer hier gewesen ist, um zu überprüfen, ob alles in Ordnung ist.
<<So, das bedeutet, dass der Wald in Lilia was ist?>>, fragt die Lehrerin in das junge Publikum des Unterrichts.
<<Nadelwald!>>, schreit eins der Kinder, ohne vorher aufzuzeigen.
<<Beinahe! Du hast recht, unser Wald besteht größten Teils aus Fichten und anderen Nadelbäumen. Wenn man genau hinschaut, sieht man jedoch auch den ein oder anderen laubabwerfenden Baum. Also wie heißt diese Art Wald?>>, fragt sie erneut.
<<Mischwald!>>, schreit diesmal ein junges Mädchen.
<<Richtig.>>
Ich schlendere den Gang entlang, nähere mich immer mehr dem beleuchteten Klassenzimmer und das Einzige, was die immer lauter werdenden Kinderstimmen übertönt, ist das Schleifen des Metalls auf dem Boden und das ständige Umkippen der Axt auf die Seite. Auf der linken Seite des Ganges befindet sich ein kleiner büroartiger Raum. Es ist das Lehrerzimmer, in welchem ich mit August saß. Darin eine junge Frau, mit schönen Locken und einem Ordner unter ihrem Arm geklemmt.
<<Ich bitte Sie… Ich werde keinem etwas tun, aber bitte gehen sie zu der Klasse gegenüber.>>
Dann schreit sie auf und stützt sich mit ihren Händen an der Fensterbank hinter sich während ihre Beine zitternd nach Hilfe jammern. Aber sie kann nicht mehr schreien, denn ich halte meine Hand vor ihrem Mund.
Die Kinderstimmen sind verstummt, sie werden bei dem Gasaustritt bereits eingeschlafen sein, also muss ich mich beeilen.

<<Jetzt gehen Sie in den Raum, verdammt nochmal, ich werde Ihnen nichts tun, verstehen Sie das nicht?>> Doch noch immer weigert sie sich, das Lehrerzimmer zu verlassen, dann packe ich sie und zerre sie in den Flur, bis ein stechender Schmerz in meinem Oberarm diesen betäubt. Eine blutige Bissspur würde mich jedoch nicht daran hindern, der schreienden Frau, welche den Gang herunterrennt, hinterher zu schießen.

<<Das hätte doch nicht sein müssen>>, flüstere ich vor mir hin, mit einem Auge zukneifend, zielend auf die Schulter der rennenden Frau. Mit dem Laut des Schusses schreit sie auf und der Laut, den ihr Körper macht, als sie niederfällt, übertönt das Echo der Patrone, welche durch den Wind schießt und einen trockenen, verbrannten Geruch in der Luft verbreitet.

<<Es tut mir leid...>> Dann ziehe ich eine Gasmaske an und verschwinde in einen sich hinter mir bildenden Nebel.

Im Klassenzimmer schlafen bereits alle, die Kinder mit ihren Armen lasch herunterhängend und den Köpfen auf den Tischen. Einige liegen auf dem Boden. Die Lehrerin, eine junge Dame, sitzt auf einem Stuhl und erinnert mich an die Position Rias, als wir das Buch suchten.

Ich lüfte, solange noch keiner Wind bekommt von dem, was hier vor sich geht.

Dann lasse ich die Jalousien herunter, schaue dann noch einmal durch den Schlitz durch und der Sonnenstrahl, der mich blendet würde der Letzte sein, den ich heute, oder vielleicht für immer zu sehen bekomme.

Ich stelle meinen Rucksack auf einem Schultisch ab. Dem Anschein nach war es der Schultisch eines jungen Mädchens, vielleicht gerade mal in dritten Klasse, denn Schüler ab der fünften Klasse haben heute frei.
Der Reißverschluss macht ein kurzes, Gänsehaut erregendes Geräusch. Er knistert, als ich ein langes, kratzendes Seil herausziehe, welches ich dann nach und nach durchschneide.
Ungewollt verursache ich rote Flecke an den Armen und Beinen der Kinder, als ich versuche, ihnen das Seil umzubinden.
Im noch immer schwachen Nebel erkenne ich das Zwinkern eines Kindes, leichtes Stöhnen. Ich hätte ihm nichts getan. Tatsächlich hätte ich ihm erklärt, ich würde ihm nichts tun, doch dann beginnt er zu schreien. Zwar sind die Jalousien unten, die Fenster stehen jedoch offen, also halte ich meine Hand an seinen Mund.
<<Schhhh, mach keinen Mucks>>, sage ich bedrohlich.
Doch die Vibration seiner Schalle, die gegen meine Handfläche prallen, werden stärker und seine Augen größer. Mit einem verstörten Blick schaut er mir in meine Seele, doch diese dämpft die penetrierenden Blicke. Also wird es wohl keinen anderen Weg geben, als ihm das Wort unmöglich zu machen. Klebeband auf seinem Mund dämpft den Ton, ich höre nur leichtes Gestöhne. Es ist nicht zu vermeiden.
Der nebelige Raum wird langsam klarer und der Junge schläft nicht wieder ein, also nehme ich meine Maske ab und binde auch den anderen Leuten ein Klebeband an ihre verlogenen Münder.
Zappelnd wie eine Made haut der Junge seinen Kopf an die Schulter seiner Nachbarin, alle nebeneinander aneinandergereiht,

sitzend mit der Schulter gelehnt an die Wand, an der auch die Fenster angebracht sind.
Langsam werden die Maden wach, die Zikaden im Hintergrund stimmen ein in ihr Trauerlied.
Ihre Augen, brennend rot, Tränen tropfen ihr Kinn hinab, ohne dass sie sie wegwischen können. Dann stehe ich auf von dem Lehrerstuhl.
<<Jetzt passt mal auf!>>
Das Gestöhne wird etwas ruhiger, nur einige schreien noch weiter.
<<Ich werde euch schon nichts tun, keine Sorge!>>
Ich bewege mich zur Lehrerin, meine Schritte fühlen sich an als gehe ich auf Wolken. Dann entferne ich ihr das Klebeband vom Mund. Bereits vorhersehbar schreit sie mir ins Gesicht.
<<Machen Sie uns sofort los!!!>>
Ich gucke ihr tief in die Augen, kichere einmal und schaue für einige Sekunden in die Reihe der Kinder, dann schaue ich ihr wieder in die Augen.
<<Aber gerne doch.>>
Das Messer zu bedienen ist ein erregendes Gefühl, als es das Seil abtrennt.
Dann auch das Seil an ihren Beinen, das sie an einer Flucht hindert.
<<Bevor Sie jetzt wegrennen, will ich nur bereits im Voraus etwas klarmachen. Sie wissen, ich sagte, ich würde keinem was tun. Aber sobald Sie den Raum ohne meine Erlaubnis verlassen, dann müssen die Kinder dran glauben.>>
Ich hole die Axt hervor, unter dem Lehrerpult. Ich hole aus. Mit beiden Händen hinter meinem Kopf hole ich noch ein letztes Mal

Schwung und der Einzeltisch zerspringt vor allen Augen in zwei Teile.

<<Sie Schwein!>>

Ihr Blick spricht mich an, er ist so aggressiv.

<<Wenn Sie wollen, gehen Sie. Ich verbiete es Ihnen ja nicht>>, lächele ich in ihr Gesicht . Mit meiner rechten Hand weise ich auf die Tür, mit meiner linken Hand stütze ich mich auf der Axt auf dem Boden.

<<Nein!>>spricht sie und schüttelt ihren Kopf <<Das kann ich nicht machen. Wofür brauchen Sie mich? Wieso geben sie mir diese abscheuliche Wahl?>>

<<Ich muss zugeben: Respekt. Scheinbar gibt es doch Ausnahmen hier im Dorf. Sie sind also anscheinend nicht alle fokussiert auf ihr eigenes Überleben. Dafür haben Sie schon einmal einen Applaus verdient.>>

Ich klatsche in die Hände.

<<Hören sie auf mit dem Mist!>>, spricht sie passiv aggressiv <<Was wollen Sie denn jetzt von uns?>>

Die Kinder lauschen, es ist kein Stöhnen mehr zu hören, nur verzweifelte, weinende Gesichter.

<<Gehen Sie an das Telefon, rufen Sie den Bürgermeister an.>>

<<Und dann?>>

<<Denken Sie sich was aus, irgendwas. Hauptsache ist, der Bürgermeister wird im Endeffekt hier auftauchen. Alleine. Maximal mit einem Begleiter, aber erwähnen Sie das nicht so. Sonst keiner. Verstanden? Wenn mehrere kommen, dann ‚ciao' an die Süßen.>>

<<Das müsste ich schaffen.>>

Sich ihre bereits roten Unterarme kratzend, greift sie nach dem Hörer. Dann wählt sie.

Ich verfolge jede feinste Bewegung.

<<Hallo, Bürgermeister?>>

Ich höre nicht, was er sagt, aber sie scheinen zu kommunizieren.

<<Genau, ich bin's, Abigail Gemden ... Ja, richtig ... Nun, was ich Sie fragen wollte… Also, die Kinder haben eine kleine Überraschung für Sie vorbereitet. Wenn Sie gerade Zeit haben, dann ... Ja ... Genau ... Ach, ich weiß nicht, es war ehrlich gesagt auch eine ziemlich spontane Idee ... Ja? Super ... Ja, alles klar, bis gleich!>> Schweiß tropft ihr von der Stirn. <<Er kommt in ein paar Minuten.>>

<<Perfekt. Und jetzt nehmen Sie den Kindern die Klebebänder von ihren Mündern.>>

Es wird lauter, Abigail bewegt sich auf die Kinder zu.

<<Stop!>>, rufe ich <<Erst, sobald alles mucksmäuschenstill ist. Und auch nur, wenn es mucksmäuschenstill bleibt.>>

<<Alles klar.>>

Mit zitterndem Arm entfernt sie schmerzfrei die Klebebänder von den Mündern der Kinder, die - wie abgemacht - aufhören zu schreien.

<<Ms. Gemden>>, hört man einige Male die Kinder im Hintergrund flüstern.

<<Habt keine Angst, alles wird gut.>>

Sie umarmt sie.

<<Gehen Sie nach da draußen und erzählen sie dem Bürgermeister, sobald er ankommt, was hier vor sich geht. Ach, und

vergessen Sie nicht ihm zu sagen, dass, sobald die Polizei oder sonst irgendetwas ins Spiel kommt, wird mit einem einfachen Knopfdruck jeder kleine süße Körper der Kinder und auch meiner verbrennen. Ich drücke dann einfach den Game-over- Knopf.>>
<<Nagut ...>>
Sie geht durch die Tür, zieht ein süßer Duft hinter sich her.
<<Ach, und vergessen Sie nicht>>, rufe ich ihr hinterher <<Kommen Sie zurück, sonst…Boooooooom!>>, ich lächele sie an und lache ihr schallend hinterher, während sie den Flur hinunter geht. Dann höre ich plötzlich ein jämmerliches Schreien.
<<Sie ... Sie Mörder!!! Sie Schwein! Sie haben July umgebracht.>>
Im Klassenzimmer herrscht wieder Unruhe. Ich lache kurz auf.
<<Richtig! Da wollte das Häschen den Jäger spielen. Grotesk, nicht?>>
Unkommentiert, aber in wütenden Schritten geht sie durch die Glastür in die Welt da draußen, während ich die Leiche näher vor die Tür zerre, sodass sie wissen, dass ich es ernst meine.
Zurück im Klassenraum ist es wärmer als auf dem dunklen Flur.
<<Ey, du da.>> Ich zeige mit meinem Finger auf ein kleines Mädchen mit blondem, zusammengeflochtenem Haar. Eine natürliche Schönheit. Sie würde eines Tages schöner sein als jede Prinzessin in jedem Märchen <<Sobald ich dir dieses Zeichen gebe...>> ich forme mit meinen Fingern ein Kreis, eine 'Okay'-Form <<Sobald ich dir dieses Zeichen gebe, schreist du. Du schreist dann so schmerzhaft laut wie du nur kannst.>>

In der Angst nickt sie bloß mit ihrem kleinen, reinen Kopf. <<So, als würde man dir in dein Bein schneiden. Oder dir die Haut von deinem Körper abziehen.>>

Ich schaue durch einen Schlitz der Jalousien. Die Sonne hat sich aus Angst hinter den Bergen versteckt. Verwirrende Gestiken, die Münder bewegen sich nur halb und der Bürgermeister sieht ernst aus. Dann zückt er ein Mobiltelefon mit Antenne, ein Arbeitstelefon. Schiefe Töne erklingen aus dem Telefon neben mir.

<<Ja?>>

<<Mr. Lewis! Wir weigern uns, Ms. Gemden zu Ihnen zurück zu schicken! Das hat doch alles keinen Zweck! Kommen sie heraus und lassen sie die Kinder gefälligst in Frieden.>>

Ich forme ein Kreis mit meinem Zeigefinger und Daumen, die restlichen drei halbsteif darüber, dann bestätige ich des Mädchens fragendes Gesicht mit einem Nicken. Es folgt ein elender Schrei, geprägt von einem tatsächlich qualvollen Hinterton. Die Frau, welche draußen steht, eben noch redend mit dem Bürgermeister rennt ohne zu zögern zurück in das Gebäude, presst die Tür gegen die Frau, welche vor der Tür liegt.

<<Lassen Sie die Schüler in Ruhe!!!>>, kreischt sie mir den Gang hinauf. Ein verstörter Klang und meine Ohren schmerzen.

<<Das ging ja leichter als erwartet.>>

Ich lächele sie hysterisch an. Ich erkenne, dass meine Augenbrauen unterschiedlich weit hoch sind, als sich mein Gesicht in ihren gläsernen Augen spiegelt. Wie ein Spiegel steht sie dort, breitbeinig, breitarmig, als sei sie ein Baum. Etwas zurückgelehnt im Schock.

<<Ab...>> Ein leichtes, verzweifeltes und lustloses Stöhnen erklingt aus dem hinteren Bereich des Gebäudes, dem Eingang.
<<July!>>, schreit die im Türrahmen stehende Frau noch kurz bevor sie auf die nun kniende junge Frau am Ende des Ganges hinrennt
<<Ich dachte du seist tot! Gott sei Dank, du lebst!>>
<<Ich glaube es war der Schock>>, nuschelt die Lehrerin vor sich hin.
Der Gang ist so dunkel, dass es lediglich ihre Silhouetten sind, die sich mir zu erkennen geben. Doch ihre stechenden Augen, als ich mich nicht rühre, blitzen durch meine und ein Gefühl in mir löst sich aus. Ein Gefühl der Schuld. Dann schreit sie so laut, sie würde die nächsten Tage nicht sprechen können.
<<Was gucken Sie so doof? Holen Sie gefälligst was zum verbinden. Stehen Sie nicht bloß so dumm rum!>> Doch noch immer unter den Schock leidend, rühre ich mich nicht.
<<Nun machen Sie schon!>>
<<A..Alles klar...Und wo... und wo finde ich einen Verbandskasten?>>, frage ich.
<<Im Lehrerzimmer an der Wand!>>
Ich zögere nur einen halben Moment bevor ich losrenne. Dann wühle ich in einem sich an der Wand befindenden, grünen Kasten. Es wird dunkel. Mit einem Knall bin ich wie blind. Nur das Schleifen meiner Axt ertönt noch und es macht mir selbst Angst. Der Lichtschalter. Wo ist der Lichtschalter? Der Lichtschalter ist funktionslos. Die Tür verschlossen. Doch tatsächlich ist die Tür

brüchiger als sie scheint und es benötigt nicht einmal totalen Kraftaufwand, um sie aufzutreten.

Die Jalousien im Klassenraum stehen offen, einige Kinder fliehen, doch die restliche Minderheit wird hier bleiben und mit mir in diesem Haus verbrennen.

Mit der Rückseite der Axt verpasse ich der Lehrerin einen Schlag auf den Hinterkopf und für meine Hand fühlt es sich bloß an wie eine einzige, ganz mickrige Vibration.

Blut rennt der Axt hinunter, bis an meine Finger.

<<Du>>, ihr Kopf liegt auf dem Boden <<elende>>, ein Schlag gefolgt von einem leichten Stöhnen <<Verräterin!!!>>, dann folgt kein Stöhnen mehr.

Nur die Kinder. Die Kinder, zappelnd wie ekelige Maden, schreien laut und draußen steht der Bürgermeister, welcher verzweifelt versucht die kriechenden Biester, welche es geschafft haben zu fliehen, die Seile zu entfernen.

<<Abigail! Abigail!!!>>, schreit die weinende, jämmerliche und verzweifelte Frau im Gang in das Klassenzimmer hinauf. Sie humpelt den Gang hinauf. Schnelle Schritte und feste Entschlossenheit meinerseits folgen. Genau zielen, ganz schnell. Abschuss. Ihr noch eben humpelnder Körper fällt rückwärts zu Boden.

Der Streifen Klebeband reicht gerade mal dazu aus, die restlichen verbliebenden Münder ihr Wort zu verbieten, doch dann:

<<Lass sie frei>>, ruft eine weibliche Stimme. Es ist unmöglich, dass die restlichen stöhnenden Kinder das mitgekriegt haben, aber ihre Blicke folgen stets fokussiert der reflektierenden Bewegung der

Knarre an meinem Kopf, dabei bin ich unbewaffnet. Sie kommt näher. Ihre Lippen tanzen so nah an meinem Ohr, dass ich sie schnalzen höre, als sie mir mit warmen Hauch in die Ohren spricht:

<<Nimm mich als Geisel ...>>

Ruckartig versuche ich sie zu überwältigen, doch sie ist schneller. Ein lauter knall und Bröckel der Klassenzimmerdecke bröseln auf mich herab.

<<Ich meine es ernst>>, sagt sie bedrohlich.

<<Wieso sollte ich das tun?>>

Die Kinder werden leiser, ihre Hoffnung in jenem Moment ist so unfassbar groß, es ist schon lächerlich rührend das anzusehen.

<<Wieso sollte ich das machen? Eher sterbe ich hier drin, als die Kinder gehenzulassen>>, fahre ich fort.

Dann höre ich beinahe nur ein Schmatzen. Aufgrund der niedrigen Lautstärke muss sie leiser sprechen, sodass es keiner hört.

<<Wir verfolgen das gleiche Ziel.>>

Im Unklaren drüber, wer zu mir spricht, gehe ich einen Vertrag ein.

<<Ich habe ein Idee, aber dafür musst du das Roht aus meinem Gesicht halten. Wie bist du überhaupt an meine Pistole gekommen?>>

<<Was? Das ist nicht deine. Aber wenn wir schon dabei sind, kannst du mir deine auch noch geben.>>

<<Niemals>>, trotze ich.

<<Worauf wartest du? Gib mir deine Knarre!>>

<<Welch...?>> Sie verengt ihre Augen und scheint genauer zu zielen.

<<Okay, okay.>>

Gezwungenermaßen entferne ich meine Knarre aus meiner Jackentasche.

<<Fuck!>>, fluche ich vor mich hin. <<Jetzt beruhig dich erstmal!>>, spreche ich.

<<Du weißt doch sicher nicht einmal, wie man mit so einem Ding umgeht.>>

<<Soll ich es dir noch einmal demonstrieren?>>, fragt sie. Ich schüttel nervös meinen Kopf und dann fährt sie fort:

<<Hast du das Buch dabei?>>

Einige Sekunden Stille. Woher weiß sie von dem Buch und woher weiß sie, dass ich die Person bin, die danach gesucht hat? Es gibt keinen mehr, der mich daran hindern könnte, dem allen ein Ende zu machen. Alle sind tot. August, Rias, Jaina. Ja, sogar Dina.

<<Ja>>

<<Perfekt. Leg es auf den Tisch.>>

<<Dann lass mich an meine Tasche.>>

Sie überlegt.

<<Nein. Dann nehme ich es mir selbst. Bleib, wo du bist.>>

Ihre jungen Hände graben in der Tasche, dann zieht sie das Buch heraus.

<<Jetzt lass die Kinder frei.>>

<<Nein.>>

<<Lass sie frei, habe ich gesagt. Nimm mich als Geisel.>>

Noch immer zielt sie auf mein Gesicht und noch immer halte ich meine Hände hoch.

<<Woher weiß ich, dass ich dir trauen kann? Dass du mich nicht einfach erschießt. Du hast alles, du hast die Waffen, das Buch. Du könntest jetzt einfach gehen.>>

<<Oh nein!>>, lacht sie leicht und schüttelt ihren Kopf <<Eine Sache brauche ich noch. Ich habe so lange darauf gewartet. Jetzt lass die Kinder frei, verdammt, sonst schieße ich!>>

<<Lass uns einen Vertrag abmachen>>, spreche ich.

Langsam nimmt senkt sie die Pistole auf eine sichere Höhe.

<<Du brauchst mich für deinen Plan, das sehe ich.>>

Ihr liebliches Kindergesicht verzieht sich zu einem geschockten Gesichtsausdruck, mit der ein oder anderen blutigen Schramme an ihrer Stirn und an den Wangen.

<<Ich brauche gar keinen.>>

<<Nagut, dann erschieß mich.>>

Ich komme ihr näher und als sie das realisiert, bewegt sie die Pistole ruckartig zähneknirschend auf eine schussbereite Höhe.

<<Bleib wo du bist!>>, ruft sie mir zu. Kopfschüttelnd nähere ich mich ihr in langsamen Schritten.

<<Leg die Waffe ab>>, spreche ich. Meine Hände und Arme senken sich Sekunde für Sekunde. Ich entferne mich aus meiner abwehrenden Position.

<<Bleib weg von mir! Ich schieße!>>, schreit sie, während sie einen, dann zwei Schritte rückwärts macht.

Mit jedem Schritt, dem ich mich ihr nähere lache ich lauter.

<<Du brauchst mich.>>

Ihr ängstlich verstörendes Gesicht sagt alles.

Nun stehe ich nicht mehr weit weg von ihr, im Slalom schlendere ich um die Einzeltische, doch mein Blick sucht stets ihren.

Dann mit einem lauten Ton, verspüre ich einen stechenden Schmerz in meinem Oberarm. Sie hat geschossen, aber hat mich nur leicht am Oberarm geschliffen.

<<Du Miststück!>>, fluche ich ihr mit einem vor lauter Schmerz zugedrücktem Auge entgegen.

<<Ich sagte doch, ich schieße.>>

<<Scheiße, das brennt!>>

<<Wir machen einen Deal>>, sagt sie <<Jede Stunde lässt du ein Kind frei.>>

<<Nur im Austausch gewisser Informationen.>>

Sie zögert einige Sekunden, doch dann willigt sie ein.

<<Das erste Kind zur vollen Stunde. In fünf Minuten.>>

Ein Blick durch die Jalousien zeigen, dass draußen im selben Moment Polizeiautos eingetroffen sind.

<<Jack Lewis, verlassen Sie mit erhobenen Händen das Gebäude, wir haben Sie umstellt!>>

Doch ein einfacher Blick durch die geschlossenen Jalousien auf der anderen Seite des Gebäudes lässt mich feststellen, dass ich einige Fluchtmöglichkeiten zur Verfügung stehen hätte, würde ich fliehen wollen.

<<Ist die Polizei schon da? Perfekt. Los, schick das erste Kind raus.>>

Ich suche nach einem Stift in der Schublade des Lehrers, dann schnappe ich mir ein weißes blankes Papier und schreibe:

<<Zu jeder vollen Stunde werden wir ein Kind nach draußen schicken, es sei denn, die von uns gestellte Anforderung wird nicht akzeptiert. In diesem Fall würde ein Kind zu der vollen Stunde getötet. Auf eine gute Zusammenarbeit. PS.: Sollte meine Geisel getötet werden, dann werden die restlichen kindlichen Körper zusammen mit mir und dem Schulgebäude in Flammen aufgehen.>>

Während das junge Mädchen mit dem unbekannten Namen eines der Kinder losfesselt, beuge ich mich ebenfalls auf dessen Augenhöhe.

<<Gib das den Leuten da draußen.>>

Der Junge nickt einmal, rennt dann in Tränen aus dem Zimmer, raus auf den Hof. Durch das Fenster kann ich die Übergabe des Briefes erkennen.

<<Nur noch ihr drei. Keine Sorge, euch wird es gut gehen>>, tröstet das Mädchen die anderen Kinder, die nur zwei oder drei Jahre jünger sind als sie.

<<Sag mal... Wie heißt du eigentlich?>> Ihr Gesicht kommt mir zwar bekannt vor, aber an ihren Namen kann ich mich nicht erinnern.

<<Mirai.>>

Kapitel 31

The Lily in all of us

<<Du bist nicht Mirai, ich würde mich an dich erinnern.>>

<<Ach ja?>>, erwidert sie <<Und woher bitte?>>

<<Von der Beerdigung. Du siehst nicht aus wie das Mädchen von der Beerdigung.>>

<<Das liegt bestimmt an der vielen Schrammen in meinem Gesicht. Meinem blauen Auge? Meine dreckigen Klamotten? Drei Tage. Drei verdammte Tage. Ich wäre fast verreckt, du scheiß Made, das alles nur wegen dir.>>

<<Was?>>, meine Augen suchen ihre, und ihr Blick hat sich in Tiefen verwandelt, als würde sie mich anflehen wollen.

<<Drei Tage war ich in diesem Keller eingesperrt, ohne Essen oder Trinken. Kein Sonnenlicht.>> Mit jedem Schritt kommt sie mir etwas näher, stört mein Sicherheitsgefühl

<<Drei scheiß Tage, und als ob das nicht schon genug ist, wurde ich fast zu Tode geschlagen. Das alles nur, weil ...>>, sie schaut zur Seite, aber nur ganz kurz, dann dreht sie ihren Kopf wieder ruckartig in meine Richtung, zielt mit der Pistole auf mich und eine das Licht reflektierende Träne blendet mich. Doch ihre Stimme… Der Ton der Angst, der Verzweiflung, ist das, was mir am meisten Sorgen bereitet. Ihr lauter Ruf nach Hilfe.

<<...Nur weil du unbedingt dieses Buch finden wolltest! Nur deswegen wäre ich beinahe draufgegangen!>>, ihr Ton wird leiser, weinerlich. <<Dabei wollte ich doch das alles hier beenden.>>

<<Was willst du beenden?>>, frage ich sie.

<<Du glaubst doch nicht wirklich, dass das, nach dem du suchst, das Dorf von all dem hier befreien wird?>>

<<Was hast du vor?>>, frage ich.

<<Jedem einzelnen das endlose Leben schenken>>

Sie senkt ihren Kopf und fährt fort: <<Das gesamte Dorf auslöschen, alles niederbrennen.>>

Ich nähere mich einen Schritt in ihre Richtung, will meine Hand auf ihre Schulter legen doch dann lädt sie nach.

<<Auch dich, Jack. Also komm mir nicht einen Schritt näher. Ihr seid alles scheiß Monster, alle Vasallen des Teufels!>>, schreit sie mir ins Gesicht

<<Ja, auch ihr!>>, sie steht auf und zeigt anders als normale Menschen, nicht mit dem Finger, sondern mit der Pistole auf die Kinder <<Ihr alle! Nur wenn ihr sterbt, könnt ihr leben. Versteht ihr das etwa nicht?>> Sie schreit hysterisch <<Versteht ihr das echt nicht? Maden! Maden! Maden! Gottverdammte Maden!>>

Draußen wird es langsam dunkel und wie die Sonne fällt, fällt in dem Moment auch das kleine Mädchen Mirai zu Boden und beginnt zu weinen.

<<Was riecht hier so verbrannt?>>, frage ich sie, doch sie scheint nicht zu antworten. Stattdessen beginnt sie nur aufzustehen und durch die Klassenzimmertür zu fliehen.

<<Feuer!!!>>, ruft es von draußen <<Ruft die Feuerwehr! Der Wald steht in Flammen!!!>>
Und tatsächlich. Auf der anderen Seite des Dorfes hebt sich eine Rauchwolke aus dem Wald, als würde er seine Seele befreien und sie würde in den Himmel eingehen.
<<Mirai! Warte!>>, ich renne ihr hinterher <<Du warst das, nicht wahr?>>
Ich rüttele an ihrer Schulter, doch sie antwortet nicht, steht nur reglos mit ihren Haaren vor ihren Augen hängend da. Hängend, wie ihr Kopf und lasch wie ihre Arme.
<<Für die Feuerwehr wird es zu spät sein. Ich habe überall im Wald Feuer erzeugt. Alle werden sterben. Nur die Einzelnen werden sich im Wald retten, doch glaub mir, da kommen die nicht mehr raus. Nicht lebendig. Wir sind jetzt eingeschlossen. Dieses Dorf kann keiner mehr verlassen.>>
Ihre Stimme klingt traurig, aber doch rational.
<<Wenn du jetzt gehen willst, wofür brauchtest du mich dann?>>
<<Ich habe doch gesagt ich brauche dich nicht. Ich wollte dich eigentlich nur loswerden, aber ich habe bemerkt...>>
<<Was hast du bemerkt?>>
<<Dass du eigentlich ganz nett bist. Anders als Andere. Aber jetzt ist es zu spät. Egal. Alle werden gerettet sein.>>
Sie ist stark. Ich bemerke, wie sie nicht sie ist. Zwar kenne ich sie nicht gut genug um zu urteilen, aber wie sie redet, wie sie handelt, wie sie denkt ist nicht, wie sie es eben getan hätte. Der Fluch spielt eine Rolle. Sie ist das Werkzeug Satans.

<<Du bist nicht nur der Grund, warum wir sterben werden. Ich sehe das nicht so, zumindest nicht mehr. Nein, du bist auch der Grund warum ich, wir alle leben werden. Danke, Jack>>, sie schaut mir in die Augen und lächelt zierlich <<Du bist der Erlöser.>>

Und mit diesem Wort, teilweise übertönt von Schreien von draußen, wird mir eines klar. Das kann nicht die Lösung sein. Ich werde nicht zulassen, dass ich sterbe. Und auch nicht Mirai. Das ist das Letzte. Wenigstens sie zu retten. Wenigstens einmal will ich sehen, was sich hinter dieser scheinbar endlosen Mauer des Waldes verbirgt.

Es gibt nur diesen einen Weg.

<<Mirai. Tu mir einen Gefallen. Wenn du schon sterben willst, dann hilf mir, meinen letzten Wunsch zu erfüllen.>>

<<Okay. Was ist dein letzter Wunsch?>>

<<Alle mal hergehört!>>, rufe ich durch die Nacht, während tausende Lichter mich anleuchten und ein loderndes Feuer in einigen hundert Metern Entfernung eine hervorragende Kulisse bietet. Dachziegel unter meinen Füßen klimpern.

<<Ich werde ihr nichts tun, ich will nur eine Frage von euch beantwortet bekommen.>>

Ich halte ihr ein kaltes Messer an die Kehle, dem kindlichen Mädchen.

Laute, flackernde Flammen im Hintergrund übertönen mein Geschrei.

<<Jack! Komm da runter! Ich bin's! Riley! Alles wird gut! Hör auf mit dem Quatsch!>>

Ich schweige für einige Sekunden im Schock.

<<Nie im Leben! Das bin ich ihr schuldig!>>

<<Wem bist du was schuldig?>>

Das Mondlicht strahlt auf die Polizisten und Ermittler vor dem Haus, doch ich bin über ihnen. Ich schaue einmal in den Himmel hinauf, um mich bestätigt zu fühlen.

Warum wirken sie alle so ruhig, wo doch das Ende ihres Lebens nur noch eine Frage der Zeit ist?

<<Meiner Schwester!>>

Und für die nächsten zehn Sekunden fühlt es sich an, als sei es windstill und nur das Flackern der Flammen im Hintergrund geben einen Laut von sich.

<<Was?>>, nur leise, nicht einmal schreiend. Vielleicht lese ich es ihm nur von den Lippen, aber zum Ende hin lässt er sie offen, sein Blick, gerichtet auf mich, sagt nichts und doch so vieles.

<<Deine Schwester?>>, ruft er hinauf.

<<Ja.>>

<<Du hast gar keine Schwester.>>

<<Aber ich hatte eine, und nur für sie werde ich das hier alles zu Ende bringen. Sie spricht in mir. Sie leitet mich.>>

<<Nein Jack, du hattest nie eine Schwester!>>, ruft er wieder hinauf.

Als hätte mich ein paralysierender Schuss getroffen, lasse ich die Klinge fallen, kurz nachdem ich einige Sekunden gebraucht habe, um diese Aussage zu realisieren.

<<Du hattest nur mich. Klar, wir waren wie Geschwister… Eine Schwester hattest du aber nicht!>>

Es scheint, als fühle er sich in der Position mich überreden zu müssen.
<<Du bist verwirrt! Hör auf mit dem Quatsch und komm herunter! Wir können über alles reden!>>
Der Wind tobt wieder und die Flammen tanzen. Groß bis an den Himmel, während seine und anderer Leute Haare unkontrolliert durch die Luft wirbeln.
<<Was?>>, frage ich ein weiteres Mal nur leise, nicht einmal schreiend.
<<Der Fluch, Jack>>, flüstert mir die kindliche Stimme vor mir zu. <<Keiner wird sich wehren. Sie werden alle sterben. Und wir auch>>, sagt sie ganz rational. <<Setz dich mit mir hier hin. Lass uns die Leute wie ein Theater beobachten, während sie rein gar nichts unternehmen werden.>>
Ganz locker befreit sie sich aus meiner gestellten Geiselnahme und setzt sich auf das Dach. Mit ihrer rechten Hand tippt sie zwei mal leicht auf den dreckigen Platz neben sich. Sie will mir zeigen, dass ich mich dazusetzen soll. Es überkommt mich. Ich beginne zu weinen und lasse alles fallen. Dann setze ich mich hin.
<<Schau, wie ihnen es von der einen auf die nächste Sekunde alles egal ist. Sie versuche nicht einmal mehr dich zu überreden. Sie stehen da nur noch, wie eingefroren. Das war mein Ziel. Sie haben jetzt den Frieden gefunden>>, sagt sie, während sie auf die Marionetten vor dem Gebäude schaut. <<Besser kann ich mir das Ende nicht vorstellen. Sie haben sich mit dem Tod abgefunden. Schon lange. Schon vor Generationen. Ihnen ist alles egal. Ein schönes Ende.>>

Wir sitzen hier noch eine Stunde oder länger und schauen zu, wie das Dorf langsam in einem Rot versinkt. Unten stehen noch immer Leute, aber sie sprechen nicht, sie schauen nur.

Ich erwische mich dabei, wie ich mich mit dem Tod abgefunden habe.

<<Das ist nicht das Ende>>, spreche ich, als das Mädchen schon beinahe an meiner Schulter eingeschlafen ist. Verwirrt schaut sie zu mir auf.

<<So wird das alles nicht enden.>>

<<Jack, akzept…>>

<<Niemals!>>, unterbreche ich sie. Dann stehe ich auf und klettere die Leiter auf der anderen Seite des Gebäudes hinunter.

<<Komm mit. Wenn es dir sowieso egal ist, ob du stirbst oder nicht, dann kannst du mich genau so gut begleiten.>>

Sie überlegt kurz. Dann nickt sie und folgt mir.

Wir stehen nur einige Meter vor dem Wald, als wir daran vorbeirennen, breitet sich ein feuerrotes Hintergrundbild des Szenarios aus. Das Schulgebäude, an dem Wald grenzend, war nur auf der Seite des Haupteingangs von Polizisten bewacht. Es ist, als sei es ihnen egal, wenn wir in den Wald abhauen würden. Also tun wir dies.

Es wird wärmer und die ersten Minuten laufen wir bis auf die Straße, die aus dem Dorf hinausführt. Kein Dorfbewohner fürchtet den Tod. Alle bleiben ruhig. Es wird kein Fluchtversuch getätigt. Nichts.

<<Du kannst da nicht durchlaufen! Jack! Lass mich los!>>, ruft sie, als ich sie am Arm packe. Und tatsächlich: Wie ein Tor zur Hölle

brennt der komplette Ortseingang und taucht seinen roten Wolkenkratzer in den Nachthimmel, wessen Farbe sich dann in ein violettes, tödlich warmes, jedoch noch immer farbenfrohes Durcheinander aus warm und kalt verwandelt.
<<Ich muss noch was erledigen, ich muss da durch.>>
<<Ich werde hier bleiben >>, sagt das kleine Mädchen.
Ich schaue tief in ihre tränenden Augen, in welchen sich die stechenden feuerroten Bäume spiegeln. Mein Haus, aus etwas weiterer Entfernung, steht bereits in Flammen. Es ist überhaupt nicht erkennbar, ob es überhaupt mal ein Haus war, welches dort stand. Auf den Dächern des Dorfes tanzen tobend rote Flammen, nur wenige verschont. Keine Feuerwehr.
<<Ich werde dich holen. Ich verspreche es.>>
Ich greife noch immer nach des Mädchens Oberarm, doch unser Kontakt lockert sich so sehr, bis er dann endgültig fort ist. Dann renne ich bis vor die lodernden Flammen, drehe mich noch einmal um. Versteckt hinter grauen Wolken und verschobener Luft steht das kleine Mädchen noch immer dort. Ich kann das nicht mit ansehen. Im Ende trage ich die Verantwortung über den Tod derjenigen, die als Einzige die Chance dazu hat, die Welt da draußen sehen zu können. Sie könnte ihren Kindern davon erzählen was passiert ist. Als Gruselgeschichten bei Fahrten durch dunkle Wälder.
Ich springe wie durch ein Portal durch die grau-schwarze Wand aus Qualm, packe sie an den Armen und renne, lasse nicht mehr los, bis wir vor der flammenden Wand stehen. Das Haus Satans. Dann rennen wir wieder ausweichend in den Wald. Nur hier würde ich

Dina begegnen. Und ich tanze um brennende Baumstämme, in einer sich ständig wechselnden Drehung, wie bei einem Walzer. Ein tanzender Ninja, denn ich folge meinen unsichtbaren Fußspuren, laufe den Weg, den ich schon einmal gelaufen bin, hinauf zu der Aussichtsplattform. Es regnet brennende Äste, das ein oder andere Mal höre ich hinter mir, wie einige Bäume sich nicht in der Erde haltend zu Boden fallen und den nächsten Baum in ein Meer der Leidenschaft tauchen. Mein Atem stockt, aber nur teilweise. Der dunkle Rauch in meiner Lunge sticht, die Dichte dessen verbietet mir jene Sicht, doch als ich dann oben stehe, ist alles anders. Ihr Kopf hängt an meinem Arm herunter.
<<Nein!!!>>, schreie ich <<Nicht du auch noch!!! Nicht du!!! Nein nein nein nein!>>
Bitterlich fange ich an zu weinen, an dem kindlichen Hals des süßen Mädchens. Ihre Lippen stehen etwas offen und ihre Augen geschlossen wie Dornröschen. Ihre Haut weiß wie die von Schneewittchen. Die Haare dreckig, ihre Haut beschmutzt mit der Schrift des Teufels. Mehrere blaue Flecken, blutrote schrammen. War das tatsächlich Rias, die dir solch einen Schaden zugefügt hat? Und ich falle schon wieder auf meine Knie, wahrscheinlich zum tausendsten Mal und vielleicht wird es mein letztes Mal sein, das ich vor dem Teufel niedergehe, mich ergeben beweise.
<<Dina!!!>>, rufe ich, so laut, wären die Flammen nicht da, würden die Krähen wegfliegen, doch das sind sie nun schon. Und noch einmal: <<Dina!!!!! Wo bist du?!>>, schreie ich mit der Kraft meines Körpers und meiner Seele, meine Adern am ganzen Körper.

Ein Meer aus rot. Ein endloser Horizont. Der Wald, eingetaucht in eine wunderschöne Farbe. Ein Lauffeuer. Schon beinahe kilometerlange Brände umzäunen das Dorf, den Mittelpunkt des Dilemmas. Vereinzelte Häuser, die sich am Rand des Waldes befinden verbrennen elendig. Der Großteil der Bäume, die sich in dem Dorf befinden, brennen. Ein harmonisches Zusammenspiel mit denen, die heute Nacht ausnahmsweise nicht in ihr schizophrenes Nachtmotiv fallen werden. Ich schaue mich um. Mehrere zehn Meter in jede Richtung neben mir sind frei. Keine Bäume, kein Feuer.

Aus dem Rauch hinter mir, als ich meinen Kopf drehe höre ich ein Husten, dann sehe ich eine Silhouette eines Mädchens, das die isolierte Blase des Rauches mit der Hand vor dem Mund verlässt.

<<Dina?>>, frage ich, als ich das Mädchen in meinen Armen behutsam auf die feuchte Wiese lege. In die Mitte, sodass auch kein Baum auf sie fallen kann. Sie hustet noch immer, schwankt durch grau-schwarze Wasserfälle aus Asche. Ich zögere den Bruchteil einer Sekunde, bevor ich loslaufe und die Frau in meine Arme fällt.

<<Dina, komm. Sieh, wie das Dorf brennt.>>

<<Was passiert hier?>>, fragt sie mich, ihre Kleider ebenso zerfetzt und beschmutzt wie die von Mirai.

<<Das, was schon längst hätte passieren sollen.>>

<<Das ist ja schön>>, spricht sie und steht auf. Dann benutzt sie ihre Hand als Anti-Blend-Vorrichtung, obwohl es nur die glühend heiße Hitze ist, die ihre Augen vor dem Sehen hindert.

<<Die Schule brennt, wie auch die Wiese, wo einst die Mühle stand. Und guck! Dein Haus auch, deine Nachbarhäuser. Das

Stadthaus, das Gebäude auf dem Friedhof. Fast alles steht in Flammen. Ich glaube, du hast es geschafft, Jack.>>

<<Nein, nicht ich. Es war sie.>>

Mit meinem Finger zeige ich auf das Mädchen, welches behutsam, als würde sie, schlafen auf der Wiese liegt. Ohne zu zögern, rennt sie auf das kleine Mädchen zu, kniet sich vor ihrem atemlosen Körper nieder und hält ihr Ohr abwechselnd an den Mund und an ihre Brust.

<<Ist sie tot?>>, frage ich mit verweinten Augen, mit einem leichten Zittern in meiner Stimme.

<<Nein, ich glaube nicht. Wer ist sie?>>

Ich spare mir die Erklärung und fange deshalb mit einem neuen Thema an. Das Wesentliche. Das, weshalb ich hier bin.

<<Dina, komm wir fliehen.>>

<<Wohin?>>

<<Nach draußen. Hinter den Wald.>>

<<Was ist dahinter?>>, fragt sie mit großen Augen.

<<Du weißt schon, du wolltest doch unbedingt mal ein Theaterstück sehen. Überteuerten Kaffee trinken. Du wolltest unbedingt mal in eine Großstadt. Komm, wir fliehen. Mit Mirai. Irgendwie durch den Wald. Entweder holt uns das Feuer hier oder es holt uns auf den Weg ins Bessere. Lass uns fliehen Dina.>>

<<Was? Theaterstück? Sowas hat mich noch nie interessiert. Was gibt es da zu sehen?>>

<<Unwichtig, Dina! Komm, noch ist Zeit.>>

<<Ich kann nicht.>>

<<Wieso?>>, frage ich, als ich gerade aufstehen will und sie mich mit einem Arm wieder leicht zu Boden zerrt, als Signal, ich solle bei ihr bleiben.
<<Ich bin doch...>>
Ihre Augen beginnen nun auch etwas zu tränen, ich weiß nicht, ob es an den Unmengen an Aschen in der Luft liegt, welche über unsere Köpfe herziehen.
<<Du bist was?>>
Meine Augen ebenfalls, aber nicht von physischem Schmerz.
<<Ich bin doch tot>>, spricht sie und mein Herz bleibt stehen. Ich dachte, das würde die letzte Millisekunde sein, die ich sie sehen würde und aus diesem Grund speichere ich in diesem Bruchteil einer Sekunde in Blitzes-Eile jeden einzelnen Winkel in ihrem Gesicht, analysiere jede Farbe. Die ihrer Augen, Hautfarbe, Lippen. Doch sie verschwindet nicht.
<<Du hast es eingesehen?>>
<<Ja. Aber nichts ist passiert. Schon als wir im Auto saßen, habe ich es dir geglaubt. Ich hatte eigentlich vorgehabt, dich nie wieder zu sehen. Aber jetzt bin ich hier, ohne mich daran erinnern zu können, wie ich überhaupt hierhin gekommen bin.>>
<<Das ist doch gut, gerade dann können wir doch weg von hier!>>, rede ich ihr ins Gewissen.
<<Nein, ich muss hier bleiben, mit diesem Dorf untergehen.>>
<<Unsinn! Komm mit, wir müssen laufen, sonst ist es zu spät!>>, rufe ich, rüttelnd an ihrer Schulter, doch dann fällt sie mir in meine Arme.

<<Riley ist da unten und er stirbt, ist dir das egal?>, spricht sie, als sie in meinen Armen liegt.

<<Er ist mir egal! Ich dachte ohnehin schon, er sei tot gewesen. Ich brauche keinen neunen Freund. Es gibt sowieso keinen Gott, der mich dafür bestrafen könnte. Es sind nur die vielen Opfer, die ich bringen musste. Mein Vater, meine Mutter, meine Schwester, Rias, Jaina, August. Nicht auch noch du! Das lasse ich nicht zu.>>

Dann schweigen wir für einige Sekunden, während ich fürchterlich verzweifelt wie ein Wolf bei Vollmond an ihre Schulter weine.

<<Jack...>>, flüstert sie mir in mein Ohr <<Ich muss dir etwas verraten.>>

<<Was?>>, stottere ich heulend in ihren Nacken <<Sag es mir.>>

Dann spüre ich, wie sie lächelt, ihre Tränen wegwischt.

<<Das, was mich am Leben gelassen hat, warst du. Und wahrscheinlich werde ich gleich nicht mehr sein, sobald ich dir das verrate, aber ...>>

<<Halt! Sag es mir nicht! Ich will nicht, dass du verschwindest! Sag es nicht! Du bist für mich doch wie eine ...>>

<<Schwester>>, sprechen wir im Chor, ich schreiend, sie flüsternd.

Ihre Lippen berühren teils mein Ohr, wenn sie sie öffnet.

<<Ich existiere nur dank dir...>>, spricht sie, als ich meine Arme fester um sie drücke und mein Gesicht in ihrem Nacken verstecke, damit sie nicht von einer Macht von dieser Erde gerissen werden kann.

<<Stopp!!!>>, schreie ich aus den tiefsten Ecken meiner Seele <<Hör sofort auf!!!>>

<<Denn nur dank deiner Liebe zu deiner Schwester ...>>, fährt sie fort, als ich noch immer, bitterlich weinend alle meine Sorgen in den roten Nachthimmel tauche

<<...kann ich leben. Du hattest keine Schwester, Jack.>>

<<Was?>>, meine Lippen öffnen sich in dem Schock auch wenn man es mir heute bereits einmal gesagt hatte. Aber ich habe es nicht geglaubt, denn es existierte offensichtlich eine Schwester, die ich hatte.

<<Nicht weiterreden, nicht…>>, stottere ich und seufze ich in ihr Ohr.

<<Das werden meine letzten Worte sein, Jack, vergiss mich bitte nie mehr. Bitte versprich mir eins und behalte mich für immer in deinen Gedanken. Flieh mit Mirai und baut euch eine Existenz auf. Mein letztes Wort, Jack.>>

<<Nein! Hör auf!!!>>

<<Danke.>>

Und ich falle nach vorne, vor mir nur noch Nichts, was schwindet in den endlosen Weiten des feurig roten Meeres und wahrscheinlich aufgeht in den Himmel. Sie ist weg. Dann schreie ich und rufe ich, mit meinen Händen auf dem Boden, genau wie meine Knie. Mein Kopf hängend nach unten und meine Augen geschlossen. Nur zwei Wasserfälle, die auf die mittlerweile heiße Wiese aufkommen.

<<NEIN!>>, schreie ich, als ich das Gras aus der Erde rupfe, mit meinen Händen, welche sich zusammenkneifen, als wollen sie sich an etwas klammern, aber vergebens. Und so knie ich hier noch einige Minuten, doch das Feuer wagt es nicht, sich zu nähern, denn

es hat Angst vor einer Explosion. Neben mir der halb tote Körper des kleinen Mädchens und mein halb toter Körper.
Ich schaue noch einmal auf das Dorf. Es brennt auch schon die Schule. Die Kinder werden es nicht geschafft haben. Ich sehe, wie sich Menschen wie Ameisen in der Mitte des Dorfes zusammen tun, umgeben von einem Ring aus Feuer. Es überkommt mich eine Art von Stolz als ich sehe, dass alles nun ein Ende hat. Eine Art von Lust, mein Leben endlich leben zu können, nachdem ich es so lange nicht konnte.
<<Komm Mirai, wir gehen.>> Nach diesen Worten der Vernunft stehe ich auf, beuge mich vor zu dem liegenden Mädchen, und schaue dem Mond zum Abschied noch einmal tief in die Augen. Sie, mit meinem Shirt um ihren Mund und ihrer Nase gewickelt.
Doch die tobende Feuerwand umgibt uns komplett, kein Weg führt mehr hinaus von dieser Plattform des Jenseits und die einzelnen Bäume höre ich von naher Entfernung umkippen, wie Giganten. Er kesselt mich ein, der Teufel und sie auch.
Es gibt keine andere Möglichkeit, als zu springen. Springen, in die tanzende Masse in roten Gewändern. Also nehme ich Anlauf und springe wie durch ein Portal in die neue Welt. Dann tanzen wir um brennende Bäume. Und wir tanzen, zu der Melodie der Nacht und dem Rhythmus der Flammen, während ich singe:

<<Kleiner, armer Igel, die Stacheln trüben Schein. Wie könnt' ein Tier wie du, nur so gefährlich sein? Ich möcht' so sein wie du, mit Stacheln und so klein, sodass ich auch im Nu, dein Freund könnte sein.>>